그랑 코레아

그랑 코레아

Grand Corea

김세잔 장편소설

예미

Contents

제1부_ 드골의 단추

제2부_ 새로운 국면

제1부

드글의 단추

Prologue

"입맞춤한다는 느낌으로 음식을 입에 넣으세요. 씹을 땐 섹스 하
듯 은밀하게!"

"음 …… 음식과 섹스를 한다고요?"

"왜 아니겠어요?"

"그래서 댁이 음식 먹을 땐 신음소리가 끊이질 않는군요."

그의 몽상가적 기질을 꼬집어주고 싶어 그런 말을 했지만 미식가
는 꿈쩍도 않는다. 되레 입가에 흡족한 미소를 띠며,

"음식에는 무한한 소우주가 숨어 있어요. 대우주인 나를 만나 섹
스보다 더한 융합 활동을 일으키죠."

미식가의 말을 경청하며 음식에 대한 철학과 삶의 새로운 태도를
익힐 수 있었다. 그렇지만 미식이라는 행위 자체가 호사처럼 여겨

져 쉽게 받아들이기 힘들다.

"좋으시겠어요. 하루에 적어도 세 번 이상은 섹스 할 수 있어서!"

"왜 아니겠어요?"

남부 프로방스 사투리가 짙게 섞인 그의 말투보다 도마뱀 꼬리처럼 말려 올라간 그의 입 꼬리가 얄밉다. 그래서 한마디 쏘아붙였다.

"그 대상이 아름다운 이성이 아니라 유감이지만……."

그럼에도 그는 양들이 초원에서 풀 뜯는 광경을 바라보는 목동의 한가하도록 평화로운 얼굴표정에 변함이 없다.

"다루기 힘든 이성보다 음식이 훨씬 낫죠. 먹음직스럽고 간섭하지 않으며 더군다나 맛있기까지 하니까요!"

그때는 미식가의 말이 지독한 음담패설처럼 들렸다. 남녀 간의 숭고한 로맨스를 어찌 한 끼에 사라질 음식보다 못한 것에 비유하는지…….

"당신은 대체 뭐요?"

"뭐냐니요?"

"인간이 어떤 식으로 교감하는지 알기나 해요?"

그는 기다렸다는 듯이 미소 띠며 말한다.

"미식의 세계를 알고 싶으세요? 우린 맛으로 교감할 수 있지요."

"맙소사!"

"왜 그래요?"

"말이나 글은 기대하지 않아요. 맛을 느낀다는 건 지극히 개인적인 체험이지 않소?"

"말은 속일 수 있지만 맛은 속일 수 없어요. 사람에게도 맛이 있지요."

"카니발리즘(* 인육을 상징적 식품으로 먹는 행위)을 말하고 싶은 거요?"

"사람의 맛이 뭔지 몰라요? 그것을 느끼지도 못하고 작가님은 어떻게 글을 쓰나요?"

할 수만 있다면 최고로 냉소적인 역설로 되받아치고 싶다. 그렇지만 어떤 비수로도 그의 삶의 철학, 음식을 대하는 태도, 무엇보다 행복에의 굳건한 의지를 꺾을 수 없다. 오히려 그를 공격할수록 나의 불행은 커질 것이다.

나는 그 후로도 오랫동안 비극적인 냉소의 말을 찾아내느라 전전긍긍했다. 혹시라도,

"뭐요? 사람의 맛이란 게……."

자존심이나 체면 따위 내려놓고 순전하게 물어봤으면 어땠을까! 알량한 투쟁심에 불타올라 인생의 진지한 깨달음을 얻을 수 있는 기회를 걷어찬 것에 후회한다.

'그는 뭐라고 답했을까?'

미식가와의 추억담을 떠올리며 한국음식을 즐겼다. 그때는 무시하고 지나쳤지만 이제는 삶의 새로운 가능성을 발견하는 중요한 단서가 되는 걸!

'넌 아무 문제도 일으키지 않지! 나의 배고픔을 달래주기 위해, 철저히 나의 만족을 위해 존재하는 거야.'

나는 한식에 대고 속삭였다. 사물에 대한 속삭임이 깊은 울림으

로까지 나아가 우주적 융합 활동, 혹은 인간성 탐구를 위한 단초를
마련해줄 수 있다면…….

"뭐 해?"

김 이사가 달려오며 소리쳤다. 오늘의 일정을 놓칠 리가 있나!

"인터뷰가 있었지? 좋아, 해치우자고!"

(* 작품 속 실명을 쓴 인물들은 실제로 그가 남긴 말과 행적을 참고하였으
나 인물이나 이야기 전개 모두 작가의 상상에 의한 허구임을 밝힙니다.)

인터뷰

지금은 인터뷰, 5시간 후인 오후일정엔 프로야구 시구가 잡혀 있다.

"싸바? (Ca va? 시작해도 좋을까요?)"

성량이 풍부한 여인이 미소를 머금으며 물었다. 그녀는 80년대 프랑스에서 유행했던 벌룬스커트를 갖춰 입고 하얀색 레이스가 달린 블라우스를 입고 있었는데, 어쩐지 관공서 비서관 같다는 인상을 주었다.

"Oui, Merci. (네, 고마워요.)"

여인은 경례하듯 눈웃음 지으며 기자단을 향해 손짓했다. 중천에 뜬 태양처럼 갑자기 스포트라이트가 터지며 눈이 부시다. 시야를 회복하자 기자단 사이로 유유히 빠져나가는 여인의 우아한 뒤태가 시선에 닿는다.

하늘거리며 풍선처럼 떠오를 것 같은 그녀의 벌룬스커트를 보고 있자니 재작년, 한국을 방문했을 때의 일이 떠오른다. 유수의 언론이나 잡지사의 인터뷰 요청이 끊이지 않았다. 개중에는 패션이나 육아에 관련된 잡지사 기자들도 있었는데, 그들의 질문이 조금은 당혹스러웠다.

"결혼은 하셨나요? 아이는 몇이죠?"

타의 추종을 불허하는 인터넷 강국, 세계에서도 유례없이 개인정보까지 손쉽게 취득할 수 있는 그들의 역량을 고려한다면 다소 클리셰(cliché)한 질문임이 틀림없다.

"자유연애를 주장하십니까? 작가님의 작품 중에 드러나는 신비주의가 우리의 삶에 어떤 영향을 끼칠지 답해줄 수 있나요?"

신비주의라니? 난 단지 세상에 인간만이 존재한다고 생각하는 망상에서 벗어나 무시하고 외면했던 작은 세계, 혹은 작은 생명체, 나아가 대우주를 이해할 수 있는 모티브, '소우주'에 대해 말하고 싶었을 뿐이다.

"신비주의는 없다. 우리는 자연의 일부일 뿐, 우주의 먼지처럼 가벼운 존재이지만 인간은 그 존재의 참을 수 없는 허구를 넘나들 수밖에 없어 그토록 욕망에 집착하는 건지도 모른다. 인간태생의 원죄에 신이 인간을 비난하고 지배하게 된 동기와 불합리성에 대해 의문을 부여하고자 이번 작품을 쓰게 되었다."

통역관은 속기로 노트한 것을 보고 처음부터 다시 말하기 시작했다. 보통 주어 다음에 동사가 위치하는 영어나 유럽권의 언어는 얼마든지 말을 늘릴 수 있다.

그렇지만 한국어는 동사로 말을 끝맺어야 할뿐더러, 문장이 지향하는 방향성을 상실한 부사는 제아무리 미사여구라도 군더더기가 되어버리기에 말하기 전부터 치밀한 작가적 구성력이 필요하다.

통역관이 내가 피력하고자 한 말을 정확히 전달했는지 모르겠지만 좌중엔 긴 침묵과 한숨이 이어졌다. 그들은 하나같이 연예부 기자들이 법적 용어를 알지 못해 난감해하는 표정으로 고개를 갸웃거렸다.

나는 기자가 신비주의에 앞서 던졌던 첫 번째 질문을 상기해냈다.

"그리고 연애는 자유로워야 한다고 생각합니다."

잠시 웃음소리가 들려오고 그제야 얼어붙은 분위기가 레인지의 해동 기능에 의해 달궈진 것처럼 풀어지기 시작한다. 맨 앞줄에서 쭈뼛거리던 어느 기자가 손 들었다.

"한국에 대한 인상은 어떻습니까?"

방문할 때마다 수차례 '한국은 어떤 나라냐!'라는 질문을 받고 있던 터에, 이번만큼은 앵무새처럼 반복되는 질의문답을 피하고자 야심 차게 생각을 밝혔다.

"한국 현대사에 관심이 많다. 지도를 펴면 한국은 중국·일본·러시아 같은 위험한 나라들 틈바구니에 있다. 무수한 시련을 겪고도 이토록 눈부시게 성장했다. 참으로 경이롭다." [* 베르나르 베르베르의 인터뷰(2016년 5월) 내용 중]

문득 퉁명스러워 보이는 통역관의 처진 입술이 못 미덥다. 반말이 난무하는 무미건조한 그의 통역이 혹여나 기자들에게 시건방지게 들리지는 않을까 근심된다. 동방의 예의지국에선 꼬박꼬박 존댓말을 써줘야 하느니!

"한국의 경제성장 원인이 무엇이라 생각하십니까?"

어깨에 힘이 들어간 어느 기자가 고개를 까딱이며 물었다. 나는 스스럼없이 '교육'이라고 답했다. 다만 우려되는 부분이 있으니…….

"교육에 대한 열정이 지나쳐 학생들에게 압박감과 스트레스를 주는 것 같다."

통역관의 무뚝뚝한 말투 때문인지, 혹은 여과 없이 생각을 밝힌 것이 그들에게 뼈아팠는지, 분위기가 사뭇 심각해졌다. 나는 시무룩한 기자들의 얼굴표정을 살피며 '심한 압박감'과 '과도한 스트레스'라는 애초의 의사표현을, 통역관이 단순히 '압박감'과 '스트레스'라고 전달한 것에 대해 감사함을 느낄 정도다.

'교육에 대한 열정이 나쁘다고 말하는 것이여, 시방?'

긴 침묵 속에서 적대적인 기운마저 느껴진다. 작년 방문에 잠깐 한국어 개인교습을 받은 적이 있었는데, 어느 지방의 인상적인 사투리를 쓰던 그 선생님의 말소리가 기자들의 틈바구니에서 흘러나오는 것 같다.

"그렇지만 대한민국 교육은 결국 학생들의 창의성을 끌어내는 방법을 찾았다고 생각합니다."

소설가에게 자국의 경제며, 역사와 교육에 대해 묻는 그들의 태도가 못내 이상하긴 했지만, 나는 마이크에 대고 최대한 공손하게 말을 이어갔다.

"한국만큼 대단한 나라가 없다고 생각합니다."

한국말 구사능력이 기특했는지, 혹은 학생들의 창의력을 결코 끌어내지 못할 한국의 교육체계에 대한 감언이설이 그들의 무너진 자존심을 회복시켜주었는지, 기자들의 얼굴에서 다시금 웃음꽃이 피어나기 시작한다.

"하하하."

그려, 좋은 게 좋은 거고 웃음은 더욱 좋은 것이여! 기자들이여, 호의적인 기사를 마구 써주시구려. 창의력에 관해 말한 이번 작품이 널리 알려질 수 있도록…….

시구

　외계행성에 지구의 문화 사절단을 파견해야 한다면, 그중에 꼭 한식 요리사가 포함되어야 한다는 나의 식견엔 변함이 없다. 미각을 휘어잡는 한식의 맛에 매료되어 다른 감각을 발휘할 수 없다.

　"올라라! [Oh là là!: 프랑스식 감탄사(최고)]"

　나도 모르게 터져 나온 감탄사에 지켜 서 있던 요리사가 미소를 머금는다. 서투른 솜씨이지만 그를 위해 젓가락으로 음식을 집어 보이는 무대매너를 선보였다.

　'최고의 도구렷다!'

　음식집기 중에 이보다 탁월한 도구는 없을 것이다. 식탁 위의 무기, 나이프와 포크는 음식을 찌르고 해체한다. 젓가락은 음식을 입으로 올곧게 전한다.

'음……!'

맛을 느끼는 것은 음식에 대한 예의이다. 다시금 미식가의 조언을 떠올려본다.

"입맞춤한다는 느낌으로 입에 넣으세요. 씹을 땐……."

나는 한국음식에 대고 속삭였다.

'한식, 넌 모든 음식문화 중에서 으뜸이며, 그 맛을 알게 되면 세계인들은 오직 너만 바라보게 될 거야!'

나는 미식가의 말대로 음식을 입맞춤하듯 입에 넣고는 씹는 틈틈이 잇몸을 훔쳤다.

'음, 역시!'

절로 신음소리가 난다. 한식은 맛도 맛이지만 건강에도 좋다. 프랑스의 어느 요리연구가는 "한식은 음식이기 전에 약"이라 정의했다. 특히나 나물은 반상의 별처럼 반짝인다.

식탁 위에 많은 약초를 보며 의문부호처럼 따라붙는 건, 매일 밥 대신 약을 먹음에도 불구하고 한국인들의 암 발생률은 세계 최고라는 점이다. 특히나 음식습관과 직접적 연관이 있는 대장암 발생률이 세계 1위라는 사실은 납득하기 힘들다. 아마도 치열한 경쟁사회에서 매일같이 반복되는 극심한 스트레스와 씨름하다 보니 그리된 것 같다.

요리사와 눈이 마주쳤다. 나는 그를 위해 엄지손가락을 들어 보였다. 살짝 아쉬운 건 한국음식 하면 매운맛을 빼놓을 수 없는데, 요리사의 배려 덕분인지 매운 음식이 빠졌다는 것이다.

나는 식탁에 차려진 백김치를 못 미더운 젓가락질로 깔짝댔다.

그때, 난데없이 불청객이 뛰어든다.

"벨, 뭐 하고 있어?"

이번 방문의 모든 일정을 책임진 김 이사가 상기된 표정으로 뛰어왔다. 그는 다짜고짜 공 던지는 시늉을 했다.

"헉헉, 잊었어?"

밥 잘 먹고 있는데, 웬? 어느 날부터인가 김 이사는 나를 '벨'이라고 부르기 시작했다.

"프랑스 남자들의 절반은 게이라며?"

삼 년 전, 그가 사석에서 꺼낸 말이 참으로 어처구니가 없어서 그저 웃어넘겼다. 김 이사는 내 작품을 처음으로 한국에서 출간해주었다. 그리고 내 책의 거의 전부를 팔아주었다. 당시엔 그의 드센성격이나 성긴 말투마저도 예뻐 보였다. 오랜 시간 궁리했는지 모르겠지만 김 이사는 나를 위한 애칭으로 '벨(Bell: 종)'을 준비한 듯하다.

"벨, 이번 책도 대박 칠 것 같다."

김 이사는 마치 다정한 연인 대하듯 어깨에 손을 얹었다. 내 어깨가 자기 팔걸이라도 되는 양, 언제든 팔을 걸쳤다. 나중에 알게 된거지만 한국에선 그것을 '어깨동무'라 한다. 느끼한 그의 행동은 싫지만, 생사고락을 같이한 전우처럼 느껴져 마냥 외면하기도 쉽지않다.

"벨, 잊었어?"

여전히 공 던지는 시늉을 하며 김 이사가 소리쳤다. 그의 동작을보며 떠오르는 게 있다. 한식의 맛과 약에 홀려 까마득하게 잊고 있었다.

"C'est ça! (맞아, 그렇지!)"

시구! 나는 자리에서 벌떡 일어났다. 그 와중에 주방장이 내온 후식이 눈에 들어온다.

'저것은 무엇인고?'

빨갛고 예쁜 음식이 눈에 들어왔다. 아무리 급해도 저것만큼은 꼭 한 입 먹고 싶다.

"김 이사, 잠깐!"

"어떻게 밥을 두 시간 동안 먹을 수 있지?"

김 이사는 다짜고짜 팔을 잡아끌었다.

"그래도……."

급한 일 있으면 남의 몸에 손대는 것쯤 대수롭지 않게 생각하는 한국인의 태도는 대략 이해한다.

"차려준 성의가 있지."

김 이사를 뿌리치며 요리사가 정성 들여 준비한 후식, 빨갛고 둥글고, 그리고 매혹적인 그것을 포크로 콕 찍었다.

'넌 무슨 맛인 거니?'

첫맛은 부드럽게 자극적이다. 씹으니 쫀쫀하게 물컹하고 부드럽게 알싸하다. 믿기 힘든 식감, 마치 씹어야 녹는 아이스크림 같다. 알싸한 맛과 단맛이 어우러져 아스라하게 녹는다. 천하일품! 그런데……,

'맵다.'

혀에서 불이 나는 것 같다.

"물."

김 이사가 짓궂은 아이처럼 손목을 잡아끈다.

"서둘러도 모자랄 판에 뭐 하는 거야? 시구가 급해."

주방장을 향해 눈물로 하소연하며 한국말로 소리쳤다.

"물, 개매워!"

나 괴로워 소리친 모양이 우스웠는지, 아니면 말 앞에 '개-'자를 집어넣어 보다 융성하게 표현해내는 한국말 기술을 터득한 것이 기특했는지, 주방장은 물 줄 생각은 않고 너털웃음을 터트렸다.

"전화는 왜 안 받는 거야? 빨리 시구!"

김 이사가 잡아끄는 힘에 영악한 것이 느껴졌다. 마치 내 똥줄 탄 만큼 너도 당해봐라 하는 억하심정이 배어 있는 것 같다. 어떻게 끌려갔는지 모르겠다.

"너 때문에 선수들이 야구를 못 하고 있어."

한국을 방문할 때마다 느끼는 거지만, 한국인의 절반 이상은 축지법을 쓰는 게 확실하다.

"물 줘. 제발 …… 개줘!"

김 이사는 못 들은 척, 계속 "좀 있다가 줄게."라는 말만 반복했다. 그러다가 대뜸 화를 낸다.

"빨리빨리!"

'빨리'라는 말도 축지법을 쓰는 사람이 그 기술을 터득하지 못한 사람에게 하는 말일 게야.

문득 그것이 무엇인가 궁금하다.

"나 먹은 빨갛고 예쁜 거, 뭐야?"

"지금 그게 문제야?"

김 이사는 야구장에 발을 들여놓을 때서야 비로소 답을 내놨다.

"떡볶이!"

"떡뽀끼?"

많은 유럽인들이여, 떡뽀끼가 예쁘게 생겼다고 덥석 집어 먹지 말지어다. 새끼용처럼 입에서 불을 토해낼 수 있다.

"빨리빨리."

유니폼 바지는 챙겨 입지 못했다. 대충 상의만 걸치고 선수단 벤치로 향했다.

"물!"

물은 아니지만 그 비슷한 것을 마실 수 있었다. 이온음료가 불붙은 목구멍에 단비를 선사했다. 언뜻 살 것 같아 주변을 살펴보니 선수들의 눈에서 대량의 실망감이 쏟아지고 있었다.

'누구시오? 당신!'

반 이상 벗겨진 대머리에 도수 높은 안경을 쓴 내 생김새가 선수들 보기에 곱지만은 않을 것이다. 걸 그룹 아이돌을 기대했던 관중들도 벌써부터 수군대기 시작했다.

"프랑스의 유명작가가 시구를 하겠습니다."

장내 아나운서가 내 이름을 호명했다. 살짝 어지럼증이 느껴진다.

"괜찮아?"

근심 어린 김 이사의 표정에서 어릴 적, 건강검진을 위해 마렵지도 않은 소변을 배출하라고 강요했던 간호사의 얼굴이 떠오른다.

걸음 떼려는데 식은땀이 발보다 먼저 떨어진다.

'우우우-.'

관중들의 웅성거리는 소리는 들려오고, 몽블랑 등반하듯 힘겹게 마운드에 오르니, (* 몽블랑: 프랑스와 이탈리아를 구분 짓는 해발 4800미터 높이의 산)

"하실 말씀 …… 있습니까?"

아무래도 내 상태가 별로인 것 같다. 마이크를 건네는 장내 아나운서의 얼굴이 흙빛이 되어 있었다. 투수 마운드는 생각보다 높았다. 마치 까마득한 산봉우리에 나 홀로 등정해 있는 것 같다.

"안·녕·하·세·요?"

마이크를 들며 또렷한 한국말로 인사했지만,

"우우…….'

화답하듯 관중들에게서 야유소리가 들려오고, 다음 말을 꺼내려 입술을 움직이려는데, 높은 곳에 올라 산소부족 현상을 경험했다.

"이번에 새로 『신이 된 거미』라는 소설을…….'

전날 거울을 보며 그토록 연습했건만, 입이 떨어지지 않는다. 아나운서가 뭐라 너스레를 떨었지만, 귓가에 닿지 않았다. 되레 오페라가수의 감동적인 배음 소리처럼 관중들의 야유소리가 묻어난다.

"우우우!'

관중들의 동요를 의식했는지 오늘의 선발투수가 재빨리 공을 건넸다. 그때,

'컥!'

이온음료에 부추겨졌는지 매운 기가 올라오며, 식도 어딘가에 머

물러 있던 떡이 생선가시처럼 목구멍에 걸렸다. 만취할 때의 느낌처럼 무언가 등 뒤를 떠미는 힘이 느껴진다.

'꽈당!'

아무래도 나는 목각인형처럼 쓰러진 것이 틀림없다. 투수가 투구할 때 밟는 발판이 갑자기 눈앞으로 닥치며 코가 떨어져 나갈 것처럼 아팠다.

"벨?"

김 이사가 벤치에서 뛰쳐나오는 것이 보인다. 내 몸을 만지는 선발투수의 손가락이 마치 기다란 거미발처럼 느껴져 괴이하기 짝이 없다. 고무줄처럼 팽팽해진 의식이 튕겨나가듯 끊어지려는 찰나, 손에 쥔 야구공의 실밥이 참으로 기하학적이란 생각이 든다.

"뽀삐뽀삐!"

구급차 소리가 귓가를 어지럽혔다. 가물거리는 의식 너머 사이렌소리가 끊겼다. 그리고 눈을 떠보니 나는 어느 사내, 아니 어떤 물건이 되어 있다.

벨과 단추

'어찌 나일 수 있지?'

난 오래도록 그것이 창문인 줄 알았다. 창 너머로 어떤 중년남자가 이쪽을 보며 모노드라마 배우 흉내를 내는 것이라 생각했다.

"국가는 공명정대해야 합니다."

그는 대본 연습하듯 목소리에 힘을 주며 말했다.

"국가가 애국자에게는 상을 주고 민족배반자나 범죄자에게는 벌을 주어야만 비로소 국민들을 단결시킬 수 있습니다."

정체 모를 사내와 나 사이를 가로막고 있는 것이 창문이 아닌 거울이라는 사실을 깨닫는 데는 꽤나 많은 시간이 필요했다.

'나는 뭔가?'

불식간에 무언가 눈앞을 덮쳤다. 그것이 한낱 손가락이었음을 알아차리는 데는 나의 모든 인지능력을 최대한 발휘한 어느 시점에서야 가능한 것이었다. 집채만큼 커다란 손가락은 다짜고짜 나를 감쌌다.

'헉!'

일개 손가락에 짓눌려 숨 쉬는 것도 힘들다. 엄지손가락으로 판단되는, 두껍고 짧은 것이 등 뒤를 감싸는 것이 느껴질 땐, 불안감이 급속도로 상승한다. 그다지 친절하다고 할 수 없는 두 손가락은 나를 어느 구멍으로 인도했다. 구멍에 든 순간은 그다지 유쾌하지 않다. 터틀넥 스웨터를 입을 때처럼 빽빽한 구멍이 머리를 옥쥐며, 내 몸을 훑듯이 마사지하며 미끄러진다.

"앙드레?"

믿기 힘든 일에 나뿐만 아니라 단추 구멍까지도 흥분했다. 의당 내 짝이 되어야 할 첫 번째 구멍을 건너뛰고, 감히 아랫단의 구멍이 나를 감쌌다. 거울을 보며 단추 구멍을 채워가던 사내는 자신의 실수를 알아차리지 못하는 것 같다.

"앙드레!"

중년의 아름다운 여인이 문을 열고 들어왔다.

"앙드레, 얼마나 많은 사람들이 죽어야 하죠?"

그녀의 얼굴은 비통하였고, 목소리는 슬픔에 젖어 있었다.

"과묵한 당신을 이렇듯 집착하게 하는 게 무엇인가요?"

"이본느, 언론은 윤리의 절대적 상징이오. 민족과 나라를 배반한 언론을 상대로 할 수 있는 것은 단 한 가지밖에 없소."

나는 거울 속의 사내를 뚫어져라 쳐다보았다. 2미터에 육박하는 큰 키에 코밑수염을 기른 그는 모직 원단의 장교복을 입고 있었다. 그의 풀 네임이 생각났다. 나의 기억력이 정확하다는 것을 확인시켜 줄 요량인지, 이본느가 그의 이름 전부를 불렀다.

"샤를 앙드레 조제프 마리 드골(Charles André Joseph Marie de Gaulle), 관용을 베풀 순 없을까요?"

애칭이나 미들네임이 아닌 풀 네임을 부르는 것을 보면 그녀가 단단히 화가 났다는 것을 짐작할 수 있다. 이본느의 사무적인 태도에 드골 또한 엄격한 말투로,

"프랑스의 언론인 대다수가 부도덕한 매춘을 저질렀소. 매춘 언론을 처벌하지 않는다면 우리 사회에 도덕성이 소멸될 것이오."

이본느는 할 말을 잃은 듯 잠시 주춤거렸다. 그러다 나를 발견하였다.

"이런, 당신 단추가 잘못 끼워져 있군요."

이본느는 나에게 손을 뻗었다. 개인적 바람을 무시하고 드골이 그녀의 손길을 저지한다.

"첫 단추가 어긋나면 옷이 이 꼴이 되는 걸 피할 수 없소."

드골은 마치 가증스러운 물건 대하듯 나를 거칠게 다루었다. 단추 구멍에서 풀려난 것은 좋았으나,

'헉!'

언뜻 벽에 걸린 달력이 '1942년 2월'을 가리키고 있다. 드골은 아예 외투를 벗어 던졌다. 모직 원단에 가로막혀 눈앞이 캄캄하다. 이본느와 드골이 뭐라 얘기를 나누었지만 두꺼운 종이 벽에 가로막힌 것처럼 말소리가 들리지 않는다.

'이게, 당최?'

투구판에 콧등을 부딪쳤을 뿐인데 눈 떠보니 단추가 되어 있다. 그것도 드골 장군의 외투를 장식한 첫 번째 단추가! 눈에 불을 켜고 두리번거렸지만 접힌 외투 안에서 볼 수 있는 것은 별로 없었다.

'무슨 상황이지?'

곰곰이 생각해보니, 현실 같은 꿈을 꾸는 것이란 생각이 든다. 눈을 뜨면 나는 다시금 현재로 돌아가 있을 것이다. 일개 단추가 아닌 어엿한 인간의 몸으로 한국에서 시구를 하고 있을 것이다. 문득 한쪽 귀가 어느 이름 모를 단추 구멍에 파묻혀 있다. 몸을 뒤틀어 늪과 같은 그것을 벗어나니, 야구공 실밥같이 생긴 연통 구조의 통로가 정신없이 눈앞을 스친다.

"윤숙이, 그 자를 잡아야 해."

한국말을 알아듣는 능력이 의심되어 눈을 떠보니, 보이는 건 없고 말소리뿐······.

"이봐, 윤숙이!"

이건 또 무슨 상황?

"이거 봐, 윤숙이. 큰일 났어. 나를 지지할 사람들의 이름을 빼앗겼단 말이야. 밤이 늦었지만 메논을 데리고 와. 지금 당장!"

"박사님, 그러기에는······."

"내 손으로 전할 수 없는 서류야. 어떻게 안 될까?"

이해할 수 없는 상황이라면 가만히 들어보기로 했다. 수화기 너머 여인은 수줍은 목소리로 답했다.

"이 밤에 아녀자가 어떻게 그런 무례한 청을 하겠어요?"

"긴박한 이때에 밤이고 낮이고 어디 있나? 오늘 밤이 우리나라가 망하느냐 흥하느냐 운명이 결정되는 날이야. 어떻게 해서든 메논을 데려와!"

간곡하면서도 단호한 상사(?)의 말에 '윤숙'이라는 여인은 몹시도 불안해 보였다. 신기하게도 그녀의 속마음이 읽힌다.

'금곡릉 왕릉도 달밤에 보면 보다 정취를 느낄 수 있답니다.'

며칠 전, 메논 의장이 타지마할은 밤에 보아야 그 낭만에 취할 수 있다고 했던 이야기에 그렇게 답했던 일이 떠오른다. 윤숙은 수화기를 들어 다이얼을 돌렸다. 발신음 소리가 이렇듯 초조할 수 없다.

"미스 모, 무슨 일이오?"

수화기 너머 영어로 말하는 남성의 목소리는 반쯤 잠겨 있었다.

"메논 의장님, 달도 밝은데 금곡릉 산책하는 건 어떨까요?"

메논이라고 하는 남성은 에둘렀다.

"밤이 늦었소. 다른 날을 택하는 게 좋겠소."

"내일 아침 유엔에 가시기 전에 긴히 드릴 얘기도 있으니, 달밤에 드라이브하면 어떨까요?"

삽시간이 지난 후, 메논은 호텔 현관 앞에 차를 댔다. 그는 두꺼운 코트를 입은 채였고, 당혹감과 함께 어떤 기대감이 얼굴에 짙게 드리워져 있었다. 선웃음 지으며 윤숙이 인사를 건넨다.

"산책길에 앞서 인삼차나 드리고 갔으면 합니다."

윤숙은 다짜고짜 돈암장으로 메논을 안내했다. 돈암장 마당에 차가 서는 것을 보며 메논은 자신이 속았다는 걸 눈치챘다. 그는 차에서 내리는 윤숙의 뒤통수에 대고 쏘아붙였다. [* 돈암장: 1945년

이승만(李承晩)이 환국하여 기거하던 사저]

"노티 걸! (Naughty Girl!: 음탕한 계집!)"

정작 음탕한 일의 배후는 따로 있었다. 이 박사가 색색의 바지저고리를 입고 버선발로 뛰어와 메논을 얼싸안는다.

"잘 왔소."

이 박사는 메논을 껴안으며 눈물을 흘렸다.

"고맙소. 이 밤에 찾아와 주시니 참으로 고맙소."

자글자글한 눈주름에 눈물방울을 맺으며 이 박사는 몇 번이고 '땡큐'라는 말을 반복했다. 언뜻 70대 고령의 노인으로 보이는 이 박사는 귀가 어두운지 한쪽 귀에 보청기를 달고 있었다. 이상하게도 그가 꽂은 하얀색 보청기가 달빛에 도드라져 보인다.

"미스 모가 금곡릉 달구경을 가자는 바람에 나왔지, 여기가 목적이 아닙니다."

회색 뚝배기에 향이 진한 인삼차가 나오는데도 메논은 언짢은 심기를 풀지 않았다. 이 박사는 계면쩍게 웃으며,

"모두가 이 나라의 앞날을 위해 그런 것 아니겠소?"

메논과 이 박사가 사랑방에서 회동하는 동안, 부엌에서는 프란체스카 부인이 은밀하게 무언가를 윤숙에게 건넸다. 사랑방에서 새나오는 말을 들으며 윤숙은 발아래 피어난 그림자를 향해 눈을 내리깐다.

"귀가 어두우시죠? 건강도 좋지 않다고 들었습니다."

이 박사를 대하는 메논의 태도는 내내 공격적이다. 윤숙은 프란체스카 부인이 건넨 은밀하고도 묵직한 두루마리를 살펴보았다.

창호지 종이에 먹글씨로 60명 인사들의 서명이 담겨 있다. 윤숙은 두루마리를 품에 안은 채 사랑방에서 새 나오는 말을 계속 엿들었다.

"태곳적부터 하나의 국가였던 조선을 둘로 가르는 단독선거는 절대로 있을 수 없습니다."

메논의 목소리엔 강한 의지가 숨어 있었다.

"의장님, 부탁합니다."

"위원회는 나 혼자만의 힘으로 성립되는 게 아니오."

이 박사는 줄곧 저자세다. 설득하기보다는 떼를 쓰며 매달린다는 인상이 강했다. 메논은 인삼차를 한 모금도 마시지 않고 일어섰다.

"한반도의 역사는 이 박사의 의지와는 상관없는 곳으로 흘러갈 것이오."

"메논 의장, 제발 부탁이오."

이 박사가 그의 손을 부여잡고 몇 번이고 입맞춤했지만 메논은 불편한 심기를 감추지 않았다. 메논의 앞이라 입 밖으로 소리 내지는 못하지만, 이 박사는 눈썹을 부라리며 윤숙에게 강한 암시를 보냈다.

'윤숙이, 이 나라의 운명이 자네 손에 달려 있어.'

돈암장을 빠져나와 돌아오는 길에 윤숙은 몇 번이고 망설였다. 금단의 열매를 손에 쥔 듯하다. 갈라진 논두렁마냥 목이 마르며 식은땀이 등골을 타고 흘렀다.

"괜찮소?"

숨 쉬는 것조차 힘들어 그가 묻는 소릴 듣지 못했다.

"네?"

"괜찮냐고 물었소."

꿈틀거리는 메논의 짙은 눈썹이 힐난의 말을 쏟아내는 것처럼 느껴진다. 언뜻 인간 대신 신이 조각해놓은 거대한 거인상이 옆에 있는 것 같다.

"욕했던 것은 미안하오. 그렇지만 이 박사의 태도엔 그만 질려버렸소."

윤숙은 돈암장 마당에 차가 멈추었을 때 그가 내뱉은 불명예스러운 말을 떠올렸다.

'노티걸! (Naughty Girl!)'

조국을 위해 그 정도 불명예는 얼마든지 떠안을 수 있으리! 심기를 굳힌 윤숙은 프란체스카 부인에게 받은 두루마리를 메논의 코트 주머니에 가만히 찔러 넣었다. 그 모양을 지켜보던 메논은 다시 한 번 눈썹을 꿈틀거린다.

"이런 서류는 덕수궁 사무국을 통해 전달되어야 유엔에 도달하는 것이오. 이런 비공식적 일을 이 박사는 왜 미스 모에게 시킬까요?"

메논의 목소리엔 날이 서 있었다. 윤숙은 석고대죄 하듯 말했다.

"죽을죄를 지었어요. 애초에 금곡릉이 목적이 아니었어요. 이 박사를 이해해 주시고 용서해 주세요."

"이해의 문제가 아니오. 당신 조국의 명운이 걸린 일이오."

메논은 지독하리만치 냉혹한 목소리로 덧붙였다.

"그는 포기한 줄 알았소."

그의 말이 마치 사형선고처럼 들렸다. 출발지로 삼았던 호텔이 저 앞으로 다가오는 것이 느껴지며, 차의 문고리를 잡는 메논의 손이 느린 화면처럼 지나간다. 윤숙은 필사적으로 그의 손에 매달렸다.

마음을 다잡으며 갈라진 입술을 떼었다.

"모든 이유는 시일이 지난 후에 역사가 알려줄 거예요. 의장님이 이 서류를 통과시켜 주신다면 말이죠. 이 서류에 쓰인 대로 저는 물론이고, 온 한국 동포들이 염원하고 있어요."

메논은 쓰게 미소 지었다. 눈빛은 모든 걸 이해한다는 듯,

"금곡릉은 어느 날 낮에 제가 모시고 가겠습니다."

차는 멈추었고 윤숙도 그토록 간절했던 손길을 풀었다.

다음 날, 메논은 유엔총회를 위해 뉴욕으로 떠났다. 유엔총회 소위원회에서 메논 의장은 인도 정부의 훈령과 지시, 그리고 위원회 전체의견을 무시하며 이 박사의 노선을 채택하도록 독려하였다. 그리고 몇 달 후 남한, 그들만의 총선거가 이루어졌다. (* 1945년 유엔한국위원단의 의장을 맡았던 메논은 후에 그의 자서전에서 "나의 심장이 머리를 이기도록 허락했던 유일한 경우"라며 그날의 일을 회고하였다.)

그랑 다노아(Grand Danois)

'정신 차려, 벨!'

꿈이 틀림없단 말이지. 투구판에 걸려 넘어진 것뿐이야! 망신이야 잠깐 감당하면 되는 일, 공 한번 만져보지 못하고 구급차에 실린다면 이보다 부끄러운 일이 없도다.

"우우!"

군중들의 야유소리가 이렇듯 반가울 수 없다. 가만히 눈 떠보니……,

"죄인에게 사형을 선고하라!"

뭐? 무슨 희한한……, 주변을 살피니 여기가 야구장이 아니란 건 알겠는데, 두더지 잡기를 하기 위함인지 판사가 법원 망치를 사정없이 두들겼다.

"정숙하시오. 땅땅땅!"

나는 시구하려다 떡뽀끼의 매운 맛에 혹사당하다 투구판에 걸려 넘어지는 바람에 죽은 것일까?

"정숙! 소란을 피우는 자는 당장 끌어내겠소."

몇몇이 퇴장조치 되어서야 법정이 잠잠해졌다. 이곳이 하늘 재판장이 아닌, 평범한 인간 세상의 법정이라는 것과 또다시 드골의 단추가 되었다는 것을 깨닫기까지 많은 시간이 소요되진 않았다. 언뜻 찰리 채플린이 입었을 낡은 셔츠에 멜빵바지 차림의 알제리-프랑스 혼혈인 남자가 엉덩이를 긁적이며 퇴정하는 모습이 눈에 들어온다.

"15만여 명의 프랑스인이 나치에 의해 총살당했습니다."

검사가 담담한 목소리로 말문을 열었다.

"75만여 명의 프랑스 노동자들이 독일군수공장에 강제로 동원되었으며, 11만여 명의 프랑스인이 나치집단수용소에 유배되었고, 12만여 명은 인종차별 정책에 의해 나치 강제수용소에 이송되었습니다."

검사는 차가운 표정으로 피고인을 돌아보며 질문했다.

"피고는 이들 가운데 몇 명이 조국에 귀환했는지 아는가?"

피고인석의 그는 말이 없다. 검사는 담담한 목소리 톤을 포기하며 소리쳤다.

"단 1천 5백 명만이 돌아올 수 있었다."

검사의 말이 끝나기가 무섭게 군중들이 동요했다.

"110만 프랑스인을 죽인 페탱에게 사형을!"

"반역자 페탱은 지옥에도 자리가 없을 것이다."

법정 망치가 마치 사각의 링 위에 종소리처럼 몇 번이고 울렸지만 재판장은 어느 운동경기장보다 떠들썩했다. 문득 나를 만지는 손길이 느껴진다. 다름 아닌 집게손가락이 그랑 다노아처럼 달려들었다. [* 그랑 다노아(Grand Danois): 그레이트 데인(Great Dane)으로 불리는 대형견. 개 중에 가장 큰 품종으로 몸길이 2미터까지 자라기도 한다.]

'땅땅땅!'

소란을 잠재우려는 것처럼 판사가 최종판결을 내렸다.

"페탱에게 사형을 선고한다."

외투의 주인이 일어섰다. 그가 일어서자 우러러보이던 법정이 일순 밑으로 내려앉아 평범한 회의장으로 보였다. 외투에 매달린 채, 의지와는 상관없이 법정 문을 나서자 기자들이 우르르 몰려왔다. 그들은 보기에도 촌스러운 솜방망이 마이크를 들이대며 인터뷰 요청을 했다.

"드골 장군, 페탱의 사형선고에 대해 어떻게 생각하십니까?"

드골은 짤막하게 답했다.

"정의가 살아 있음을 알린 판결이었소."

실랑이 끝에 경호원들이 길을 틀 수 있었다. 기자들은 따라붙으며 집요하게 카메라 플래시를 터트렸다. 대기한 차량에 몸을 실으려는 순간, 기자 중에 누군가 소리쳤다.

"페탱은 오래도록 당신의 상관이었습니다."

드골은 차에 타려다 말고 소리 난 쪽을 향했다. 기자가 모습을 드러내며 묻는다.

"당신은 상관의 지시와 명령에 따라야 하지 않았습니까?"

찬물을 끼얹은 듯 싸늘한 침묵이 찾아왔다. 침묵을 깨고 드골은 답한다.

"나는 레지스탕스요. 나치를 상대로 싸울 때보다 내부의 적을 상대로 싸우는 게 몇 배나 힘들다는 것을 잘 알고 있소." (* Je suis résistance: '나는 저항이다.' 드골이 프랑스 정회에 들며 한 말.)

아마도 드골의 안광이 날카롭게 빛났을 것이다. 기자들은 주눅이 든 채 꿀 먹은 벙어리 모습이다. 차에 몸을 실으니, 보조석에 앉은 이가 한마디 했다.

"첫 단추를 잘 끼우셨습니다."

드골의 보좌관, 파트리크는 선천적으로 웃는 상인 듯, 꽤나 심각한 이 상황에서도 미소 짓고 있는 듯이 보였다.

"첫 단추는 페탱이 아니야."

드골은 냉정한 목소리로 대꾸했다. 좀 전에 움츠러든 기억을 잊은 듯, 기자들이 야단법석을 떨었다. 그들 중 몇몇은 짓궂은 아이처럼 차창을 손바닥으로 두들겼다. 운전수가 몇 번이고 시동을 꺼트리는 바람에 차는 움직이지 못했다.

'타다다닥……'

마치 구식 타자기 활자 인쇄하는 소리처럼 차창 두들기는 소리로 요란하다. 자동차 시동은 몇 번이고 걸리지 않고, 어느새 차창문은 기자들의 손바닥 자국으로 범벅이 되어버렸다. 참다못한 드골은 넌지시 뇌까리길,

"손봐야 할 곳 투성이군!"

보좌관 파트리크는 운전사와 함께 쩔쩔맸다. 마침내 시동이 걸리며 차량이 법원 영내를 벗어나기 시작하자, 파트리크가 어렵사리 말 꺼낸다.

"장군, 대영제국의 한 국회의원이 찾아왔었습니다만, 그게……."

파트리크는 목을 주억거리며 말을 잇지 못했다. 드골은 온건한 목소리로,

"무슨 일로?"

"비서장 쉬스킨이 그 국회의원의 아내와 바람을 피우다 걸린 것 같습니다."

드골은 실소하며 대꾸했다.

"당장 놈을 해임시켜. 침대에서 한 짓을 들킬 정도라면 그놈은 바보야. 나라면 그렇게 들키지는 않아."

차량은 파리 시내로 접어들었다. 1940년대 파리의 거리는 을씨년스러운 분위기를 물씬 풍겼다. 간혹 피폭에 허물어진 건물과 탄흔자국이 선명한 건물들이 눈에 들어온다. 파트리크가 간청하는 목소리로,

"장군님, 눈 좀 붙이셔야 합니다."

드골은 말없이 차창 밖을 응시한다. 허물어진 건물의 잔재 속에서 부녀자들이 쓸 만한 가재도구를 골라내고 있었다. 차창 밖으로 펼쳐지는 광경들을 물끄러미 바라보던 파트리크는 생각난 듯 말했다.

"그 외투는 그만 입으시는 게 어떻겠습니까?"

자동차 앞 거울에 드골의 눈썹이 꿈틀거리는 것이 보였다. 파트

리크는 어렵사리 입 뗀다.

"낡은 외투 때문에 장군님의 인상이 더욱 고지식해 보인다고 합니다. 코밑수염도 밀어버리시는 편이 어떨까요?"

"왜?"

"누군가 그 수염 때문에 히틀러를 연상시킨다고……."

"어느 놈이?"

"그야……."

파트리크는 말끝을 흐렸다. 드골이 신랄한 어조로 쏘아붙였다.

"언론이 문제군, 팔아먹은 영혼으로 잘도 지껄인단 말이지. 파트리크, 개인의 취향이나 사생활이 밖으로 드러나는 이미지 때문에 포기를 강요한다면 그건 나치가 장악하려는 세상과 다를 바 없네."

드골은 윗단추인 나를 풀었다. 단추 구멍을 벗어나니 눈앞이 깜깜해지며 연통구조의 통로가 눈앞을 구불거린다. 통로 끝에 다다라 다른 세상에서 눈뜨니 길게 뻗은 활주로가 보이고, 그 옆에 사열 종대로 줄지어 서 있는 사람들 가운데 윤숙이 보인다.

윤숙 옆에는 귀여운 여자아이가 발을 구르며 장난을 치고 있었는데 줄 맞추어 있는 사람들의 엄숙한 표정과 무척이나 대조되었다. 곧이어 박물관에 전시되어야 어울릴 법한 비행기가 활주로에 착륙하며, 유엔 위원회로 보이는 사람들이 줄지어 내려왔다. 그중에 단연 선 굵은 생김새에 송충이 눈썹 메논이 눈에 띈다.

"메논 의장!"

사열대 맨 앞에 있던 이 박사가 메논에게 뛰어갔다. 그는 손에 들고 있던 꽃목걸이를 메논에게 씌워주었다.

"고맙소, 고맙소."

이 박사는 '땡큐!'라는 말을 연발하며 메논에게 키스 세례를 퍼부었다. 때를 같이해 한복을 곱게 차려입는 여인들이 UN위원회 사람들에게 큼지막한 화환을 안겨주었다.

"정국은……."

할 말이 있어 보였지만 메논은 말을 잇지 못했다. 이 박사가 부둥켜안고 몇 번이고 양 볼 키스를 하는 바람에 들고 있던 여행 가방마저 떨어트렸다.

"감 …… 감사합니다."

메논은 무례하지 않게 이 박사를 밀어내며 물었다.

"정국은 안정이 되었습니까?"

이 박사는 메논의 양손을 부여잡고 그의 손등에도 키스했다.

"안정되었지요. 뭉치면 살고 흩어지면 죽는 법 아니겠습니까?"

이 박사는 은밀한 손짓으로 윤숙을 불러냈다.

"때로 모든 일의 시작은 여인의 품에서 나오는 것 아니겠소?"

"네?"

"오해는 마시오. 역사상 가장 위대한 남성 지도자도 그 모태는 여인이니까."

이 박사는 자랑스러운 올해의 인물이라도 소개하려는 것처럼 윤숙을 붙여주고는 다른 위원회 사람들을 찾아 악수를 나누었다. 윤숙은 꽃다발을 전하며,

"참으로 어려운 일을 성사시키셨어요."

메논은 윤숙의 옆에 있는 여자아이에게 눈인사부터 보냈다. 여

자아이는 부끄러운 듯 윤숙의 치마폭에 숨는다. 메논은 말없이 꽃다발의 향을 맡았다. 이 박사가 전한 말의 기묘한 여운을 떨쳐내고 싶지만, 꽃향기보다 그녀에게서 풍기는 분 냄새가 훨씬 짙다.

"의장님, 보고서에 서명 부탁합니다."

위원회 사람 중에 한 명이 메논 의장을 찾았다. 그가 자리를 비운 틈에, 이 박사가 다가와 윤숙에게 속삭인다.

"이봐, 윤숙이, 이제부터는 외국 손님 접대할 때 기생파티 열지 말고, 레이디들이 모여 격조 높게 대화하라고."

"네……?"

윤숙은 말뜻을 몰라 어리둥절했다. 이 박사는 채근하듯,

"조직을 꾸리라고, 이제부터는 점잖게 가는 거야. 점잖고 격조 있게, 낙랑구락부 어떤가? 사랑을 잃고 낙랑을 얻은 호동 왕자를 기리며……." (* 낙랑구락부: 이승만의 부탁으로 김활란, 모윤숙이 주체가 되어 기획한 밀실 사교조직)

이 박사는 윤숙의 치마폭에 숨어 있던 여자아이를 발견해내며 덕담을 잊지 않는다.

"선이라 했지? 이제부터 엄마는 조국을 위해 중요한 일을 해야 한단다."

이 박사는 윤숙의 딸아이를 자신이 맡겠다고 고집했고, 엔간해선 그의 고집을 꺾을 수 없었다. 비행기 활주로가 있는 미군 부대를 한 차례 순회하고 난 후, 윤숙은 메논과 다시금 만났다. 메논의 얼굴표정이 어딘지 어둡다. 윤숙은 그와 함께 차에 탑승하며 묻는다.

"저희들 환영인사가 부족했나요?"

"그럴 리가 있겠소?"

메논은 말을 아끼는 것 같다. 윤숙은 차창 밖과 메논의 얼굴을 번갈아 바라보며 마치 틱 장애 있는 사람처럼 고개를 가로저었다. 그녀의 암시 가득한 주술적 행동을 이기지 못하겠는지 메논은 마침내 입을 열었다.

"하지 중장이 이 박사는 끝내 안 된다고 했소."

"총선거가 이루어질 거예요. 이미 박사님의 뜻대로 가고 있는 것 아닌가요?"

"위원회 사람 대부분이 남한의 선거에 반대했소. 나 역시 변함이 없어요. 공산주의 이념과 대치하고 있는 상황에서 남북한이 갈라질 것이란 것은 불을 보듯 뻔한 일이오."

윤숙은 입이 무거워 말을 할 수 없다. 그것을 확인시켜 줄 요량인지 메논이 부연했다.

"미스 모가 전해준 두루마리가 아니었다면 이런 일은 일어나지 않았을 것이오."

언쟁으로 번질 수 있는 위험성을 감수하며 윤숙은 입을 떼었다.

"지나온 일에 대해 후회하는 것은 어리석은 짓이에요."

"애초에……."

메논은 말을 꺼내려다 그만두었다. 윤숙은 기탄없이 말했다.

"임시 혼란을 정돈하기 위해 미국이 잠시 사무를 돌봐주는 것뿐, 미국이 우리 운명을 좌지우지할 권한이야 없지요. 우리는 해방된 족속이오. 앞으로는 독립 국가를 건설하는 데 피동적인 자세가 아니라 자주적으로……."

"미스 모!"

메논은 윤숙을 다그치듯 불렀다.

"이 박사는 미합중국 대통령에게 신탁통치를 바라는 청원서를 제출했소."

"네? 어느 나라를요?"

"당신 조국 아니면 어디겠소?"

"그럴 리가요."

윤숙은 충격을 받았다. 며칠 전, 우사 선생님이 했던 말이 생각난다.

"수많은 독립 운동가들이 목숨과 전 재산을 바쳐 이루어 놓은 신념을 우남은 하루아침에 묵살했소." [* 우사(尤史): 김규식의 호, 우남(雩南): 이승만의 호]

윤숙은 입술을 깨물었다. 감히 지나온 일을 후회하는 것은 어리석다는 자신의 말은 얼마나 무가치한 것일까? 냉정한 목소리로 메논이 덧붙인다.

"미스 모가 내게 보낸 10여 통의 전보, 사실은 이 박사가 보낸 거지요?"

"그 …… 그건……."

"타지마할을 밤에 봐야 한다는 나의 답장에 미스 모는 실제론 다른 답을 내놓았어요."

"죄송해요. 제 서명이 들어가지 않으면 확인하지도 않을 거라며 박사님이 억지로 사인하게 했어요."

어느덧 차는 호텔에 도착했다. 메논은 아무런 언질 없이 차에서 내렸다. 윤숙은 자신처럼 덩그러니 남겨진 메논의 여행 가방을 물끄러미 바라보았다.

콩바

이상하다. 나와 상관없는 대한민국의 역사에 가슴이 뭉클하다. 의지와는 상관없이 어디선가 아름다운 시구, 곧 시의 구절이 귓가에 들려온다.

"육신이 없는 영혼은 말하지 말지어다. 완전한 현존, 완전한 의식, 완전한 환희는 영혼과 육신이 하나일 때 가능하다. 영혼으로 화한 육신이 있을 때에야 가능하다." (*『독일인의 사랑』, F. M. 뮐러)

드골이 소리 내어 책을 읽고 있다. 그의 목소리는 본래 힘이 있기도 하거니와, 바로 턱밑에서 그 목소리를 들으니 마치 노멀라이즈처럼 음성이 강조되어 확실하고도 뚜렷했다.

'대체, 나는 뭔가!'

문득 내 손이 어떻게 생겼는지 궁금하다. 팔이라 생각되는 걸 움직여보니 실밥이 보였다. 내 손이 실밥이라면⋯⋯,

'나는 그건가?'

불현듯 실밥 팔이 맥없이 접히고 만다. 그랑 다노아처럼 달려든 손가락 놈은 나의 팔을 소금에 절인 파김치처럼 풀어 헤치고 온몸을 거칠게 쓸었다.

"앙드레!"

문이 열리며 이본느가 향기로운 재스민 차를 내왔다.

"여보, 그 책은 읽지 않는 게 좋겠어요."

그녀는 드골이 읽는 책을 책잡았다.

"독일 작가가 쓴 책이잖아요?"

드골은 책에서 눈을 떼지 않은 채 무신경한 목소리로 대꾸하길,

"그렇소. 독일 작가가 쓴 작품을 프랑스어로 출간했지."

"여보, 난 진지하게 말하고 있는 거예요."

"그렇소. 당신의 의견을 비롯해서, 사람들이 진지하다고 주장하는 것에 대해 나 또한 진지하게 받아들이려 노력 중이라오."

드골은 여전히 책에서 시선을 거두지 않았다. 나는 이쯤에서 이본느가 그의 풀 네임을 부를 것이라 예상했다.

"샤를!"

예상 밖으로 그녀는 드골의 미들네임 중 가장 부드럽고 여성적인 이름을 택했다.

"시국이 좋지 않아요. 당신이 읽는 책까지 괜히 사람들을 자극할

필요는 없다고 생각해요."

"맞는 말이오. 그렇지만 내가 원하는 이상 이 책을 손에서 놓지 않을 것이오."

"앙드레!"

이본느는 끝내 그의 풀 네임을 부르지 않았다. 다만 남편과 차를 마시며 담소를 나눌 생각이던, 두 잔의 재스민 차를 그대로 두고 일어섰다.

그녀는 방을 나서기 전 소리쳤다.

"잠 좀 자세요. 그리고 샤샤는 죽이지 마세요." (* 샤샤 귀트리: 1940년대 프랑스 최고의 여배우, 나치 찬양의 영화에 출연한 연고로 맨발에 잠옷차림으로 연행되어 처벌당했다.)

'쾅!'

문 닫히는 소리가 위협적으로 들렸지만 드골은 그저 태연히 책을 읽었다. 재스민 차의 따뜻한 온기를 외면하며 드골은 전화기를 들었다.

"알베르, 나요."

불행하게도 수화기 너머 목소리가 들리지 않는다.

"'콩바'는 잘 있소?"

누군가의 안부를 묻는 말에 수화기 너머의 인물은 작정한 듯 떠들어댔다. 드골은 그의 말을 경청하며 중간중간 "알베르, 진정하시오."라는 말만 되풀이했다. 그나저나······,

'어디서 많이 들어본 이름인데?'

'콩바'가 뉘 집 강아지 이름은 아닌 것 같다. [*《콩바(combat)》: 저널

기관지, 알베르 카뮈(Albert Camus)는《콩바》의 편집장을 지내며 프랑스 레지스탕스 활동을 수행하였다.]

"그래서 반대한다고?"

드골의 짤막한 질문에 수화기 너머의 인물은 또 뭐라 장시간 이야기를 쏟아냈다. 들리지 않아 아쉬울 뿐……. 갑자기 드골이 수화기에 대고 소리쳤다.

"이건 프랑스의 실존에 관한 문제란 말이오!"

수화기 너머 알베르라는 인물도 언성을 높였다. 덕분에 그가 주장하고픈 말이 어렴풋이 들린다.

"실존의 문제는 사르트르에게나 던져주시오."

드골은 비장한 목소리로 대꾸했다.

"레지스탕스가 새로운 프랑스를 건설해야 하오. 그들이 뿌리를 내리고 줄기를 뻗어야 하오. 그러기 위해선 썩은 가지를 잘라내는 것으론 불충분합니다. 예외는 없소. 곪은 뿌리를 도려내야 합니다. 당신의 친애하는 친구라도 말이오." (* 프랑스가 자랑하는 천재문학가, 브라지야크는 나치를 찬양하는 글을 썼다. 그를 처형하고자 한 드골의 뜻에 알베르 카뮈는 반대하였다. 드골은 예외를 둘 순 없다는 단호한 입장이었고, 카뮈는 정치공작이라며 공공연히 드골을 비난했다. 결국 카뮈는 드골의 뜻을 받아들인다. 브라지야크는 1945년 처형되었다.)

저쪽에서 먼저 거칠게 전화 끊는 소리가 들렸다. 드골은 한숨을 내쉬며 어느새 싸늘히 식어버린 재스민 차를 한 모금 마셨다.『독일인의 사랑』책의 한 구절이 눈에 들어온다.

"하늘의 궤도를 도는 별처럼 인간은 이 땅 위를 정해진 대로 도는 것뿐이야. 신은 인간에게 저마다 가야 할 만남과 이별에 관한 길을 정해주었어."

드골은 책을 덮고는 무릎 담요를 가슴까지 끌어 올렸다. 그가 잠을 청할 생각이라면 나를 풀고 좀 더 편안해지는 게 좋을 성싶다. 아니나 다를까, 이제는 '그랑 다노아'라는 애칭을 붙여주어도 좋을 법한 집게손가락과 엄지손가락이 나를 덮쳤다. 나의 의식이 하늘의 궤도를 도는 별처럼 특별히 마련된 궤도를 따라 이동한다면 어디로 흘러갈까! 나는 이제 시구 대신, 윤숙이라는 여인을 떠올렸다.

"괜찮아? (C'est bien?)"
나는 눈을 부릅뜨며 바로 조금 전의 생생했던 감각을 되찾으려 노력했다.
"벨, 괜찮아?"
응? 김 이사가 보인다. 어쩐지 현실에서의 감각이 꿈속에서보다 훨씬 못한 것 같다.
"다행이다. 근데 씹지도 않고 넘기는 게 어디 있어?"
나는 김 이사가 무슨 소리를 하는가 싶어 눈을 끔벅거렸다.
"글쎄, 떡이 목에 걸렸잖아."
순간, 뇌리에 스치는 게 있다. 목에 걸린 떡보다 더 중요한 것이 있었는데!

"어떻게 됐어?"

"뭐가?"

"시구?"

김 이사는 얄궂게 웃었다.

"오늘 뉴스에 날 거야. 잘 했어!"

'잘 했다니?' 마음속 물음에 답하는 것처럼 김 이사가 말한다.

"노이즈 마케팅은 그다지 좋아하지 않지만, 이번 일로 신작은 제대로 홍보된 것 같아."

김 이사는 똑같은 말을 반복하며 잇몸까지 드러내며 웃었다.

"이런 기분 좋은 이변이 있나!"

희희낙락하는 김 이사를 보는 게 마뜩잖은 것은 아니다. 한없이 사람 좋아 보이는 그의 미소는 보는 이까지 무장 해제시키는 매력이 있다. 그렇지만 나는 고향땅에 가족을 남겨두고 떠나온 것 같아 마음이 무겁다.

"윤숙을 알아?"

"윤숙이?"

성은 뭐더라. 맞다! 메논이 그녀를 '미스 모'로 불렀던 것으로 보아 모윤숙!

"그게 누구야?"

김 이사는 전혀 모르는 것 같다.

"이승만은?"

"아, 이승만 박사야 우리나라 국부지!"

"국부? 이승만의 호는 알아?"

김 이사는 눈을 소처럼 끔벅였다.

"호 같은 건 이제 안 써!"

쓸모없으면 알아야 할 필요도 없다는 듯 김 이사는 고개를 가로
저었다. 그러더니 대뜸 소리친다.

"무슨 소릴 하는 거야? 나는 네가 죽는 줄 알았어."

콧등에 달라붙은 붕대의 두터운 감촉이 느껴졌다. 병원 창가에
비친 바깥풍경은 아직 밝다.

"언제 적 일이야?"

"응?"

"내가 쓰러지고 몇 시간 지났어?"

"네가 시구했던, 아니 시구하려던 야구경기가 막 7회에 접어들었
으니 한 두어 시간 지났겠네."

"뭐? 말도 안 돼."

과거의 시간대를 오가며 장시간 여행했는데, 고작 두어 시간밖에
지나지 않았다니……. 대부분의 꿈은 잊히며, 제아무리 생생한 꿈
이라 해도 지식은 쌓이지 않는 법이다.

"우남이야!"

"뭐?"

"이승만의 호를 검색해봐."

스마트폰으로 검색한 결과를 김 이사가 알렸다.

"맞네, 우남! 이런 미친……."

불식간에 날아든 그의 욕지거리에 콧등에 붙은 반창고가 다 놀
랐다.

"왜 그래?"

"어느 미친놈이 이승만 박사가 300만 명의 한국인을 죽였다고 블로깅해놨어."

김 이사는 본격적으로 욕을 쏟아부었다.

"우리나라 국부에게 어떤 썩을 놈이 이런 지랄하고 자빠질 글을 올려놨어?"

김 이사는 바겐세일 하는 상품처럼 한참 동안 욕설을 대방출해 내더니, 급기야 네트워크 세상에 화살을 돌린다.

"하여튼 인터넷이 문제야. 이런 말도 안 되는 거지발싸개 글들이 버젓이 대중들에게 노출된다니까……."

김 이사는 얼굴이 시뻘게져서 고래고래 소리를 질렀다. 감정상 태만 따져서는 누군가 트럭에 정면으로 들이받혀도 지금 김 이사의 상태보다는 나을 것 같다.

"그만해, 너 때문에 욕부터 배우겠어."

"한국 욕 무섭지?"

"마피아도 한국 욕 들으면 기죽을걸. 근데 의사는 뭐래?"

"네가 심각한 상태라면 나만 홀로 남겨놓진 않았겠지."

여전히 분이 풀리지 않은 표정으로 김 이사는 씩씩거렸다. 그가 화를 내는 이유를 알지 못하겠다. 확인해서 사실과 다르면 그냥 무시하면 되지!

또 떡뽀끼

투구판에 코만 깨진 게 아니다. 노트북을 켜기에 앞서 안경테에도 반창고를 감았다. 살짝 금이 간 콧등보다는 다리가 부러진 안경 쪽이 병원신세를 져야 옳을 성싶다.

'따다닥⋯⋯.'

이 시대에 책이 팔리지 않는 이유는 인터넷 때문이라는 말에 대체로 동의한다. 예전 같으면 책을 찾아보았을 것을 이제는 컴퓨터 자판, 혹은 스마트폰을 두드리며 검색한다.

'따다닥!'

병실에 들어앉아 하루 종일 인터넷 검색을 했다. 모윤숙, 대한민국 근대사, 일제강점기, 낚싯대를 드리우면 100% 걸려드는 물고기처럼 지식정보가 떴다. 깊이 있는 지식을 제공하는 것에는 한계가 있지만, 인터넷은 친절하게도 검색어와 연관하여 보다 확장된 정보를 제공한다.

'국부 이승만'을 검색하니, 연관하여 '국모 명성황후'가 떴다. 주의할 것은 '명성왕후'와 '명성황후'가 있는데 둘은 다른 인물이다. 명성왕후는 조선의 19대 왕 숙종의 어머니이다. 민비라고도 하는 조선 근대사의 주요인물 '명성황후'는 일본 낭인들에 의해 죽임을 당하였다. 그리고 그분은 시해당할 때 이런 말을 남겼다.

"나는 조선의 국모다."

그 말이 사무치게 비장하여 명성왕후, 아니 명성황후에 대해 알아보았다. 언뜻 세종대왕과 어깨를 견줄 정도로 대단한 인물 같지만, 내가 본 명성황후는 그 같은 명성을 누리기엔 역부족이다.

민비에겐 전속무당 진령군이란 여인이 있었는데, 민비는 그녀의 말이라면 듣지 않는 것이 없다고 한다. 진령군은 국정을 휘어잡은 건 물론이고, 조선의 종묘사직까지 휘저었다. 조정 대신의 인사권도 진령군에게 있었다 하니, 내로라하는 정승들도 한낱 무당인 진령군 앞에서 설설 기었다 한다.

"국고가 텅 비었습니다."

진령군이 민씨의 외척일가와 함께 좀먹기 시작한 나라살림은 금세 거덜이 났다. 군병들 줄 봉급도 없었다. 5년 동안 품삯을 받지 못한 병사들이 항의하여 마침내 먹을 양식으로 계산하려는데……,

"뭣이여? 이런 썩을 것을 줘?"

썩은 쌀도 모자라 모래를 섞어 품삯으로 주니 병사들이 난(임오군란)을 일으켰다. 오늘날로 따지면 파업쟁의를 한 것인데, 민비는 청나라 군대를 끌어들여 난을 일으킨 자국의 병사 12만을 죽였다.

　고종의 매관매직 정책에 의해 벼슬을 돈으로 산 탐관오리들이 자신들의 원금을 되찾고자 패악을 일삼으며 백성들의 고혈을 짜내니, 이에 분개한 백성들이 '동학'으로 들고일어났다. 민비는 이번에는 청나라 군대뿐만 아니라 일본군까지 끌어들여 자국의 백성 25만을 학살하였다.

　'번역기가 이상하다!'

　전 세계에 '사치와 향락의 왕비'로 낙인찍힌 마리 앙투아네트는 왕실예산의 1/10을 썼다. 이는 프랑스 국가예산의 2%에 해당한다.

　"앙투아네트를 단두대에 세워라."

　명성황후는 왕실예산이 아닌, 당시 조선의 전체예산의 1/7을 사사로이 썼다. 자국민을 벌하기 위해 번번이 군사를 빌려준 청나라에 무분별한 사례금을 남발한 것은 말할 것도 없고, 좀 더 특별한 것이 있다면 아들의 무병장수를 위해 굿을 벌였는데, 이름하여 희대의 굿판! 백성들은 헐벗고 굶주려 쓰러지는 판에 제사를 명목으로 금강산 일만 이천 봉, 그 봉우리마다 쌀과 베, 그리고 돈 천 냥씩 쏟아부었다.

　'뭐 이따위 번역기가 다 있어?'

　뜨뜻미지근하게 일처리를 끝낸 것처럼 뒷골이 당긴다. 부왕이 엄연히 있는데도 민비가 정사에 이리도 깊이 관여한 것부터 미심쩍다. 어쭙잖은 번역기가 앞뒤 문맥, 전후 어순 무시하고 잘못 번역해놓은 것이 분명하다.

　"벨, TV 켜봐."

미처 생각을 정리하기도 전에 휴대전화가 울렸다. 수화기 너머 김 이사는 응급환자 받은 레지던트처럼 호들갑을 떨었다.

"난데없이 왜?"

"자네 얘기가 나오고 있어."

"중요한 일을 하고 있어. 다음 작품의 소재가 될지도 몰라."

"글쎄 틀어 봐."

그런 것에 휩쓸리지 말자! 다짐을 했건만 내 손은 TV리모컨을 찾고 있었다. 이 채널 저 채널, 뒤늦게 발견한 나에 관한 뉴스는 충격적이다.

'정녕 내 얼굴인가?'

눈이 반쯤 뒤집어져서 몸을 떨며 떡을 토해내고 있었다. 저것을 보고 있자니 새삼 콧등에 시큰한 통증이 느껴진다.

"이봐, 벨!"

"왜 또?"

"안경 새로 해야 하지 않아?"

TV 화면에선 내 얼굴이 토한 떡과 함께 클로즈업되고 있다. 새빨간 고춧가루가 점점이 박혀 있는 희멀건 떡……. 수화기 너머 김 이사가 물었다.

"멋지지 않아?"

그에게 무례를 범할 생각은 없지만 휴대전화와 함께 TV리모컨을 내팽개치고, 다시금 노트북을 들여다본 순간, 실시간 검색에 내 이름이 떴다—참 빠르고 빠르다. 축지법을 쓰는 민족! 그리고 검색어 상위권에 새로 진입한 단어, 바로 제대로 표기된 떡뽀끼(떡볶이).

생긴 것만 보면 이보다 맛있는 음식은 없을 성싶다.

'꾸르륵.'

떡뽀끼의 위용, 그 먹음직스러운 비주얼에 자극받았는지 속 빈 위장이 연산 작용을 했다. 그렇다고 떡뽀끼를 먹고 싶다는 건 절대로 아니다! 옷을 차려입고, 병실을 나서려는데 직업정신이 투철한 간호사들이 앞을 가로막는다. 그녀들을 설득하기 위해서라도 제대로 된 한국말 실력을 선보여야 하느니.

"쩌 괜찮아여! 쎼울의 밤을 보고파여."

한국은 빛 공해가 가장 심한 나라이다. 저녁 6시면 대부분의 상점이 문을 닫는 유럽에 비해, 한국의 상점들은 마치 저녁 6시를 기다려 문을 열려고 준비하는 것 같다.

한국의 상점이 이상한 건 저마다 네온사인이나 빛을 내는 간판을 쓴다는 점이다. 불야성을 이루는 길거리 못지않게 고층 빌딩엔 빛이 꺼지지 않는다. 한국을 처음 방문했을 때는 한국 사람들이 낮에는 자고 밤에는 활동하는 줄로만 알았다. 그런 그들이 낮에도 열심히 일한다는 걸 알았을 때는 충격이 컸다.

낮이건 밤이건 열정적으로 활동하는 한국인들을 위해 거리는 환상적인 길거리음식으로 넘쳐난다. 닭꼬치, 어묵꼬치, 순대, 호떡, 강정, 김밥, 잔치국수, 김치만두 등, 다양한 풍미가 넘쳐나는 것도 모자라 '포장마차'라고 하는 신개념 레스토랑도 있다.

'룰루랄라!'

한국의 밤거리만큼 안전한 곳은 세계에 또 없다. 소매치기가 그득한 파리의 밤거리라면 이렇듯 자유로운 도시산책을 즐길 수 없을 것이다.

'저놈의 것…….'

그런데 어느 밤거리, 어느 길거리음식에고 꼭 터줏대감처럼 떡뽀끼가 끼여 있다.

'빨갛고 지독한 것!'

젊은 커플 둘이 빨간 떡 국물을 흘리며 그것을 먹고 있었다. 한국은 커플이 참 많다. 종종 커플티와 함께 신발까지 맞추어 입는 이들을 발견하는데, 그건 참 경이로운 광경 중 하나다. 꼭 저렇게까지 하고 싶을까!, 라는 생각과 함께 언뜻 그들의 끈끈한 유대감이 부럽기도 하다.

"뭘 봐요?"

실례라는 걸 깨닫지 못하고 커플티를 차려입고 떡뽀끼를 먹는 이들에게 오래도록 시선이 미치었다.

"쬐…… 죄송합니다."

돌아서려는데,

"거미 작가님 아니세요?"

진홍색 커플티를 입은 그녀는 도톰한 예쁜 입술을 움직이며 물었다. 어쩌면 떡뽀끼의 매운 기운에 입술이 적당히 부어서 그런 것일 수도 있겠다.

"네, 깜…… 감사합니다."

짧은 한국말 실력으로는 여기까지, 난데없이 남자가 유창한 프랑스어로 말 건다.

"괜찮으세요? (Ce n'est pas grave?)"

"네?"

"오늘 야구장에서…….."

"아, 팬 …… 괜찮습니다."

"저, 초면에 실례일 수도 있지만, 혹시 일부러 그런 건 아니죠?"

초면에 실례가 되리라는 것을 무릅쓰고, 그렇게 물어봐 주는 한국인이 참으로 반갑다―비꼬는 것이 아니라 정말로 그렇다!

"일부러 그랬다면 제 코를 이렇게 엉망으로 만들어놓진 않았겠지요."

여자가 보채듯 묻는다.

"뭐라 하는 거야?"

커플남은 자신의 코를 가리키며 한국말로 대략 빠르게 설명하는 눈치다. 다 알아들은 여자가 소리 내어 웃더니 친절하게도,

"같이 드시겠어요?"

"깜 …… 감사하지만 괜찮습니다."

"여기 떡볶이가 참 맛있어요. 한번 먹어보세요."

음식을 권하는 한국인의 다정함에 눈물이 날 지경이다―앞서 나는 한국인의 솔직함에 매료되었으니!

"괜찮다고요."

불붙은 떡 맛이 되살아나 이맛살이 찌푸려지는 것을 피할 수 없었지만, 친절한 커플은 자기들끼리 뭐라 얘기를 나누더니 대뜸,

"이모, 여기요."

아, 떡뽀끼 파는 아줌마가 친척이었구나! 그들의 후덕한 친척, 이모님은 떡뽀끼 한 국자 떠서, 기상천외한 플레이팅, 바로 '비닐봉지

씌운 접시'에 정성껏 담아 내 앞으로 내밀었다. 커플티 남자가 유창한 프랑스어로 덧붙인다.

"좋아하시는 거 알아요."

친절을 베푸는 상대에게 어떤 행동으로 답해야 할까! 예절을 아는 인간이라면 당연히 그 친절에 응해야 할 것이다. 친절을 받아들이다가 죽는 한이 있더라도…….

"이러시지 않아도 되는데."

거대한 오벨리스크처럼 눈앞에 이쑤시개가 떠올랐다. [* 오벨리스크(Obelisk): 고대 이집트 왕조 때 태양신앙의 상징으로 세워진 기념비. 방첨탑(方尖塔)이라고도 하여 뾰족한 형태의 탑신.]

커플티 여자가 이쑤시개를 건넸다. 그녀는 손수 시범을 보일 요량으로 이쑤시개로 떡을 찍어 떡 국물을 쓸 듯이 묻힌 다음, 한입에 넣고는 정말 맛있다는 듯 오물오물 씹었다. 다 씹어 삼킨 커플티 여자는 살짝 매웠던지 입김을 호 불었는데, 매운 기가 마치 태풍처럼 몰려온다.

"배가 지독하게도 불러서 딱 하나만 먹겠습니다."

커플티 남자가 고개를 끄덕이는 것을 확인한 다음에야 작은 오벨리스크를 들었다. 그것으로 떡을 찍은 순간, 물컹거리는 늪에 빠져든 느낌이다.

"친절을 베풀어 주셔서 고맙습니다."

떡을 감싼 빨간 국물이 눈앞에서 불길처럼 이글거린다. 그때 떡 국물 하나가 맺힌 물방울처럼 떨어지는데, 마치 지옥의 불똥처럼 발등으로 향한다.

'뚝!'

나는 떡 국물이 신발 위창을 뚫지 않은 것에 안도하며 이제 운명과 마주할 순간임을 직감했다. 씹지 않고 넘기려다 그전처럼 목구멍에 걸릴라! 혀는 최대한 제집에 든 자라목처럼 끌어당기고, 윗니만을 사용해 천천히 씹었다.

'음······.'

참으로 특별한 맛이 느껴진다. 커플티 여인의 도톰한 입술이 다각도로 잔상을 남기며 마치 잠자리가 자기 눈알에 비친 세상에 탐닉하듯 빨려 든다. 정녕 신은 인간에게 저마다 가야 할 만남과 이별에 관한 길을 정해주었단 말인가? 기다렸다는 듯이 야구공 실밥 같은 통로가 굽이친다.

"정치는 파벌을 낳고 파벌은 정치를 배반할 것입니다."

언뜻 나이가 지긋했지만 무척이나 젊어 보이는 어떤 신사가 연설을 하고 있었다─아마도 한국인들은 모두 동안(Boyish looking)인 듯싶다! 그의 진중한 목소리는 청중들의 눈과 귀를 사로잡는다.

"나라와 민족을 위해 지도자는 먼저 자기 자신부터 죽여야 합니다. 광이불요(光而不耀), 빛나되 번쩍거리지 않는다. 자주독립을 위해 싸울 생각이라면 민족을 위해 나를 던져야 합니다. 불꽃처럼 타들어 갈지라도, 혹은 한 줌의 재가 될지언정 위정자는 자신의 모든 것을 바쳐 조국의 자주독립과 통일정부를 위해 힘써야 합니다."

그가 말을 마치자 우레와 같은 박수소리가 터졌다. 안경을 쓴 장신의 사내가 다가와 그의 손을 맞잡으며 만세를 부른다.

"대한독립만세! 우사 김규식과 함께 우리민족의 자주독립을 이루어냅시다."

장신의 사내, 백범이라 불리는 이의 목소리가 장내를 쩌렁쩌렁 울렸다. 윤숙을 찾는 건 그리 어렵지 않다. 키 큰 외국인 남자들이 많았지만 그중에서도 백범이 단연 우뚝했고, 그 옆에 윤숙이 자리하고 있었다. 그녀는 백범의 옆에서 통역을 담당했다. 우사 김규식은 따로 통역이 필요 없는 듯, 장내를 돌아다니며 유창한 영어로, 때로 현란한 불어로 어느 피부색의 외국인과도 막힘없이 대화를 나눴다.

"이봐, 윤숙이!"

어쩐지 심통 난 얼굴로 이 박사가 문을 열고 들어왔다.

"윤숙이, 여기서 뭐 해? 접대의 자리가 마련되었어."

이 박사는 다짜고짜 윤숙의 손을 잡아끌었다.

"성님, 그만 하시우다."

"왜 이래? 꼭 필요한 일이야."

백범이 말렸지만 막무가내다. 윤숙은 이 박사에게 손목이 잡힌 채, 어쩔 줄 몰라 얼굴만 붉혔다. 그때,

"원치 않는 것을 강요하지 마십시오."

우사 김규식의 눈빛이 날카롭게 빛났다. 그제야 윤숙을 잡은 손을 놓으며 이 박사가 말했다.

"우리 처지에 찬밥 더운밥 가릴 때야? 어떻게든 이목을 끌어야 하지 않겠어?"

"그런다고 조금도 나아지지 않습니다."

말이 통하지 않는다는 듯 설레설레 고개 저으며 이 박사는 윤숙에게 묻는다.

"윤숙이, 어쩔 거야? 하지가 와 있단 말이야."

지켜 서 있던 백범이 한마디 거든다.

"성님, 하지 중장이 왜 그 참부터 가 있소?"

"그러니 내가 이러지 않아! 제사 지내려면 제삿밥부터 정성껏 차려야 하지 않겠어?"

이 박사는 다시금 윤숙의 팔을 잡아끌었다. 우사가 이 박사를 만류하며 기어이 거친 말을 쏟아내고 마는데,

"우남, 언제까지 기생에게 외교를 맡기겠소?"

이 박사는 눈을 질끈 부라리며,

"아직도 답이 어디 있는지 몰라? 우리에겐 외교가 생명이야. 그걸 위해 뭐든 해야 할 때야. 일개 기생보다 못할 바에야 차라리 손을 떼라고!"

"뭣이오? 이 작자가!"

여차하면 서로 멱살이라도 잡을 것처럼 우사와 우남, 두 사람의 눈에서 불꽃이 튀었다. 그때, 풍채 좋은 한 외국인 남자가 시가를 물며 다가왔다.

"하지 중장!"

존 하지(John R. Hodge) 중장의 등장에 이 박사가 모두 들으라는 듯 큰 목소리로 외쳤다.

"우리 민족의 미래는 투쟁이 아닌 외교에 있어. 봉오동, 청산리에서 이겼지만 뭐야? 그 보복으로 양민들이 곱절이나 살육당했단 말

이지."

우남의 발언에 우사가 불같이 화를 낸다.

"어찌 그런 능구렁이 망언을 할 수 있소? 그 길이 옳기에 우리 열사들이 목숨 바쳐 독립운동에 뛰어든 것이오."

"흥, 저러니 딱하지."

"일본군이 저지른 흉악한 패악을 탓해야 하지 않소? 어찌 우리 동지들이 가슴으로 한 일을 탓한단 말이오?"

"쯧쯧, 그런 구시대 의식으로 무얼 하겠다고! 아직도 애국이 뭔지 몰라?"

기어이 이 박사는 우사의 멱살을 잡아채려는 것처럼 손을 뻗었다. 날선 분위기를 누그러트리러 백범이 중재하고 나선다.

"성님! 하지 중장 앞에서 이러지 맙시다. 얼추 부드러운 분위기에서 이야기를 이어갑시다."

이들은 어쩔 수 없이 우남이 마련해둔 거처로 들었다. 화려한 부채춤을 추는 기생들이 제일 먼저 눈에 들어온다.

"원더풀!"

어느 참에 불을 붙였는지 시가 연기를 한 모금 뿜어내며 하지 중장이 감탄사를 연발했다. 우남이 어깨를 으쓱이며,

"난 그저 한국의 멋과 낭만을 소개하려는 것뿐이야."

수많은 기생들이 테이블을 오가며 술과 음식을 날랐다. 무대에선 아름다운 부채춤이 펼쳐지고 있지만, 우사는 마뜩잖은 표정이 역력하다. 윤숙이 분위기를 달래며 술을 권한다.

"한국의 전통주를 드셔 보세요."

윤숙은 어느 기생이 나른 술 주전자를 들어 하지 중장의 잔에 따랐다. 백범도 마지못해 술잔을 기울였다. 우사의 잔에 술을 따를 참인데, 그가 술 주전자를 빼앗는다.

"내가 따라 마시겠소."

그 모양을 못마땅한 표정으로 지켜보던 이 박사는 하지 중장을 윤숙과 함께 쌍쌍파티에 집어넣었다.

"파티는 이래야 제맛이지."

홀 중앙에 짝을 짓고 춤을 추는 쌍쌍파티는 고운 한복 차림의 여인네들로 가득했다. 세계 각국에서 모인 외교관들은 기생들과 짝을 이루며 더없이 행복해 보였다. 그곳을 휘젓고 다니며 이 박사는 어딘지 활개를 치는 것 같다.

사람들이 빠져나간 자리에서 우사는 말없이 술잔만 비웠다. 백범은 우사의 빈 잔을 채워주었다.

"성님의 행동을 탓할 것만은 아니지요."

"국격을 떨어트리는 실없는 짓일 뿐이오."

우사는 우남을 흘겨보았다. 무대 위의 이 박사는 성성한 백발에 어울리지 않게 어릿광대처럼 쏘다니며 연신 방소했다.

"헬로우?"

백범과 몇몇 고즈넉한 술잔이 오갈 때, 하지 중장이 사람 좋은 미소를 지으며 다가왔다. 그는 백범에게 할 말이 있다며 우사의 춤 파트너로 윤숙을 추천했다.

"어찌 춤출 수 있겠소?"

우사의 강경한 태도에 하지 중장이 강한 암시를 주었다.

“춤을 춰요. 우사! (Go Dance-hall, Please, Usa!)”

우사는 어쩔 수 없이 윤숙과 짝을 이루어 연회장 홀로 나아갔다. 우사의 출현에 여러 외교관들이 반갑게 인사를 건넨다.

“손을 잡아요.”

망설이는 우사를 윤숙은 자연스럽게 이끌었다.

“하지 중장이 말을 전하랬어요.”

그녀의 허리에 손을 두르려는데 미묘한 떨림이 느껴졌다.

“하지 중장은 우사 선생님의 편이라 하셨어요. 그렇지만 여운형 선생님과는 결별하셔야 해요.”

“무슨 소리요, 나의 유일한 동지는 몽양뿐이오.”

윤숙은 몸을 밀착하며 속삭인다.

“해방 전, 일본 영사관에 들른 적이 있어요. 생전에 잊지 못할 광경을 보았죠.”

“무얼 보았소?”

“피 묻은 하얀 저고리를 입은 백여 명의 한국 사람들이 쇠사슬에 끌려가는 모습을 보았어요. 그 바람과 추위, 날리는 눈송이들…….”

윤숙은 말없이 우사의 가슴에 이마를 기댔다.

“가슴이 아프다 못해 찢어지는 것 같고, 사지가 떨려 서 있을 수도 없었어요. 그분들은 영사관 지하 고문실에서 재판도 없이 화형에 처해진댔어요.”

그녀의 비장한 목소리 너머, 가야금과 아쟁이 짝을 이루어 더없이 간드러진 음색을 내었다. 우사는 말이 없다.

"이 자리만 해도 어디에요? 얼마 전까지 전 아무것도 할 수 없던 아녀자였어요."

"윤숙 씨, 우남은 신탁을……."

사뭇 심상찮은 기운을 느꼈는지 이 박사가 다가오는 바람에 말이 끊긴다.

"두 사람은 뭘 그리 심각해?"

이 박사는 선웃음 지으며 누군가를 소개했다.

"안녕하시오? 메논이라 합니다."

윤숙은 그때 처음으로 메논을 보았다. 이국적인 이목구비, 갈색 눈동자에 짙은 눈썹, 기묘한 신비를 감추고 있는 사내였다. 이 박사는 하지 중장이 기다리고 있는 테이블로 세 사람을 끌어들였다.

"사교의 자리에 정치 이야기는 너무 딱딱하지 않아?"

우남은 기생 몇몇을 불러들였다. 그녀들이 소북을 치며 창을 하는 바람에 대화는 더 이상 진전이 없었다.

단추 구멍

탄력 있는 줄에 연결되어 제집으로 끌려 들어가는 묘한 전율이 느껴졌다. 마치 요요처럼 내 의식은 늘어났다 줄어들기를 반복하며 프랑스의 시대로 빨려 달려간다.

"그대들의 동의가 필요하오."

드골의 음성이 들리며 눈앞에 위인들의 모습이 하나하나 보였다. 알베르 카뮈, 앙드레 말로, 프랑수아 모리아크, 그리고 조르주 퐁피두. 이들은 원탁에 둘러앉아 드골의 말을 들었다.

"그대들의 조력 없이는 어떠한 일도 시도하지 않겠소."

적잖은 진통을 예고하듯 알베르 카뮈가 질문을 던졌다.

"장군님, 그게 정확히 무슨 의미죠? 저 혼자라도 반대하면 행하지 않겠다는 말씀입니까?"

드골은 처연하게 고개를 끄덕이며,

"설득이 빠른 시간 내에 이루어졌다면 단순히 충돌을 꺼려 선 긋기 한 것에 지나지 않는다는 것을 잘 알고 있소. 그럼에도 여러분의 동의가 없다면 단 한 발자국도 움직이지 않을 것이오. 다만……."

원탁에 모인 프랑스의 지성들은 드골의 다음 말에 촉각을 곤두세웠다.

"지금은 프랑스에서 가장 중요하고도 긴박한 시기요. 이 시기를 놓치면 우리조국이 어떤 혼돈과 나락에 빠져들지 아무도 예상할 수 없다는 것을 깊이 헤아려주길 바라오."

원탁에는 무거운 침묵과 생동하는 기운이 공존했다. 물수제비뜨려는 돌처럼 드골의 말이 원탁에 날렵하게 날아든다.

"자, 이 나라의 가장 큰 문제는 언론이오. 나치에 빌붙어 파렴치한 매춘을 저지르고도 버젓이 활자를 펴내고 있소."

"처형이란 살인에 대한 단순한 산술적 되갚음일 뿐, 보복행위에는 대개 정치적 음모가 숨어 있기 마련이죠."

알베르 카뮈가 힐난조로 말했다. 드골 옆에 자리한 앙드레 말로가 반박하길,

"누가 파렴치한 정치적 음모로 프랑스를 좌지우지한단 말입니까? 내일 목청을 높일 것은 증오가 아니라, 기억에 토대를 둔 정의입니다."

정치적 실용론과 철학적 이상론이 맞부딪치며 원탁엔 덥고도 습한 대기권이 형성되었다. 밤이 깊었고 토론은 다음 날도 이어졌지만 전인미답의 불모지 상태처럼 토론은 한 치도 앞으로 나아가지

못했다.

　모리아크가 마침내 침묵을 깨며 말하길,

　"정의 없는 관용은 만용일 뿐이오. 나라와 민족을 기만한 친나치 세력을 그대로 둔다면 이 나라의 미래는 없는 것과 마찬가지요."

　모리아크의 말에 모두가 충격을 받은 듯하다. 그건 단추인 나도 마찬가지, 정통 우파의 거물논객 모리아크가 그런 말을 하다니……. 카뮈가 확실히 말을 더듬긴 한다.

　"우 …… 우파나 좌파의 견해가 아닌 정의를 실현해야 할 때인 것은 확실한 것 같습니다."

　모리아크는 한발 더 나아가 여론몰이를 하자는 제안을 했다.

　"카뮈 씨는 《콩바》를 통해 정의론을 펼치시오. 나는 관용론을 펼쳐 용서를 바라는 미덕을 이 사회에 전달하겠소. 정의만을 내세우다가는 비극을 초래할 수 있어요. 처음의 열정은 딱딱하게 굳어 냉정해지기 마련이지요."

　앙드레 말로가 정중한 태도로 소신을 밝혔다.

　"모리아크 씨, 여론을 몰아가는 것은 그 어떤 정치 쇼보다도 위험천만한 일입니다."

　모리아크가 목소리에 힘을 주며 답하길,

　"나는 톨레랑스요. 관용 없는 정의란 공허한 폭력일 뿐이오."

[* 톨레랑스(tolérance): 관용, 이해]

　평소 느긋한 말씨에 어울리지 않게 드골이 재빨리 덧붙이길,

　"정의보다 아름다운 건 자비지만, 자비가 지나치면 정의를 실현할 기회마저 잃게 됩니다."

잘 짜인 각본처럼 모리아크가 드골의 말에 고개를 끄덕였다.

"의로운 분노라도 품으면 독이 됩니다. 민중들은 복수에 굶주려 있어요. 희생양을 내놓아야 한다면 제대로 된 제물을 찾아야 합니다. 피에 굶주린 선동으로 단순히 살인을 저지르는 것이 아니라, 이 나라의 미래와 양심을 위해 친나치 세력을 진멸해야 합니다."

모리아크의 말에 압도되었는지 좌중은 할 말을 잃었다. 나 매달린 외투 주인, 드골은 재빨리 화제를 돌린다.

"나치 세력이 키운 기업은 모두 회수하여 국유화할 생각이오."

그의 발언에 다들 뜬금없다는 표정을 지었지만 드골은 아랑곳 않고 덧붙인다.

"국가 지도자의 커다란 의무 중 하나는 경제를 튼실한 기반 위에 올려놓고 건전한 통화정책을 유지하는 것이오."

그마저도 맥락에서 많이 벗어나 보였지만, 이내 모두가 고개를 끄덕였다. 할 말이 많아 보이던 카뮈는 퐁피두에게 자리를 내어주고는 원탁을 벗어났다. (* 조르주 퐁피두: 드골의 수석보좌관을 지내며 프랑스 19대 대통령에 당선, 진정한 실용주의 대통령으로 평가받고 있으며, 현대 예술의 메카가 된 퐁피두 미술관을 건립하기도 하였다.)

다음 날 유력 주간지 《레트르 프랑세즈(Lettre-Française)》에 '죄를 처벌하지 않는 것은 더 큰 범죄이다.'라는 기사제목하에 카뮈의 글이 실렸다.

"어제의 범죄를 벌하지 않는 것, 그것은 내일의 범죄에게 용기를
주는 것과 똑같이 어리석은 짓이다. 프랑스 공화국은 절대로 관용

으로 건설되지 않는다."

걷는 내내, 카뮈의 사설이 줄곧 시야를 가렸다. 나의 주인, 드골은 《레트르 프랑세즈》를 읽고 또 읽는 눈치다. 프랑세즈 사설 너머 프랑수아 모리아크가 눈에 들어왔다. 그는 반쯤 누워 있도록 고안된 안락의자에 몸을 기대어 따사로운 오후의 햇살을 즐기고 있었다. 드골은 겨드랑이에 프랑세즈를 끼며 모리아크에게 다가가 인사를 건넨다.

"안녕하시오? 프랑수아! (Bonjour, monsieur François!)"

힘겹게 눈뜨는 시늉을 하며 모리아크가 답하길,

"장군, 당신의 그림자를 치워주겠소?"

드골은 헛웃음을 터트리며 조그만 탁자를 의자 삼아 모리아크의 옆에 앉았다. 여전히 눈을 감은 채로 모리아크가 묻는다.

"여기는 어쩐 일이오?"

"디오게네스, 눈을 떠봐요." (* 디오게네스: 애써 찾아온 알렉산더 대왕에게 햇빛을 가리지 말고 비켜달라고 요구했던 철학자)

"안식을 취하길 원하는 내 눈이 봐야 할 것이라도 있소?"

"명예로운 선물을 마주한다면 어떻겠소?"

모리아크는 눈을 게슴츠레 뜨며 장군의 사절단이 꾸려온 선물 꾸러미, 훈장을 힐끔 보았다. 그는 도로 눈을 감으며 천연덕스럽게 말하길,

"언제까지 나의 가련한 탁자가 당신의 육중한 체중을 견뎌내야 할까요?"

드골은 쓰게 웃으며 일어섰다. 자신의 뜻이 관철된 것이 만족스러웠던지 모리아크가 다소 온건한 목소리로 말 붙인다.

"정치가와 소설가에게는 공통점과 차이점이 있는데, 뭔지 아시오?"

"말해주면 들으리다."

"공통점은 거짓말로 우리를 속이는 것이라오."

"나라를 위해 당신이 한 행동을 치하하려는 것뿐이오. 사실, 난 아주 힘든 싸움이 될 것이라 예상했소."

"차이점은 듣고 싶지 않소?"

"나중에 듣지요. 그마저도 칭찬하는 말은 아닐 듯하니……."

드골은 사절단에게 좀 전까지 자신이 앉았던 탁자 위에 훈장을 두라고 지시했다. 눈치챈 모리아크가 손사래 치며,

"그걸 두고 갈 생각이라면 좋은 생각은 아닌 것 같소."

모리아크는 가만히 일어나 어느새 탁자에 얌전하게 올라 있는 훈장 상자를 도로 드골에게 건넸다.

"고독과 죽음에도 공통점이 있는데 뭔지 아시오?"

"말해주면 들으리다."

"둘 다 불치병이라는 것이오. 내가 가진 고독은 검은색일 뿐이오. 그럼에도 나의 문자는 신이 살아 있음을 끊임없이 말하고 있소."

"이 훈장은 정의가 살아 있음을 말하고 싶을 뿐이오."

드골은 무뚝뚝한 표정으로 모리아크의 가녀린 탁자 위에 훈장을 두며 돌아섰다.

"장군, 고독과 죽음의 차이점은 듣고 싶지 않소?"

드골은 묵묵히 모리아크의 뜨락에서 벗어났다. 충분히 멀어졌는

데도 장군의 그림자는 오래도록 모리아크의 일광욕을 방해했다. 차에 오르기 전, 그는 혼잣말했다. 턱밑에서 이내 귀로 똑똑히 들었다.

"그렇소. 프랑수아! 내가 몰고 올 죽음이 필연적이라면 그것은 검은색이 아니라 총천연색이 되어야 하오. 선별된 죽음은 밀알이 되어 프랑스를 살릴 것이오. 내가 고독하게 깨어 있는 이유이기도 하지요."

나는 그가 왜 잠들기를 마다하는지 이유를 알 수 있었다. 예상과는 다르게, 차에 오른 드골은 이내 눈을 감았다―운전석 거울로 보였다. 단추를 풀려는 그의 손길이 느껴진다.

'퉁!'

나 듣는 대포소리를 듣는다면 누구라도 잠을 깨고 휘둥그레 눈뜰 것이다. 연통구조의 통로가 눈앞을 휙휙 지나가며, 윤숙의 수수한 얼굴이 제일 먼저 눈에 들어온다. 그녀는 문을 두들기고 있었다.

"선생님, 저 윤숙이예요."

백범이 문을 열었다. 같이 있던 몽양 여운형이 어쭙잖은 것을 본 것처럼 일어선다. 완고한 영감이란 인상 때문에 윤숙은 몽양을 피해 다녔지만 이번만큼은 어쩔 수 없다.

"누군가 했더니……."

외나무다리에서 원수라도 마주친 것처럼 몽양은 다짜고짜 소리쳤다.

"단재 선생께서 뭐라 하셨는지 알아? 이승만은 이완용보다 더 나쁜 놈이야. 이완용은 있는 나라를 팔아먹었지만, 이승만은 없는 나라를 팔아먹으려 한다."

윤숙은 말없이 고개를 돌렸다. 몽양은 몇 번이고 자극적인 말을 했다. 백범이 낮은 목소리로 주의를 준다.

"몽양, 목소리를 낮추시오."

"우남의 깡패가 나마저 끌고 갈까 봐 그러시오?"

참다못한 윤숙은 대꾸했다.

"선생님, 저는 오해를 풀고 싶어요."

"오해라니? 나와 내 동지들은 독립운동이 평생의 사업이었어. 어디서 참새 한 마리가 날아와 나라를 쑥대밭으로 만들어놓고 는……."

"몽양, 그만하시오. 윤숙 양도 나라를 위한 마음은 같답니다."

윤숙은 용무를 밝히기 전 백범에게 궁금한 것을 물었다.

"우남의 깡패라니요?"

"우남이 서북청년단을 고용하여 자신을 반대하는 인사들을 막무가내로 집어넣고 있소."

"그뿐인가? 악귀를 시켜 우리들 인사들을 반병신으로 만들어놓고 있지."

몽양이 혀를 끌끌 차며 덧붙였다. 윤숙은 알아들을 수 없는 말에 당황했다. 몽양이 깐질긴 목소리로 꾸짖길,

"우남이 무슨 짓을 꾸미는지 댁이 더 잘 알고 있잖아?"

윤숙은 몽양의 시선을 회피하며 백범에게 물었다.

"우사 선생님께선?"

"우사는 무사하오. 하도 어수선하여 잠깐 몸을 숨게 해놓았소."

윤숙은 우사의 안부에 대해 더 묻고 싶었지만 말을 아꼈다. 적개심에 불타는 몽양을 괜히 자극할 필요는 없었다.

"우사 선생님께 꼭 전할 말이 있어요. 잠깐 시간을 주시면 편지를 쓸 테니 전해주시겠어요?"

"그리하리다."

윤숙은 그들 옆에서 편지를 썼다. 지필묵을 들어 글씨를 쓰는 내내 손이 떨렸다. 백범과 몽양의 대화소리가 들린다.

"친일파를 숙청해야 합니다. 그게 아니면 이 나라의 미래는 없소. 그런 다음 하나로 뭉쳐 어떻게 해서든 통일정부를 세워야 합니다."

백범은 팔짱을 낀 채 말이 없다.

"시간이 없어요. 나라를 반쪽으로 만들더니, 이제는 우리를 빨갱이로 몰아 무덤에 처넣고 있소. 뜻있는 인사들이 우남의 손에 쥐도 새도 모르게 죽어나가고 있단 말이오."

윤숙은 가까스로 쓴 편지를 백범에게 전했다. 일부러 엿들으라는 듯 몽양이 신랄한 목소리로 덧붙인다.

"백범도 조심하시오. 벌써부터 우남 쪽에서 백범도 공산당과 접촉하고 있다는 소문을 퍼트리고 있소."

'그럴 리가요!'

윤숙은 따가운 눈초리를 피하며 일어섰다. 그럼에도 몽양의 송곳 같은 시선이 느껴진다.

'우리는 모두 한 민족 사람 아닌가요?'

몽양에게 그렇게 되묻고 싶지만 입 밖으로 소리를 내지는 않았다. 백범의 집을 나서려는 순간, 눈물이 왈칵 쏟아졌다.

'앞잡이, 우남의 기둥서방.'

자신에게 그런 꼬리표가 붙은 것은 무시하면 되었다. 여전히 백범 선생은 따뜻하게 대하여 주셨지만 자유진영, 특히나 독립 운동 하셨던 분들의 시선이 곱지 않은 것은 서글프다 못해 서러운 일이다. 개똥이 즐비한 골목길, 참담한 심경으로 얼마를 걸었을까!

'스윽!'

뒤에서 인기척이 느껴졌다. 보름 전부터 뒤따르는 감시의 눈길, 소름이 돋으려는 걸 애써 털어내며 발걸음에 힘을 주었다. 대로변을 통해 일부러 장터에 들어서니, 소상인들이 삼삼오오 모여 앉아 담배를 피우고 있는 모습이 눈에 들어왔다. 천만다행처럼 누가 아는 체를 한다.

"모 여사 아니신가?"

"어르신!"

"말 낮추시구려. 한낱 장돌뱅이한테 어르신이라니……."

윤숙은 급한 대로 그들 일행에 스며들었다. 미인의 출현에도 무덤덤한 듯, 장사치들은 신세한탄에 바쁘다.

"아, 엊그제는 이웃집 아들이 끌려들어 갔더랑께요. 막스구인지, 말세 병인지 몰라도 열 살도 안 된 그 꼬맹이를 왜 잡아간데요?"

뻐드렁니 장사치가 아는 체를 한다.

"마르크스여! 막스구는 왜놈말로 '앞으로 직진'이란 뜻이고……."

윤숙이 어르신이라 부른 이가 한마디 거든다.

"나라가 흉흉해. 살림은 차라리 왜정 때보다도 못혀. 사대문 안에서 가장 큰 시장이 이 모양이면 말 다했지."

시장은 그의 말처럼 을씨년스러웠다. 물건 사려는 사람은 없고, 팔러 나온 사람도 물건이 없어 가만히 앉아 소일하기 바쁘다.

"아따, 성님은 말을 뭘 고따구로 하시오? 어찌 극악무도한 왜정 때와 비교한데요?"

"말해 머혀? 말이 그렇다는 거지."

"무신 말이 그리 씨잘 데기 없데유? 그렇고 그런 말을 해서 뭣 해유?"

삐드렁니 장사치가 말꼬리 놓치지 않고 집요하게 파고든다. 전라도 사투리 쓰는 젊은 장사치가 그의 말을 끊으며,

"그래도 쌀값이 30배로 치솟았으면 말할 만도 하지라. 지방에서는 굶어 나자빠지는 이들이 허다한 기라요."

"어디 지방뿐이여? 공무원 월급이 400원인데, 쌀 한 말(8Kg)이 700원이여. 한 달 봉급으로 나흘을 못 버티는 게 어디 말이 돼?"

나이 어린 장사치가 눈을 소처럼 끔벅거리며 묻는다.

"쌀 한 톨이 황금보다 비싸다고 하는 소리가 괜한 소리가 아니네요. 미국에서 원조물자가 하루에도 수백 톤이 쏟아져 들어온다는데 그것이 다 어디로 들어간 데요?"

"적산회사랑 친일파 놈들이지 다 헤쳐먹지 뭐!" [* 적산회사: 일제 (日帝) 소유의 회사, 광복 후 친일파잔당들이 적산회사를 인계받음]

"그걸 왜 안 푸는 긴데요?"

"이런, 순진한 사람. 그게 다 매점매석하는 거 아녀! 더 비싸질 때 까지 기다렸다가 내다팔려고."

"같은 민족 사람들이 옆에서 굶어죽어 나가는 판에 어찌 그런데요? 저는 도저히 이해할 수가 없네요."

뻐드렁니 장사치가 침을 탁 뱉었다.

"이게 다 나라가 절단 나서 그려. 사람으로 따지면 허리가 접힌 꼴인데, 들리는 소문대로 전쟁이 터져도 이상할 거 하나 없지."

"말조심혀! 여기서 전쟁까지 나면 모두 죽는 겨."

윤숙은 주변을 살피고는 얼추 괜찮겠다 싶어 길을 청했다.

"어르신, 나중에 뵙겠습니다."

"그려요. 살펴가소."

윤숙의 뒤통수에다 대고 말하는 것처럼 어느 장사치가 쏘아붙였다.

"해방되면 뭐 하나? 망조가 들어 나라가 또 망할 판인데……."

미행하는 자는 없어진 것 같다. 뒤에서 기척이 느껴지기에 뒤돌아보니, 생쥐를 물고 가는 길고양이가 담벼락을 훌쩍 뛰어넘고 있었다.

"엇, 죄송합니다."

윤숙은 누군가와 부딪치며 사과했다. 맞부딪친 이는 공교롭게도 백범이다.

"선생님?"

"괜찮소?"

무언가에 놀란 사람처럼 백범의 눈동자가 깊숙하다.

"무슨 일이에요?"

"몽양이 혜화동 로터리에서 피살되었소."

"네? 여운형 선생님께서 죽임당하셨다고요?"

"전갈을 받고 급히 그리로 가려다 걱정이 되어서 찾았소."

백범은 그의 측근 중에 한 명을 붙여주었지만 윤숙은 사양했다.

"몸조심하시오. 나중에 찾겠소."

윤숙은 서둘러 돈암장으로 갔다. 돈암장 접견실엔 이미 누군가 먼저 와 있었다. 문밖으로 우남이 그를 치하하는 소리가 들렸다.

"고맙네. 자네 같은 사람이 있어 내가 발 뻗고 잘 수 있지 뭐야."

문이 열리며 그가 모습을 드러냈다. '악귀'라 불리는 사내, 노덕술이란 자임을 대번에 알 수 있다.

"안녕하시오?"

노덕술을 따르는 자도 인사를 하며 지나쳤다. 누구일까? 언뜻 그에게서 화약 냄새가 풍겼다. 공교롭게도 옷깃이 스친다.

"날씨가 좋지요?"

악귀 못지않게 눈빛이 흉흉하다. 윤숙은 이 세상사람 같지 않은 두 사람의 뒷모습을 하릴없이 바라보았다.

"이봐 윤숙이, 나를 찾아온 거라면 (이쪽으로 드는 것이) 문지방에 인사하는 것보다는 낫지 않아?"

윤숙은 어리숙하게 인사하며 접견실에 들었다.

"박사님, 몽양 선생이 암살당하셨다고…….."

"아, 그 얘긴 방금 들었네. 암살이라는 걸 자네는 어찌 알아?"

"그 …… 그건……."

"남로당 빨갱이들이 판치고 있어. 몽양이 그들에 깊숙이 연루되어 있다는 것을 우리 정보원들이 알아냈지. 며칠 전부터 자네를 미행하던 자들이 있었지, 아마?"

"네, 그건 어떻게……?"

"남로당 출신 간부가 자네를 감시하라 시킨 것 같아."

"저 같은 별 볼 일 없는 아녀자를 어찌?"

"나와는 동지 아닌가? 해방 후 최초의 여류시인이며, 간간히 백범의 통역일도 봐주니 그만하면 주요인사지. 어찌 되었든 놈들이 자네를 괴롭히는 일은 더 이상 없을 것이야. 내 가슴에 손을 얹고 맹세하지!"

"감 …… 감사합니다."

윤숙은 창밖에 허리 굽은 소나무를 바라보다 어렵사리 말문을 열었다.

"나라 살림이 너무 힘들어요. 굶주린 아이들이 거리를 부랑하고 있어요."

"그렇지, 굶주린 동포들을 위해서라도 한시바삐 정부를 꾸려야 해."

비서관이 차를 내오느라 잠시 대화가 끊겼다. 인삼차를 즐겨 마시는 우남의 취향대로 접견실에는 진한 삼향이 자우룩하다. 고양이 생선 본 듯 이 박사는 입맛을 다시며 찻잔을 집어 들었다.

"지금은 집토끼라도 잡아야 할 때야."

"네?"

"미소 거대양국이 우리나라를 뜯어보고 있네. 저들의 주장대로 차일피일 미루다가는 남한도 빨갱이들의 천지가 될 거야."

우남은 웅변하듯 목소리에 힘을 실었다.

"우리나라 여인들이 합심만 해주면 남자보다 더 큰일을 할 때야. 국채보상운동도 따지고 보면 노새보다 못한 취급받던 여인들이 주도한 것 아닌가? 윤숙도 딴생각 말고 나를 도와줘. 좋은 의견 있으면 언제든 허심탄회하게 말해주고……."

윤숙은 고개를 끄덕였다. 천대받는 여인을 이리 높이 세워주다니……, 시장에서 들었던 장사치들의 말은 그들이 피워대던 담배 연기처럼 힘없이 사라지고 만다.

"윤숙이, 부탁할 게 있어. 명이 다했나? 소리가 잘 안 들려."

우남은 귀에서 보청기를 꺼내 윤숙에게 건넸다. 세상 밖으로 나온 보청기는 탁자 위에 덩그러니 누워 부끄러운 듯 몸을 비비 꼰다. 적어도 내 눈에는 그렇게 보였다.

주변을 살펴보니 접견실의 가구들과 소품들, 눈앞의 인물들이 인삼차에서 피어나는 뜨거운 김처럼 아른거린다. 정작 이상한 건, 우남이 귀에서 그것을 꺼내는 순간, 마치 롤러코스터 타고 양철통 안을 지나는 기분이다.

암살 표적

구불구불한 통로가 굽이쳤다. 어떻게든 정신 차려야겠다는 생각으로 통로 안을 유심히 살폈다. 급작스럽게 스쳐 지나가는 통로에는 일정한 패턴이 눈에 띈다. 그 패턴에는 어떤 비밀이 숨겨져 있는 것 같다. 한국으로 넘어갈 때의 통로엔 아무것도 보이지 않고 유독 비좁다. 지금은 꽤나 밝고 화사한 분위기, 천장에는 야구공 실밥 문양이 새겨져 있는 것이 보인다.

패턴대로라면 나는 드골 시대의 프랑스로 갈 것이다. 아니나 다를까! 은막을 찢고 나올 것처럼 비명을 지르는 여인이 보인다. 그녀는 잠옷 차림으로 자신을 연행하려는 군인들에게 침을 뱉으며 반항했다.

"악!"

비명소리가 관내에 울려 퍼지며, 맨발에 잠옷 차림으로 끌려온 샤샤 귀트리를 어느 한 교도관이 구둣발로 걷어찼다. 아름답던 은막의 스타는 날개 잃은 백조처럼 흐느낀다.

단두대 처형식이라도 본 것처럼 이본느는 몸을 떨었다.

'차르 좌르르…….'

영사기 돌아가는 소리가 힘겹게 들려왔다. 샤샤뿐 아니라 내무장관 퓌슈, 르노 자동차의 회장 루이 르노와 언론사 《랭트랑시냥》, 정론지 《마텡》의 발간인과 편집자, 방송사 에롤 파키, 그 밖에 친나치 인사들이 끌려나와 철창에 갇혔다. 이들 대부분은 총살당했다. (* 드골은 친나치 기업을 몰수하고, 나치에 부역했던 언론사 649여 곳을 폐간하였다.)

관내의 조명이 밝으며 관객들이 모두 기립하여 드골 부부를 향해 박수를 쳤다.

'언제 영화까지 찍으셨나?'

마치 칸 영화제 시상식장을 방불케 했다. 유명 영화감독에게 존경을 표하는 것처럼 관객들은 기립해 일어나 드골 부부를 향해 박수를 쳤다. 드골은 관객들의 찬사를 뒤로하며 관내를 나섰다. 기자들의 플래시 세례가 이어지는 가운데, 뒤편에서 웅성거리는 소리가 들렸다. 자연스레 기자들의 관심은 드골의 뒤를 따르는 인물에게로 몰렸다.

평소 기자들을 파리 보듯 하던 드골도 보좌관 파트리크에게 묻는다.

"무슨 일인가?"

"사르트르가 와 있는 것 같습니다."

"유명인이 납시었군!"

드골은 싱긋 웃으며 대기해 있던 차량으로 걸어갔다.

"장군님!"

차에 타려는데, 뒤에서 누군가 불렀다. 사르트르였다. 그는 당당히 걸어와 악수를 청했다. 당연하다는 듯이 기자들의 카메라 플래시가 여기저기서 터졌다.

"프랑스를 대표하여 감사하다는 말씀을 전하고 싶습니다."

그는 이본느에게 예를 갖추며 인사하는 것을 잊지 않았다.

"마드모아젤! 사진으로만 보았지 이렇듯 아름다우실 줄은 몰랐습니다."

이본느는 간단한 목례로 답했다.

"글로만 읽었지 선생님이 이렇듯 사교적인 분이라는 걸 저 또한 몰랐네요."

사르트르는 미소로 화답하며 청하길,

"혹시, 이동수단이라고는 이 빈약한 다리밖에 없는 저를 위해 차에 태워주시는 친절을 베풀어주시겠습니까?"

드골은 사람 좋은 미소를 지으며 파트리크를 돌아봤다.

"파트리크, 운전을 하겠나?"

"썩 잘하진 못합니다."

"그럼, 여기 남게!"

사르트르는 파트리크를 가엾다는 듯이 쳐다보았다.

"체구가 작으니 제가 가운데 앉겠습니다."

"아니오. 귀빈을 그리 모실 순 없지."

4인승 차량, 빈자리가 없기에 보좌관 파트리크는 영화관에 남겨 졌다.

"사실, 따지고 보면 세상의 모든 것들은 진정 있어야 할 이유가 없지요."

홀로 남겨진 파트리크를 보며 마치 염하는 것처럼 사르트르가 말 꺼냈다. 드골은 눈을 게슴츠레 뜨며 묻는다.

"카뮈는 만나 보았소?"

"아직 만나보지 못했습니다만, 그가 저에 대해 한 말은 들었습 니다."

"둘은 공통점이 많은 것 같은데 또 아닌 것 같소."

"어찌 그리 생각하십니까?"

"그는 말하길, 정의에 앞서 어머니부터 옹호할 것이라고 했지요."

사르트르는 고개를 끄덕이며 답했다.

"사실, 실존주의의 바탕은 휴머니즘입니다."

"카뮈의 비판에 대해선 어떻게 생각하시오?"

"그가 저에 대해 뭐라 비판했는지 여쭤보아도 괜찮겠습니까?"

드골은 다소 걸걸한 음색이 있는 목소리로 답했다.

"대중은 실존주의가 새로운 철학인지, 혹은 머리를 깎지 않고 지 내는 새로운 생활방식인지 구별하지 못하는 것 같다고 했지 아마!"

"사실, 열광과 이해 사이에는 엄청난 거리가 있기 마련이죠."

보조석을 고집한 이본느가 고개를 돌려 묻는다.

"저를 위해 쉽게 설명해 주겠어요?"

"마드모아젤! 톱이 있다면, 톱의 본질은 썰기 위한 것이고, 의자가 있다면 앉기 위한 것입니다."

이본느는 눈을 찡그리며 물었다.

"사물의 용도를 설명하려는 건가요?"

"네, 그것이 사물의 본질이지요. 그렇지만 인간에게는 본질이 없습니다. 그냥 세상에 던져져 기묘하게도 존재하고 있을 뿐이죠."

"본질에 어울리지 않는 일이 일어나고 있는 것 같군요."

"네? 무슨 말씀인지……?"

"지금 우리가 타고 있는 차 말이에요. 물론 이동하기 위한 수단이지만 누군가는 그냥 좋아서 수집하는 일도 있지 않아요?"

"사물의 본질은 용도와 기능에 맞추어져 있습니다. 자동차라는 사물에 수집을 위한 기능을 첨가하면 될 듯싶습니다만."

"그러기엔 예외 상황이 너무 많아요. 따뜻한 음식을 먹을 때 우리는 얼마나 행복을 느끼는지요. 꽃은 아름다울뿐더러 향기롭기도 하잖아요?"

사르트르는 다소 자신 없는 목소리로 답했다.

"사실……, 저는 확대 해석하는 것을 좋아하는 편은 아니지만 꽃이나 음식 같은 사물에 한해 그 용도와 기능을 확대하는 것으로 타협하면 좋을 듯합니다."

"사물에게도 그런 예외적 해석이 가능하다면 인간에게도 가능하지 않겠어요?"

사르트르는 목을 주억거리며,

"인간에겐 확대 해석이 불가능합니다."

"어떻게 그렇게 단언할 수 있죠?"

"앞서 말씀드렸듯이 인간은 세상에 던져져 존재하기에 그렇습니다. 사물에게는 있는 본질이 인간에게는 없지요. 신이 어느 용도로 인간을 쓰겠습니까?"

"왜 인간이 쓰임을 받아야 하나요? 있는 그대로의 존재를 아름답다고 할 수는 없나요?"

"마드모아젤, 신은 인간을 방치하고 있습니다. 그러지 않고서야 현실의 부조리와 수많은 참극을 누가 설명할 수 있겠습니까?"

"앞서 인간의 본질을 뭐라고 하셨죠?"

"없다고 했습니다."

"전 있다고 들었는데요?"

"어떻게……?"

"분명히 존재한다고 하지 않았어요? 세상에 던져졌어도 있는 건 있는 거지요."

"마드모아젤, 그건…….."

"음식이나 꽃 외에도, 학자님은 별을 보며 시적인 낭만을 즐기지 못하나요? 잔디밭에 뛰어노는 사랑스런 아이들의 얼굴을 마주할 때는 어떤가요?"

사르트르는 인상을 찌푸렸다. 깊게 파인 그의 양미간 주름이 꽤나 심각한 상황임을 암시하고 있었지만 드골은 애써 사람 좋은 웃음을 터트리며,

"하하, 집사람과 말싸움할 생각이라면 그만두는 게 좋을 거요. 평생 한 번도 이겨본 적이 없는 나를 보면 위로가 되겠소?"

드골의 너스레에도 불구하고 그다지 위로를 받지 못한 것처럼 사르트르는 양미간 주름을 펴지 않았다. 급기야 드골은 아내에게 쓴소리를 던진다.

"이본느, 철학자에게 본질을 논하지 말아요."

그 말은 자존심 강한 사르트르의 심기를 더욱 건드린 것이 분명하다. 그의 입꼬리가 급격하게 내려앉았다.

"무슨 말씀인지? 저 같은 철학자들이 본질을 흐린다는 말씀인가요?"

드골이 어물쩍한 사이, 이본느가 맞받아친다.

"당신들이 쫓는 본질이란 것은 결국 인간의 행복과는 거리가 먼 쪽으로 향하고 있어요. 마치 내 남편의 볼썽사나운 군대처럼……."

이상한 침묵이 이어지며 사르트르의 눈빛이 불투명하다. 드골은 집게손가락으로 나를 만지작거렸다. 아마도 민망한 상황에서 반복되는 그의 버릇일 것이다. 드골은 화제를 돌렸다.

"사르트르, 내 평생 깨달은 것이 있는데 철학 없는 세상은 존재하지 않는다오."

사르트르는 왼쪽 귀를 토끼처럼 쫑긋거리며,

"네, 그것이 제가 장군님을 존경하는 몇 안 되는 이유 중에 하나이죠."

"그렇지요?"

애써 미소 지으며 두 남성이 의기투합하려는 순간,

"저도 일평생 살며 깨달은 게 있어요."

이본느가 끼어들려 하자 드골은 엄지손가락 그랑 다노아마저 풀어 내 몸을 세게 움켜쥐었다.

"이본느, 이제 그만하는 게 어떻겠소?"

"아닙니다. 마드모아젤의 말씀을 꼭 듣고 싶습니다."

이본느는 담담한 목소리로 말하길,

"이성은 감성을 설득할 수 없지만, 감성은 이성을 감복시키는 법이죠."

사르트르는 쓴웃음소리를 토해냈다.

"마드모아젤의 말씀을 듣고 보니 실존은 본질에 앞서는 것 같군요." (* 드골의 혁명 후, 사르트르는 초기 유물론적인 철학기조를 탈피하여 존재론적 인식의 주체는 바로 '나'이며, '실존은 본질에 우선한다.'는 철학 사조를 완성하였다.)

드골의 기묘한 습관이 좀 더 활개를 치기 시작했다. 힘을 얻은 그랑 다노아들이 나를 구멍에서 떼어놓으려는 것이 느껴진다.

'아니 되오. 사르트르를 좀 더 보고 싶어요!' 바람과는 다르게 드골은 나를 떼어놓았다, 구멍에서⋯⋯.

'퉁!'

반복되는 일이라면 항시 어떤 패턴이 작용한다. 단추 구멍에 끼워지면 프랑스, 벗어나면 대한민국으로 시간여행을 떠난다. 어디선가 을씨년스러운 가을바람이 불었다.

'휘이잉~.'

갈대숲을 스치는 바람은 윤숙의 머릿결을 어지럽혔다. 윤숙은 자그만 클러치를 손에 들고 수줍은 듯 우사의 배후에서 머뭇거렸다. 그녀의 순종적인 태도를 이해할 수 없다는 듯 우사가 돌아보며 말한다.

"앞으로 오시오."

그제야 한 발짝 다가서며 윤숙이 말문을 연다.

"지금의 혼란을 이해할 수 없어요. 국민 모두가 한목소리를 내도 시원찮을 때에 위정자들은 저마다의 파벌로 갈라져 각기 다른 말을 하고 있어요."

우사는 고개를 반쯤 끄덕였다.

"일제강점기, 지주와 자본가들의 수탈이 워낙 심했기 때문에 국민들은 자연스레 사회주의 사상에 빠져들 수밖에 없어요."

윤숙은 고개를 끄덕이며 물었다.

"선생님, 저는 어떻게 해야 하나요? 이 시대에 여인으로 살아가는 것은 어떤 의미일까요?"

우사는 말이 없다. 다만 묻는다.

"『렌의 애가』는 어떻게 되었소?"

"알고 계셨나요?"

"그럼요. 귀하가 했던 말도 기억하고 있소. 어느 여성단체 강연장에선가 '가문에서 쫓겨나더라도 나라에서 쫓겨나지 않는 며느리가 됩시다.' 이런 말을 했지요?"

"그런 것도 기억해주시니 감사할 따름이에요."

어느덧 윤숙은 우사와 어깨를 나란히 하며 걸었다. 이들의 발걸음은 갈대가 우거진 강변에 미치었다. 오붓한 오솔길이 갈대수풀 새로 보이며 우사가 청한다.

"시 한 수 부탁해도 될까요?"

"어떻게 마다하겠어요?"

윤숙은 목소리를 가다듬고 자신의 자작시 중에 하나를 읊는다.

"시몬, 그대는 들리는가? 낙엽 밟는 소리를! 나는 당신과 함께 낙엽이 떨어진 산길을 걷고 싶어요. 시몬, 낙엽이 하나, 둘 떨어지는 오솔길에서 낙조를 바라보며……. 사랑을 속삭이던 그 곳을 다시 걷고 싶어요."

시낭송을 마친 윤숙은 바람에 나부끼는 갈대숲을 하염없이 바라보다가 넋두리처럼……,

"시는 갈대강변을 지나는 바람처럼 제 영혼의 적막한 하소연이에요."

우사는 너울거리는 강 물결을 바라보며 묻는다.

"렌은 어땠소?"

"네?"

"렌을 여행하지 않았소?"

"아, 제 시집의 렌은 '숲속에서 우는 이름 모를 새'를 뜻해요."

"그렇군요. 나는 프랑스의 렌이란 지방인지 알았소."

발에 밟히는 가을 낙엽의 바스락거리는 소리를 들으며 윤숙이 묻는다.

"그곳엔 무엇이 유명하나요?"

"숲이 유명하지요. 특히 울창한 너도밤나무 숲이 있는데, 너도밤나무는 불어로 'Fouteau'라 하지요."

윤숙은 고개를 갸웃거렸다.

"그것이 뭐가 특별하죠?"

"Fuck(성교하다)'을 뜻하는 프랑스어가 바로 'Foutre'입니다."

"네?"

"믿거나 말거나 너도밤나무 아래에서 많이 했었다는…….."

당혹스러움에 웃음이 터졌다.

"호호호, 선생님이 그런 농담을 하시리라곤…….."

이런 시국에 이런 농이 가당키나 할까 하는 생각이 성가신 꼬리표처럼 따라붙는다. 우사가 담담한 목소리로 뜻을 전하며,

"어지러운 시국을 생각하면 마음이 흔들려요. 인간은 신이 아닌 이상, 숙명적일 수밖에 없어요."

"여인으로서의 숙명을 받아들이라는 말인가요?"

"그렇게 들렸다면 유감이군요."

우사는 갈대를 흔드는 바람에 힘을 싣듯 말하였다.

"진정한 지혜는 근원적인 자아와 가까워지는 것이라고 생각해요. 인간은 자연의 일부분일 뿐, 숙명을 받아들인다면 개척해야 할 운명을 찾을 수 있을 것이오. 나 자신부터 결함 많고 언제든 실수할 수 있다는 것을 인정해야 한다는 말이오."

"저는 선생님에게서 어떤 결점도 찾을 수 없는데요?"

"틀렸소, 나는 참으로 우유부단한 사람이오. 백범은 독립자금을 착복하여 아들의 유학비로 충당했소. 조국의 넋과 혼을 팔아먹은 이광수를 자기편 삼아 자서전을 쓰게 하고 있지요. 우남은 살인자요. 자기 입맛에 맞지 않는 자는 무차별 숙청하고 말지. 조국의 명운이 이런 자들의 손에 달려 있건만 나는 어찌할 방도가 없소."

우사의 말소리는 갑자기 불어오는 돌풍에 부서졌다. 나는 윤숙

의 속마음이 궁금했지만, 이때만큼은 그녀의 맘속 목소리가 들리지 않는다. 다만 그녀의 입술이 떨리는 것 보아서 큰 충격을 받은 것 같다.

"선생님, 이것이 무언지 아세요?"

윤숙은 클러치에서 무언가를 꺼내 우사에게 보였다. 누렇고 조그만 조약돌처럼 생긴 그것은 우남의 보청기였다.

"제게 춘원 이광수는 하나뿐인 스승님이고, 백범은 둘도 없는 은사님이며, 우남은 아버지 같은 분이에요. 그런 분들을 어찌 그리 모함할 수 있지요?"

"근거도 없이 내가 이런 말을 하는 것 같소?"

"넘어선 안 되는 선이 있어요. 세상에 둘도 없이 믿고 따른 믿음에 선생님은 고작 너도밤나무 이야기인가요? 이 시류에 빽-하고 싶으세요? 저 같은 노티 걸하고!"

윤숙은 결연한 몸동작으로 돌아섰다. 잰걸음으로 뛰는 그녀의 뺨에서 굵은 눈물방울이 떨어진다.

'찰칵!'

단추가 되어보면 느낄 수 있겠지만 단추가 구멍에 끼워질 때는 이런 소리가 난다.

'찰칵 쏙-.'

그건 마치 구식카메라 셔터 누르는 소리에 가깝고, 보다 근접한 소리를 찾으려면 총을 장전하면 실린더 안에 총알이 들어갈 때 나는 소리라고 할 수 있다. 그렇다고 총알이 실린더에 들어가는 소리를 실제로 들은 것은 아니다.

'찰칵, 쑥!'

나는 단추 구멍에 끼워져 드골의 목소리를 들었다. 그들은 아직 달리는 차 안이다.

"이본느, 소크라테스만큼 훌륭한 철학자 세네카라는 인물이 있었소. 그가 뭐라 했는지 알고 싶지 않소?"

이본느는 다소곳한 미모에 어울리지 않게 조금은 얄궂은 목소리를 내었다.

"소크라테스만큼 훌륭한 철학자라니 몹시 구미가 당기는군요. 당연히 그가 무슨 말을 했을지 궁금하지요. 그렇지만 낯선 그의 이름까지 들먹이며 나의 행동을 책잡고 싶은 것이라면 듣고 싶지 않아요."

아무래도 드골은 눈을 몇 번씩 끔벅였을 것이다. 이번만큼은 자동차 앞 거울로 보이지 않았지만, 평소 거울 앞에 선 그의 얼굴표정 패턴은 이런 상황에서 특정한 몇몇의 얼굴근육만을 사용했을 것이 분명하다.

"대체 무슨 말을 하는 게요? 듣고 싶다는 얘기요, 아니요?"

"듣길 바라는 것 같아요, 아닌 것 같아요?"

"어째서 내가 당신 마음속 생각까지 읽어야 하지? 그렇다, 혹은 아니다, 라고 말할 순 없소?"

"독서광인 당신이 그렇게 말씀하시니 실망스러운 걸요. 저의 대답을 강요하는 것이라면 '예스이면서 노! (Ça Oui, être non!)'예요."

"오, 맙소사!"

드골은 고개를 뒤로 젖혔다. 헤비메탈 록 가수의 목에 걸린 펜던

트가 된 기분이다. 몇 번의 격렬한 헤드뱅잉이 느껴졌다.

"뭔 답이 그렇소? 난 단지 사르트르를 대하는 당신의 태도에 대해 말하고 싶을 뿐이오."

그리 보니 중간에서 내린 듯, 사르트르는 보이지 않았다. 운전석 거울에 비친 이본느는 여전히 조수석에 앉아 차창 밖을 응시하고 있다. 드골의 집게손가락이 나를 만지려는 순간이라는 것이 본능적으로 느껴졌다. 아니나 다를까!

'투웅?'

에구, 내 둥근 몸이 단추 구멍에 반쯤 걸치며 시야가 흐려진다. 실밥 팔로 턱걸이하듯 단추 구멍에 매달렸다.

"나는 그저 당신에게 사려 깊은 충고를 하고 싶을 뿐이오."

실밥 팔로 단추 구멍을 붙잡고 있으니 여전히 프랑스에 있을 수 있구나! 단지 단추 구멍이 안경 역할을 했던지 그곳을 벗어나니 눈 앞이 흐리멍덩하다. 이본느의 목소리가 들렸다.

"주제넘은 제 모습을 꼬집고 싶은 거죠?"

"당대 최고의 철학자에게 본질이 어떻고 하는 건 좀 심하지 않소?"

"나 스스로 배우고 싶은 마음이 들지 않는 한 누구도 나를 가르칠 수 없어요. 그리고 다른 무엇보다 인간을 사물에 비유하는 그 따위 철학이 숭고한 무엇으로 대접받는 것을 참아내기 힘들어요."

"이본느, 우리는 문제를 직접 대면하고 해결해야 하는 위치에 있기에 현상을 바로 보지 않으면 안 되오."

"밑밥 던지는 듯한 당신의 말투가 마음에 들지 않아요."

드골은 예상치 못한 단어에 잠시 충격을 받은 것 같다. 번번한 근육 하나 없는 나의 실밥 팔이 가련하게 떨리는 것처럼 그의 목소리가 떨렸다.

"지금 밑밥이라 했소? 내가 낚시꾼이라 말하고 싶은 게요?"

다소 째지는 목소리로 이본느가 맞받아친다.

"정치도 그리하면서 그래요?"

"뭐요? 치밀하지 못하면 이 나라를 망칠 수도 있소!"

아마도 이본느는 샤샤를 처형한 드골의 처사에 단단히 성난 듯싶다. 그나저나 번번한 알통 하나 없는 실밥 팔로 더 이상 매달려 있는 건 무리다. 단추 구멍에 더 매달려 있다간 팔이 끊어질 것 같다.

"그래서 듣도 보도 못한 철학자 세네카마저 끌어들이면서까지 제게 하고 싶은 말이 뭐란 말이에요?"

드골의 답변을 꼭 듣고 싶었지만 밑밥, 아니 실밥에 힘을 빼야 했다. 아니면 정말로 끊어질 것만 같은 팽팽한 기운이 느껴졌다. 막 손을 놓으려는 그때!

'탕·탕·탕!'

귀청이 떨어져 나갈 듯한 총소리가 귓가를 때렸다. 마치 내가 실밥 손을 뗀 그 순간이 인류 역사에 불길한 예고를 선언한 것처럼 크나큰 위기감이 전신을 훑고 지나간다.

'지지배배.'

총소리에 놀란 가슴을 다독이듯 새 지저귀는 소리가 정답게 들려왔다. 어느 고요한 산사, 서예에 취미가 있는지 윤숙은 한지에 글씨를 쓰고 있다. 비로소 그녀의 속마음이 읽힌다.

"우사를 숭배하지만 원망스럽다."

윤숙은 맑은 글씨체로 계속 써나갔다.

"이렇게 하라, 저것은 하지 마라, 시켰더라면……. 미덥지 못하나
종내는 우남을 따라야 하리."

투서에 마침표를 찍은 그녀는 불을 붙였다.
"시몬, 당신이 좀 더 내게 가까이 계셨더라면……."
조용히 뇌까리는 그녀의 목소린 불에 태운 투서의 재와 함께 사
라져간다.
'따르릉!'
산사에 전화벨이 울렸다. 수화기 너머 이 박사의 목소리가 들
린다.
"이봐, 윤숙이! 뭐 하고 있어?"
처음 들었을 때와 마찬가지로 이 박사의 목소린 간곡하고도 다급
했다.
"큰일 났단 말이야. 윤숙이, 어서 이리로 와!"
'탕·탕·탕!'
수화기 너머 총소리가 요란하며 전화가 끊겼다. 더불어 의식이
거대한 소용돌이에 빨려 들어가는 것처럼 휘몰아친다.

"괜찮아요?"

안개에 가려진 듯 불분명한 시야 속에서 도톰한 입술이 보였다. 커플티를 곱게 차려입은 젊은 연인들의 얼굴엔 수심이 가득하다.

"괜…… 괜찮습니다."

나는 일부러 땅에 떨어진 안경을 찾는 시늉을 했다. 어디선가 진동벨 소리가 들려오고,

"마침 전화가 울렸어요. 제가 받긴 했는데……."

유창한 불어로 커플티 남자가 말했다. 난 그에게 감사를 표하며 전화기를 받아들었다.

"뭔 일이야? 왜 걸핏하면 쓰러지고 그래?"

김 이사의 성마른 목소리가 귓가에 따갑다.

"별일 아니야. 이제 멀쩡해."

"병실에 얌전히 누워 있지, 왜 밤길을 쏘다니고 그래?"

친절을 베풀어준 커플티 연인들에게 미안하기도 해서 가까운 공중화장실에 들었다. 한국의 공중화장실은 세계적이다. 무료이기도 하거니와 내 집만큼 깨끗하다. 아니, 그보다 더 깨끗할 수 있다.
(* 유럽의 공중화장실은 통상 600~1200원의 사용료를 내야 한다.)

'탕·탕·탕!'

내 집 유리창보다 맑은 공중화장실의 거울을 보며, 환청처럼 세 발의 총소리가 들렸다. 드골과 윤숙은 어떻게 되었을까? 드골은 프랑스 역사상 암살에 가장 많이 노출된 인물이다. 추측하기론 우남 이승만도 공공연히 암살의 표적이 되었을 것이다.

'이봐, 윤숙이!'

병원으로 돌아가는 길 내내 윤숙을 부르던 우남의 목소리가 귓가에 맴돌았다.

그냥

솔직히 말해서 서울의 거리는 아름다움과는 거리가 멀다. 그냥 좀 편리하고 많이 부산할 뿐, 미국식 현대건물들은 여기가 대한민국이다!, 라고 알려줄 만한 특징이 없다. 그나마 한국의 정취를 느낄 수 있는 경복궁에 들렀다.

"어때?"

김 이사 물음에 간단하게 답했다.

"소박하네."

"소박하다고?"

그런 감상은 생전 처음 듣는다는 듯 김 이사는 눈을 멀뚱거렸다. 솔직히 한국의 건축양식은 장엄한 것과는 거리가 멀다. 왕궁을 비롯하여 조선시대 건축물은 크기나 규모를 신경 쓰지 않은 것 같다.

왕의 거처, 근정전과 강령전은 작은 축에 속하는 유럽의 성당들보다 작고, 일본의 웬만한 사찰 정도 크기다.

"단아하다고……."

한국의 건축물은 단아하다. 왕궁 역시 단아하다. 백성들이 과도한 부역을 짊어지기를 원치 않던 선량한 군주들이 통치하였기에 가능한 일일 것이다. 허세보다는 실리, 건물은 작은데 뜨락은 넓다.

"자, 용포를 입어 보자고."

박석이 널따랗게 깔린 근정전 마당에서 김 이사가 말했다. 그가 기용한 포토그래퍼가 옷을 입기도 전에 카메라를 들이댔다. 나는 괜히 김 이사에게 역정을 냈다.

"오늘은 쉬고 싶다니까."

"왜? 멀쩡하잖아!"

"어제 내가 겪은 일을 생각해봐."

"그래서 물어봤잖아. 궁에 들른다니 좋아라!, 해놓고는……."

왕궁을 배경으로 열심히 사진을 찍었다. 틈틈이 콧등 상처를 덮기 위해 메이크업 디자이너가 두텁게 분칠을 한다. 구경꾼들이 몰려들어 신기한 듯 쳐다보았지만 김 이사는 열심히 뛰어다녔다.

"인상 펴고 집중해!"

좀처럼 집중할 수가 없다. 사진을 찍는 내내 드골과 윤숙의 시대에 궁금증이 미치었다. 어느 틈엔가 김 이사가 짐정리를 끝내며 말하길,

"자, 이제 사인회 가자."

광화문 광장으로 나왔다. 사실, 광장이라 하기에 애매하고, 대로

라고 하기에도 애매하다. 성곽을 따라 곧바로 차도가 있는 것은 왕궁에 대한 모독에 가깝다. 어느 나라의 왕궁도 이렇듯 차로에 의해 침범당하지 않는다. 더군다나 인접한 곳엔 외국 대사관들이 자리한다. 쓸모없으면 별 가치를 두지 않는 한국인의 습성 때문일까?

"서점에서 연락이 왔는데, 만선이래!"

말마따나 만선을 이룬 배의 선주처럼 김 이사는 들뜬 표정이다. 그는 경쾌하게 발걸음 떼며 말했다.

"벨, 빨리빨리!"

대형서점의 지하에 마련된 사인회에는 많은 사람들이 몰려들었다. 독자들을 위해 '꿈의 기반은 현실이 아니다.'라는 주제로 10분 가량의 짤막한 강연을 했다. 김 이사가 대충대충 통역한 것 같아 불안했지만 주제 자체로 독자들에게 희망을 준 것 같아 뿌듯하다.

나의 오래된 연작에 사인을 받으려는 이들도 있었다. 독자들 중 누군가 말을 걸었다.

"안경 새로 하셨네요?"

"누구……?"

몰라본다고 섭섭해 하지 마시길, 동양인은 얼굴 구별이 쉽지 않다.

"어제 떡볶이……."

"아!"

어젯밤 보았던 남자다. 나는 그가 커플티를 입고 있지 않은 것에 주목했다.

"여친은 어디 있어요?"

"헤어졌어요."

나도 모르게 탄성이 새 나왔지만 당황한 표정을 숨기기 위해 노력했다.

"괜찮아요?"

실연한 그와 좀 더 얘기를 나누고 싶었지만 길게 늘어선 인파 때문에 여의치 않다. 김 이사가 투수에게 포수 사인 주듯 코를 찡그린다.

"그냥, 잘 모르겠어요."

그는 사인해준 책을 건네받고는 유유히 사라졌다. 그리 보니 경복궁에 들르기 전, 단 15분 만에 안경을 맞출 수 있었다. 이것은 기적에 가까운 것이다. 유럽에 속한 어느 나라든 안경을 맞추려면 보통 사흘은 걸려야 할 수 있다.

"독자님, 사진 같이 찍어요."

이따금 독자들과 사진을 찍었다. 그럼에도 사인회는 빠르게 진행되었다.

"이제 제법 한국말 잘하네?"

한눈에 파악하기 힘든 육거리 교통신호등 앞에서 능숙하게 끼어들기 하며 김 이사가 칭찬의 말을 늘어놨다.

"너희들 언어는 대단한 것 같아."

"정말? 왜 그렇게 생각해?"

한글을 처음 접했을 때는 외계의 문자인 줄만 알았다. 알파벳과 라틴어 체계에 바탕을 둔 서양의 문자와는 너무도 이질적이다. 신기하게도 한글은 모든 음을 표현해낼 수 있다.

언어학자들이 간과하고 있는 것이 있는데, 한글만큼 특별한 것은 발음이다. 한국어 발음은 또한 모든 음을 표현해낼 수 있다. 영어나 불어처럼 혀 굴림 음이 없고, 중국말처럼 성조도 없다.

한글과 발음, 둘 다 쉽고 빠르며 정확하다. 전 세계에 한류문화를 일으킨 이유는 많겠지만 그 강력한 원동력이 언어임을 부인할 수 없다. 언어가 사람을 만들고 문화를 가꾸기에…….

일정을 마무리하고, 김 이사와 저녁식사를 하게 되어서야 비로소 하루 동안 잃어버린 상상력을 되찾을 수 있었다.

"한국사람 몇몇은 시간여행을 하나?"

외계에서 온 듯한 한국인, 몇몇이 축지법을 쓴다면 또 몇몇은 그것이 가능할 것이다.

"그런 게 어디 있어?"

김 이사는 설핏 웃으며 덧붙였다.

"또 모르지, 찾아보면…….'"

작가적 상상력을 구속하지 않기 위한 나름의 배려겠지만, 질문한 나로서도 어처구니없긴 마찬가지다. 무엇을 상상하든 답은 이미 정해져 있기 때문이다.

'독자 여러분, 꿈의 기반은 무엇일까요?'

오늘 오후에 사인받으러 온 독자들 앞에서 강연 주제로 삼았던 화두다. 무언가를 알고 있는 양, 떠들어댔지만 나부터가 그 질문에 답할 수가 없다.

"낮에 자네가 말했던 거 말이야."

생각을 알아듣기라도 한 것처럼 김 이사는 조심스레 입을 뗐었다.

"내가 생각하기에 꿈은 없어."

왜 저런 말을 할까? 밤이건 낮이건 치열한 경쟁 사회에 부대껴 김 이사의 순진무구한 뇌마저 세뇌당했을까!

"영혼은 한 가지 일만 하길 원하지 않기 때문이야."

난데없이 날아든 벌침에 영혼의 엉덩이를 찔린 느낌이다. 이때만큼은 김 이사의 눈이 별처럼 반짝였다.

"우리 영혼은 다채로운 일을 경험하길 원해. 내 영혼이 하고 싶어 하는 게 나의 꿈이란 걸 알게 되었지."

물불 가리지 않는 열정, 다혈질에 대체로 단순한 인물인 줄만 알았던 김 이사의 입에서 그런 말을 듣게 될 줄이야!

"김밥은 죽어 어디로 가—김밥천국!"

속내를 밝힌 게 쑥스러웠던지 김 이사는 아재개그를 방출해 냈다.

가만, '천국?'

"김 이사, 갈 데가 있어."

나는 밖으로 나가 사방을 두리번거렸다. 뒤따라온 김 이사가 놀란 눈으로,

"뭘 찾는데?"

마침 저 앞 길거리에 떡뽀끼 파는 집이 눈에 들어왔다. 초등학생 아이들이 또랑또랑한 눈빛으로 떡뽀끼가 철판에서 울긋불긋 익기를 기다리고 있다.

"저거 먹고 싶어."

"참 나, 갑자기 뭔……."

김 이사는 싱겁게 웃으며 아이들 틈바구니로 들어간다.

"떡볶이 한 접시 주세요."

"아직 덜 익었거든요. 좀만 기다리세요."

아이들과 나란히 줄 서서 기다리고 있는데, 외국인의 높은 코가 신기했는지 한 아이가 나를 뚫어지게 쳐다본다.

"먹을 수 있겠어? 기절하고 싶어서 그런 건 아니겠지?"

김 이사가 짓궂게 농담을 걸어왔다.

"그거야."

"응?"

"기절하려고!"

"다 됐습니다."

떡뽀끼 아줌마가 넓적한 종이컵에 불 입은 떡을 담아 내놓는데, 레몬을 눈앞에 둔 것마냥 나도 모르게 침이 삼켜진다. '작은 오벨리스크'라는 명칭이 어울릴 것 같은 이쑤시개를 김 이사가 건넸다.

"먹어봐."

나는 단디 결심하고 작은 오벨리스크를 꼭 쥐었다.

"아저씨, 야구장에서 봤어요."

내내 날 쳐다보던 아이가 한마디 했다. 가만, 체면이 있지! 아이들 보는 데서 정신 잃으면 안 되잖아?

"호텔 가서 먹을게."

"그럴래?"

호텔에 도착해 나는 우선 몸부터 씻었다. 그리고 경건한 의식을 준비하는 제사장처럼 떡뽀끼 한 접시 앞에 두고 작은 오벨리스크를 뽑아들었다. 비장한 칼날처럼 그것으로 떡뽀끼의 유들거리는 몸을 찍어 눈 딱 감고 한 입 먹어본 순간, '달다!'

그리고 아무 일도 일어나지 않았다.

"뭔가 이상한데?"

떡뽀끼를 계속 찍어 먹어도 이상이 없다. 방금 전 헤어진 이에게 전화를 거니,

"어이구, 세계적인 작가님께서 전화를 다 주셨네?"

너스레 떠는 김 이사에게 폭탄선언을 했다.

"내일 돌아갈 수 있을까?"

"누가 왜 돌아가? 당최 무슨 소리야?"

"그냥……."

"그냥이라니? 그새 향수병에라도 걸린 거야?"

이상하다. '그냥'이라고 하면 대부분 받아들여지는데……, 한국에서의 여남은 일정이 아깝긴 하다.

"어떻게 안 될까?"

"난감하네!"

말은 그렇게 했지만 김 이사는 곧,

"알았어. 한번 알아볼게."

본디 계약이나 약속은 변경이 불가능하다. 그렇지만 한국에선 가능하다. 한국인은 약속 위에 더한 가치를 존중하는 경향이 있다. 말하자면 과도한 융통성, 그 때문에 문제가 발생하기도 하지만 사회가 보다 유기적으로 움직일 수 있는 원동력을 제공하기도 한다.

"어쩔 수 없지."

곧이어 들려온 김 이사의 목소리엔 체념과 원망이 뒤섞여 있었다. 이렇게 간단하고 쉽다니, '그냥' 단 한마디!

"그리고 명성황후와 이승만에 대한 자료 좀 알아봐 주겠어?"

"알았어."

김 이사는 언제든 자료가 확보되는 대로 메일을 통해 보내주겠노라!, 약속했다.

"Merci beaucoup! (고마워!)"

"근데 말이야, 꼭 이렇게까지 해야겠어?"

투덜거리는 김 이사에게 대꾸할 말을 찾지 못하겠다. 일정을 파기하고 약속을 훼손하며 이럴 필요가 있을까! 머릿속 생각은 어지럽지만, 평생 한 번도 느껴보지 못한 열정이 가슴속에서 꿈틀거렸다.

드골의 외투

비행기 기내식은 특별한 만찬이다. 창에 비친 비단구름을 바라보며 커피 한 잔의 여유를 즐기는 것은 이 세상에 속하지 않은 여유를 선물한다.

나는 커피 한 모금 마시며 책을 펴들었다.

"L'enfer, c'est les autres. (지옥, 그것은 타인이다.)"

사르트르는 왜 이런 말을 했을까! 그의 말이 옳다면 지상에는 75억에 육박하는 지옥이 있다. 하늘에 올라왔지만 여기에도 지옥이 없진 않다. 탑승객이 370명 정도 되니 승무원 포함하면 400여 명의 잠재적인 지옥이 나와 함께 있는 것이다.

그때, 착 달라붙은 옷에 우아한 골반 라인을 흔들며 금발미인이 다가왔다. 그녀는 이륙 전까지 비어 있던 내 옆자리에 앉았다.

'좋은데!'

그녀가 펴든 잡지책에 절로 눈이 간다. 으레 패션 잡지인 줄로만 알았는데, 의외로 과학 잡지…….

'평행우주, 과학으로 증명하다.'

나는 용기를 내어 물었다.

"평행우주가 무엇입니까?"

금발미인은 흘기는 눈길로 답하길,

"같은 시간대에 갇힌 무한 공간이에요."

"거기에 빠지면 어떻게 되는데요?"

"죽지도 못하고 영원토록 갈증에 허덕이며 살아야 하죠."

"불사한다는 얘긴가요?"

"아마 지옥에 빠져든 느낌일 걸요."

작가적 호기심과 아름다운 이성에 대한 관심은 좀 더 진전하길 원했다.

"우리가 탄 비행기가 평행우주에 빠져들면 어떻게 될까요?"

그녀는 한 번 더 눈을 흘기더니 대꾸할 의무가 없다는 듯 이어폰을 꽂고 눈을 감는다. 막힌 공간을 더 막히게 하려는 의도인지, 창가에 앉은 이들이 플라스틱 커튼을 쳤다. 인간에겐 누구나 폐쇄공포증이 있다. 공간에 갇히는 것보다 더한 신변의 위험은 없기에 인체 내의 세포가 자동적으로 긴장과 불안이라는 신경물질을 분비한다.

"승객 여러분, 잠시 비행기가 흔들립니다. 안전벨트를 매주시고 승무원의 지시에 따라주시기 바랍니다."

기내 방송이 다급한 목소리를 내었다. 여승무원들이 당황한 낯빛을 숨기며 구명조끼와 안전마스크 착용하는 방법을 빠르게 설명했다. 기체의 흔들림이 꽤나 심상찮다.

"승객 여러분, 특별한 지시가 있을 때까지 동요하지 마십시오."

어수선한 틈에 옆자리 금발미인의 매끈한 다리가 시선을 훔친다. 흔들리는 기체 안에서 그녀의 다리는 마치 한식을 먹을 때에 내가 잡은 젓가락처럼 서투르게 움직였다.

몇몇 승객이 비명을 지르고 또 어떤 이는 울음을 터트리기도 했지만 나는 소란 속에 평화를 느꼈다. 점점 진동이 잦아드는가 싶더니 어느새 진정의 기미가 보이기 시작한다.

"승객 여러분, 심려를 끼쳐드려 죄송합니다. 잠시 난기류를 만났지만 헤쳐 나올 수 있었습니다."

몇몇 심약한 탑승객들이 안도의 한숨을 쉬었다. 그중엔 옆의 금발미인도 포함되었다.

"괜찮으세요?"

"네, 다행이에요."

"뭐가 다행이죠?"

"비행기가 요동하는 걸 느끼지 못했나요?"

"전혀 미동도 느끼지 못했는데요."

대화에 진전을 이루고 싶었지만 그녀는 반응하지 않았다. 다만 규칙적인 도리질을 선보이더니 잡지책을 도로 펼쳤다. 제아무리

저명인사라 해도 머리숱 없는 중년남자를 호의적으로 봐줄 여인은
그리 많지 않을 것이다.

'에라, 모르겠다.'

눈을 감고 잠을 청했다. 간혹 운 좋게도 현실에서의 상상이 꿈으
로 투영되는 경우가 있다. 내가 탄 비행기가 난기류를 벗어나지 못
하고 평행우주에 갇힌다. 광활한 사막 같은 평행공간에서 사람들
은 허둥거린다.

우락부락한 근육을 자랑하는 덩치 큰 남자들이 있었지만, 나는
어떻게 얻었는지 알 수 없는 손가락 까딱하는 기술로 그들을 제압
한다. 최고 권력자가 되어, 옆자리 금발미인을 꿇어 앉혔다.

"네 이년, 수청을 들겠느냐?"

그 대사가 꿈속에서도 생각날 줄은 몰랐다. 뮤지컬로 각색한
〈춘향전〉을 보며 친절한 김 이사가 불쑥 속삭였었다.

"수청 드는 게 뭔지 알아?"

"그게 뭔데?"

"색에 환장한 권력자가 어떤 청을 할 것 같아?"

난데없는 불청객이 끼어드는데도 그것을 꿈으로 인식하지 못했
다. 김 이사는 좀처럼 물러나질 않는다. 가슴에서 공기방울을 퐁퐁
품어내며 저항했다. 그와 옥신각신 다투는 동안 꿈이 훼손되었다.

"당신을 현행범으로 체포합니다."

현실은 꿈보다 더 기괴하다. 험상궂은 기내경찰이 승무원들과
늘어서서 테이저 건(Taser Gun: 전기충격기)을 위협적으로 흔들고 있
었다.

"무슨 일입니까?"

"당신을 성추행범으로 체포합니다."

"무슨 말도 안 되는 소리요?"

말은 그렇게 했지만 체벌을 기다리는 학생처럼 몸이 움츠러든다.

"당신은 묵비권을 행사할 수 있으며, 불리한 진술을 거부할 권리가 있습니다. 또한 변호사를……."

기내경찰은 미란다 원칙을 아주 띄엄띄엄 소개했다.

"피해자를 만나게 해주세요. 오해를 풀겠습니다."

"풀고 싶소, 오해?"

지나치게 길어서 코끝마저 늘어진 그의 코는 꼭 닭 벼슬처럼 보였다.

"당신이 한 행동을 보면 알 수 있겠지요."

그들은 기내에 설치된 CCTV영상을 보여주었다. 영상 속의 나는 자리가 불편한지 연신 몸을 뒤척였다. 그러다 살짝 그녀의 가슴이 손등에 스쳤다. CCTV영상은 다소 애매하긴 해도, 어쩌면 가만히 잘 있던 내 손이 고의적인 주술에 걸린 것처럼 멋대로 움직여, 여인의 다리를 얼마간 쓰다듬고 있는 것처럼도 보였다.

기내경찰은 확신에 찬 표정으로 말하길,

"피해자 여성은 그전부터 당신이 추근거렸다고 하더군요."

기내경찰은 곧바로 앞전 영상을 확인시켜 주었다. 말 붙인 것에 그녀가 거부의사로 잡지책을 펴보는 영상, 그리고 수시로 곁눈질로 훔쳐보는 가자미눈을 한 사내!

사실, 나는 그녀의 다리나 몸매가 아닌 잡지를 살폈다.

"꽃은 한 번 보고 스칠 수 있지만 미인은 그러질 못하지."

기내경찰이 고개를 가로저으며 말했는데 나는 꼭 그의 매부리코가 좌우로 움직이는 것처럼 느껴졌다.

"의도적으로 그런 게 아닙니다."

나는 절박한 심정이 되어 한국 사람들이 하는 것처럼 자연스럽게 그의 어깨를 짚었다. 그는 우정의 어깨동무를 무참히 떨쳐내며 땅바닥에 나를 뭉갰다.

"공무집행 방해까지! 당신을 기내 창고에 임시 구류합니다."

한국에선 과실치사는 물론이고, 강간죄를 저질러도 가해자가 피해자와 합의를 보면 어떠한 책임추궁도 하지 않는다. 그에 비해 프랑스에서는 가해자가 피해자와 합의를 이루었다 해도 형벌이 가해지는 것에 변함이 없다. 왜냐하면 죄엔 성역이 없기 때문이다. 합의만 보면 만사형통이 아니라, 합의마저 보지 않으면 죄질이 더욱 나빠지는 것이다.

'덜덜덜⋯⋯.'

기체 가장 아랫부분인 듯, 공기저항에 덜커덩 떨리는 바닥이 느껴졌다. 찌든 창고냄새가 풍기며 눈앞에 덩그러니 오줌통이 보였다. 그것을 마주하며 비로소 깨달으니!

'꿈은 현실을 기반으로 한다.'

왼쪽 손목이 수갑에 묶여 파이프와 엮인 탓에 오른손으로 오줌통을 들었다. 그러곤 낮은 천장에 난 문을 두들겼다.

'풍풍!'

오줌통이 울리며 방귀 비슷한 소리를 냈다.

"격리된 것으로 부족하오?"

날카로운 부리로 지렁이를 쪼려는 수탉처럼 닭 벼슬 같은 매부리코를 흔들며 기내경찰이 말했다. 나는 공손하게 보이려 허리를 숙였다.

"얼마나 더 가야 합니까?"

그는 주먹만큼 커다란 손목시계를 들여다보며 답했다.

"세 시간을 더 날아야 하오."

"여긴 진동이 심합니다. 속이 메슥거리는데……."

내 안색을 살피던 기내경찰은 고갯짓으로 오줌통을 가리켰다.

"마개는 꼭 닫아두시구려."

"제발, 내가 하지도 않은 일로 탓하진 마시오."

문을 닫기 전 그는 친절하게도 모포를 내려주며 말했다.

"바닥에 엎드리면 견딜 만할 것이오."

그의 말을 따라 모포를 바닥에 깔고 엎드리니 한결 나아졌다. 다만 바닥에서 비릿한 냄새가 풍겼다. 아마도 이전에 이곳을 방문한 이가 오줌통을 오줌 누는 용도로 쓰지 않았던 것 같다. 속을 더욱 메슥거리게 하는 냄새를 맡고 있자니, 분한 감정이 용수철처럼 솟구쳐 오른다.

'그래, 내가 잘못하긴 했다.'

어찌 되었든 그녀의 몸을 더듬지 않았던가!

'탕·탕·탕'

오줌통으로 천장을 두드린 것이 아니다. 드골의 차량을 급습하던 총소리를 떠올렸다. 그는 무사했을까? 당연히 무사할 것이다.

무려 31번의 암살시도가 있었지만, 드골은 꿋꿋이 살아남아 국가의 초석을 다졌다. 그의 안위에 대한 걱정보단 막연하게 느껴지는 귀향길, 이 여행의 실용적 가치에 대한 평가에 걱정이 앞선다. 단순히 드골의 유품을 찾아보는 것으로 해결될까!

나는 절친의 얼굴을 떠올렸다.

'마리엔!'

성추행범으로 낙인찍히는 건 아니겠지?

'도와줘. 마리엔!'

마리엔

승객들이 모두 빠져나간 뒤에야 공항경비대에 의해 연행되었다. 따로 입국심사는 거치지 않았다. 그들은 내 가방이고 캐리어고 다 짜고짜 열어젖혀 훑었다. 하다못해 속옷까지 샅샅이 훑었다.

"땡땡이 팬티를 입으시네요?"

그들은 내가 아끼는 속옷의 고무줄을 연신 잡아당겼다. 어쩌면 성추행범의 심리를 땡땡이 팬티와 연관하여 풀어내려는 것처럼 보였다.

"이건 도대체 어느 나라 말이오?"

그들은 내 자식들, 곧 나의 작품들을 저글링하는 오렌지처럼 이리저리 휘둘렀다.

"이런 소설가이시네? 당연히 야한 작품도 많이 읽었겠지!"

"변호사를 불러주시오. 지금 당장!"

"그럴 필요 없어요."

문을 열고 들어오는 그녀를 바라보았다. 선명한 눈동자의 마리엔이다.

"원고가 취하했어요. 그게 아니라도 당신들은 취조할 권리가 없어!"

마리엔은 성난 황소와 같이 법적 효력이 담긴 문서를 책상 위에 내던졌다. 위풍당당한 그녀의 태도에 저마다 한 덩치 하는 공항경비대원들이 사나운 사자라도 본 듯한 표정으로 물러섰다.

나는 수갑에서 풀려나며 마리엔에게 한국말 선물을 보냈다.

"살아있네!"

공항을 벗어나는 대로 마리엔에게 물었다.

"어떻게 한 거야?"

"좀 전에 말한 대로야."

"그래도 너무 간단한데?"

"법은 약자를 보호하기 위한 거야."

마리엔은 잔다르크가 현생에 다시 태어난 것 같은 얼굴표정으로 전방을 응시했다. 운전할 때 그녀만큼 진지한 사람은 이 세상에 없을 것이다. 안전운전을 저해할 생각은 없지만 난 꽤나 진지한 화두를 던졌다.

"법은 강자를 위해 존재해 왔고, 앞으로도 그들을 위해 쓰이게 될 거야."

"그렇게 생각하면 법은 항상 그들의 편이 될 거야."

"난 슬기롭게 체념한 것뿐이야."

"그저 단념한 것처럼 보이는데?"

한 번쯤 쳐다볼 만도 한데 전방을 향한 그녀의 시선에 변함이 없다. 운전하는 마리엔과 대화를 나누는 건 어쩐지 벽에 말을 거는 것처럼 느껴진다. 꼭 그녀의 변함없는 시선 때문만은 아니다.

"한국에서 어땠냐고 물어볼 만도 하지 않아?"

"⋯⋯."

"마리엔, 믿기 힘들겠지만 난 네가 무척 그리웠어."

"⋯⋯."

"마리엔느! 난 네 이름을 '마리엔'이라 하지 않고 '-엔느'라고 길게 늘어트리는 게 좋아. 여운을 주며 멜랑콜리한 멋이 있잖아?"

운전에 집중하고 있는 그녀를 보는 건 어찌 보면 즐거운 일이다. 마리엔은 우리가 즐겨가던 레스토랑 앞에 정차할 때에야 비로소 입을 열었다.

"여기 음식이 그리웠지? 네가 한국에 가 있는 동안 나 혼자 수십 번 왔던 것 같아. 튀뤼프 요리가 어찌나 맛있던지⋯⋯." (* 튀뤼프: 송로버섯)

음소거가 해제된 라디오처럼 마리엔은 본격적으로 입방아를 찧기 시작했다.

"테러조직들이 두렵기보다는 가련하다는 생각이야. 그들은 자유, 평등, 그리고 박애가 숨 쉬고 있는 이 나라를 테러해서 인류 전체를 위협할 생각인 거야. 우리나라가 내세우는 기치를 떨궈내면 인간에겐 도대체 무엇이 남지?"

'지옥이 남겠지, 혹은 평행우주나!' 내 귀는 그녀의 광활한 이야기 스펙트럼에 적응 못해 두런거렸다.

"네가 한국에 있는 동안 많은 생각을 했어. 정확히는 나 자신이 얼마만 한 편견과 고정관념에 싸여 있는지 깨달았지. 네가 실제로 경험하고 체험한 것 중에 혹시 나 때문에 말도 꺼내지 못한 거 있어?"

과거에 그런 적이 있었을까? 그러고 보니 마리엔에게 털어놓지 않은 비밀이야기는 없던 것 같다. 혹시 한국에서 단추가 되었던 이야기를 한다면 마리엔은 어떤 반응을 보일까! 생각을 깰 것처럼 마리엔이 묻는다.

"근데 아까는 뭐라 한 거야?"

"뭘?"

"수갑에서 풀려나며, 날 처음 보자마자……."

"아, 살아있네~!"

"무슨 뜻이야?"

"네 눈빛이 살아 있다고!"

그녀는 되술래잡듯 묻는다.

"금방 어떻게 발음했어?"

"살아 있네."

"싸라있네~!"

어떠한 경로로 익혔는지 마리엔은 부산사투리 같은 어조로 발음했다. 그녀의 반응이 궁금하기도 해서 나는 단추로 살았던 한국에서의 일을 이야기했다.

"정말이야?"

"응, 내가 경험하고도 믿기지 않는 부분이 있긴 하지만……."

"직접 경험한 일을 스스로 믿지 못하겠다는 거야, 아니면 단추가 되어본 적 없는데 거짓말한 거야?"

"단추가 된 건 확실한데, 스스로 확신하지 못하는 부분이 있다는 말이야."

와인 한 병을 금세 비운 마리엔은 교통체중이 심한 도로 위의 트럭처럼 버벅댔다.

"직접 체험했다고 진실이 되리란 법은 없어. 선입견에 의해, 혹은 자기합리화에 의해 진실은 아주 교묘하게 뒤틀리기 마련이거든. 문제는 사실이야. 그 일이 실제로 일어났다면 있었던 거야. 그게 또 자기착각일 가능성도 있는 거지!"

마리엔은 술잔을 흔들며 말을 했는데, 신기하게도 술잔 속에 와인이 젤리처럼 굳어 찰랑거리지 않는 것처럼 보였다.

"그래서 결론은 뭐냐? 사실증명이라는 거지!"

마리엔은 그 말과 함께 흔들던 술잔을 멈추었는데, 그제야 술잔 속 와인이 튀어 내 얼굴로 떨어졌다.

"아, 미안!"

나는 안경을 벗어 렌즈를 닦았다. 안경을 벗은 덕에 마리엔의 얼굴이 마리오네트의 인형얼굴처럼 보인다. 흐리멍덩한 그녀의 실루엣과는 상관없이 그녀의 눈은 여전히 선명하게 반짝이며,

"다시금 단추가 되고 싶은 거야?"

"결말을 알아야 이야기를 들을 거 아니겠어?"

"유품으로 남겨지는 것 중에 옷은 예외 품목일 텐데……."

마리엔의 말이 맞다. 후대에 유품으로 전해지는 것은 가보가 될 만한 가치가 있는 (작고 값비싼 보석 같은) 물품들이다.

"어쩌면 다시 단추가 되지 못할 수도 있어."

"시작도 전에 낙담하는 게 어디 있어?"

마리엔은 잔을 부딪치며 명령조로 말했다.

"내가 도와줄 테니, 살아 있으라고!"

나 없는 동안 이곳에 수십 번 왔다는 말이 과장이 아니다. 레스토랑 바로 꼭대기 층이 마리엔의 집이다. 좁은 계단통로, 휘청거리는 마리엔을 부축하며 오르는 건 여간 힘든 일이 아니었다.

"마리엔, 나 자고 가도 되지?"

"당연하지."

마리엔의 집 현관문을 여니, 엉덩이를 붙이면 당장이라도 밤하늘로 날아갈 것 같은 싸리비가 제일 먼저 반겼다. 마녀의 숲에 발을 들여놓은 것 같은 기묘하면서도 오싹한 감정이 스친다. 현관에서부터 거실까지 고대 주술사들이 한 번쯤은 건드려보았을 물건들로 가득하다. 마리엔은 변호사이면서 점성술가다. 그녀가 보는 점성술은 다양하고 심오해서 감히 정의할 수 없다.

"친구, 미래를 예견해볼까?"

마리엔은 흐트러진 눈동자로 내 눈을 응시했다. 술에 취한 점쟁이에게 미래를 예견하게 내버려두는 건 무책임한 일처럼 여겨졌다.

"착하지. 자세 편히 하는 거야."

그녀를 침대에 누이며 옷을 반쯤 벗겨주었다. 마리엔은 이내 곯
아떨어진다. 마리엔의 침실은 법률가에게서 기대하는 그것처럼 정
갈하다. 말끔하게 정돈되어 있는 마리엔의 침실과 마녀가 살 것 같
은 어수선한 거실, 두 가지 캐릭터가 공존하는 친구에게 무한한 호
기심을 가지고서 로맨틱한 감정을 품은 적도 있었다. 그렇지만 어
떤 결정적인 계기로 우리는 막역하면서도 거친 우정을 공유하게
되었다.

내가 지금보단 머리가 풍성하던 시절, 마리엔은 '대머리와 연애
하느니 차라리 죽는 게 낫다.'라는 식으로 말을 한 적이 있다. 자애
로운 인권 변호사인 마리엔의 심성으로 그렇게까지 거칠게 말하진
않았을 테지만, 어찌 되었든 그 말은 우리의 관계를 다른 방향으로
흘러가게 만들었다.

나는 냉장고에서 찬물을 꺼내 마시고 마리엔의 소파에 기대어 등
받이로 쓰는 쿠션을 끌어안았다. 쿠션에서 아기 곰팡이 냄새가 난
다. 내 아파트에 들었다면 이런 살가운 감정을 느끼지 못했을 것
이다.

'사실증명!'

우리는 어쩌면 타인이 말한 그대로를 정확히 기억할 수 없어서
자신만의 언어로 한 번 더 걸러서 이해하거나, 스스로를 바라보는
시선마저도 근거 없는 우월감이나 대책 없는 열등감에 사로잡혀
제 자신을 잘못 인식하고 있는 건 아닌지……

프렌치토스트

눈을 뜨니 마리엔이 양치질을 하고 있다.

'치카치카'

잠자는 나를 깨울 방법으로 양치질 소리를 이용하려는 요량인지 마리엔은 눈앞에서 자유분방하게 칫솔을 휘저었다.

"치카치카, 한국에서의 일정을 앞당겼으니 며칠간 자유롭겠지?"

치약 거품을 머금은 채 그녀가 불분명한 말투로 물었다. 내 시선은 절로 벽장시계로 돌아간다.

"지금 이 시간이면 법률 사무실에 있어야 하지 않아?"

"사표 냈어."

거품 문 그녀의 말이 불분명하다.

"뭘 했다고?"

"내던졌어."

"무엇을?"

그녀는 싱크대에서 흘러나오는 물로 입안을 헹궈내며 말했다.

"별로 중요하지 않은 것을……."

"왜?"

"그다지 신봉하지 않게 되었거든."

"그게 무슨 소리야? 법만큼 중요한 게 없다고 입버릇처럼 말했잖아?"

"내가 그랬어? 입버릇치고는 고상했네."

"언제 그 중요하지 않은 것을 내던졌는데?"

"오늘!"

마리엔은 태연자약하게 프렌치토스트를 만들기 시작했다. 어떻게 하면 그녀의 태연함에 갈등을 조장할 수 있을까.

"넌 법을 떠나 살 수 없어."

"넌 문학을 떠나 잘도 살잖아?"

그녀의 말이 뼈아팠지만 지난날 내가 내뱉은 말이라 수용할 수밖에 없다.

'문학 따위 개나 줘버려.' 냉소적인 프랑스 문단에 질려서 그렇게 말했던 적이 있다. 이 시점에 이렇듯 간교하게 써먹다니…….

"어디에나 부조리는 있어. 한국에도 구더기 무서워 장 못 담그느냐?, 라는 농담, 아니 속담이 있단 말이지."

마리엔은 생소한 한국의 격언을 빠르게 이해했다.

"장 담갔는데 구더기만 가득하면 어쩔 거야?"

나는 문제해결의 향방을 그녀의 내적 갈등에 집중하는 쪽으로 선회했다.

"최근에 무슨 사건을 맡았어?"

"벌써 잊었어? 네 성추행 사건 해결했잖아."

나는 거친 숨을 토하는 대신 의도적으로 폐 안에 신선한 공기를 순환시켰다.

"이것을 여기에 둘 참인데……."

한국에서 사온 커피믹스를 꺼내들자, 종합선물 세트를 발견한 소녀처럼 마리엔이 눈을 반짝인다. 기꺼이 실토하길 원하는 낯빛이다.

"강간 사건이었어. 피해여성 측에서 피고가 처벌받기를 원치 않는다는 거야."

"거액의 합의금이라도 받았나 보군. 그냥 남녀 간의 애정문제라 넘겨버려."

"모든 정황과 증거가 명백한 강간이라고 말하고 있었어. 심지어 CCTV증거도 있었지."

"그럼, 사법 처리되지 않아?"

"문제는 가해자가 고위층 자제라는 거야. 피해여성이 계속 강간 죄를 주장하고 나설 경우, 사회적 암매장을 시킬 거라는 협박이 있었던 것 같아."

"값비싼 몸값을 받은 것만은 아니군!"

"무슨 말을 그렇게 해?"

마리엔은 프렌치토스트를 접시에 담아내었다. 향긋한 프렌치토스트를 보니 예전에 그녀가 했던 말이 떠오른다.

"네가 그랬잖아. 법정에 서는 사람은 추악한 본성을 드러내게 된다고. 피의자건 피해자건 상관없이……."

"본론에서 벗어나지 마."

"본질은 그렇다는 거지."

그녀는 먹음직스런 프렌치토스트가 담긴 내 접시를 빼앗았다.

"인간 본성의 뿌리까지 드러내볼까?"

"미안, 전적으로 내가 말실수했어."

접시를 되찾고 싶다면 꼬리를 내리지 않을 수 없다. 마리엔은 담담한 목소리로,

"프랑스의 형법 체계가 무너지고 있어. 사람들은 돈으로 죄까지 덮을 수 있다고 생각해."

"낯설지만은 않군!"

"무슨 소리야?"

"한국에선 오래전부터 그래 왔어. 그들에 비하면 우리가 나누는 얘기는 사치에 가까운 거야."

"거기 몇 번 갔다 오더니, 제정신이 아니게 된 거야?"

"한국인들이 들으면 널 증오하게 될걸."

"그들을 염려해서 하는 소리야."

나는 과일 바구니에 손을 뻗었다. 특정 과일을 잡을 요량은 없었지만 사과가 손에 딸려왔다.

"따지고 보면 자본주의가 모든 걸 물들이지."

"지금, 자본주의라고 그랬어?"

아차!, 싶다. 마리엔 앞에서 자본주의에 대해 말하는 것은 금기다. 그것은 에덴에서 선악과를 따는 행동만큼이나 무분별한 짓이다. 그녀는 인류 최대의 적은 자본주의라 규정지으며, 종국에는 자본주의가 인간성을 파괴하고 인류를 파멸의 길로 들어서게 할 것이라고 엄포를 놓았다.

"자본주의가 파괴하는 것은 인간성만이 아니야. 인간 자체를 파괴하는 거야."

아침부터 전쟁의 현장에 징집될 수는 없다. 벌써부터 머리가 욱실거리는 게, 자본주의에 대한 마리엔의 날선 비판에 몇 가닥 남지 않은 머리칼마저 위태롭다는 생각이 든다.

"맞다! 출판사 대표한테 전화하는 거 깜박했다."

나는 휴대전화기를 찾아 기웃거렸다. 아기곰팡이 냄새가 나는 쿠션 밑을 거들떠보는데, 공교롭게도 마리엔의 손에 내 휴대전화가 들려 있다.

"네가 아는 유일한 출판사는 한국에 있잖아?"

"무슨 소리야? 한국에서 내가 얼마나 유명한데."

"그래, 한국에서만 유명하지."

"아침부터 긁을 거야?"

마리엔과 연인의 감정을 가질 수 없는 이유가 여기 또 있다. 그녀는 나를 너무 잘 안다.

유물 탐사

차를 운전하는 내내, 마리엔은 말이 없다. 언제나 그렇듯 참으로 바람직한 현상이다. 칭얼대는 아이에게 젖꼭지를 물려주듯이 때때로 마리엔에게 가짜 운전대를 쥐어주면 어떨까!

"롤리타, 롤리타!"

오래된 CD에서 알리제(Alizée)의 〈롤리타(Moi Lolita)〉가 흘러나왔다. 신나는 노래멜로디가 울려 퍼지며 푸근한 지중해의 바람이 세 가닥의 머리칼을 공중에 띄운다.

"마리엔느, 어제는 술김에 그런다고 싶었는데, 내 얘기를 나보다도 확신하는 네 태도는 뭐야?"

"네가 말하지 않았어?"

"내가, 뭐라고?"

"정말이라고!"

나는 그녀의 외모에서 조화로움을 찾기 위해 오랜 시간 애썼다. 또렷한 눈매, 선명한 눈, 이지적인 눈빛, 그리고 영롱한 눈망울……. 그녀에게서 눈 이외에 다른 아름다움을 찾기 위해선 좀 더 많은 시간이 필요할 성싶다.

'음, 살아 있단 말이야!'

어쨌든 뭔가에 몰입하고 있는 그녀를 보는 것은 아름다움과 밀접한 관계가 있는 것 같다.

마리엔이 입을 연 시각은 정오가 한참 지난 시각이다.

"노래가사처럼 그건 내 잘못이 아니야! (C'est pas ma faute!)"

그녀의 말이 묘한 여운을 주었지만 별 생각 않고 차에서 내렸다. 우리는 드골의 묘소를 방문했다. 그는 콜롱베 제글리즈 성당 뜰에 잠들어 있다. 어린아이 책상 같은 조그만 대리석 묘비엔 '샤를 드골 (1890~1970)'이라고만 적혀 있다. 그 옆에는 이본느 드골이 나란히 누워 있다.

"안녕하세요? 드골 씨!"

드골의 생가를 방문하여 탐색 작업을 벌였다. 자신을 드골의 친손자, 필립이라고 하는 이가 우리를 반겼다. 찾는 외투는 없었다. 드골의 유품으로는 생전에 썼다는 낡은 타자기, 그리고 금방이라도 다리가 부러질 듯한 책상과 의자가 전부다.

"행복은 일상의 소소한 것들에 있다고 할아버지는 곧잘 말씀하셨습니다."

필립은 유일하게 할아버지가 정치가였다는 말을 증명할 만한 말

을 들었다고 했는데 그 말은,

"할아버지는 기회가 있을 때마다 '국가 지도자의 커다란 의무 중 하나는 경제를 건전한 기반 위에 올려놓고 건전한 통화정책을 유지하는 것'이라고 강조하셨대요."

드골의 단추였을 때 들었던 말이라 여간 반가운 게 아니다. 어찌되었든 단서가 될 만한 것은 찾지 못했다. 내 눈에서 아쉬운 기색을 눈치챈 필립이 덧붙이길,

"데파르트망(Départements: 프랑스의 행정구역)의 릴에 있는 박물관에 가면 할아버지의 유품을 보다 많이 보실 수 있을 거예요."

자리에서 일어나며 필립과 석별의 정을 나누었다. 그가 왠지 친형제처럼 느껴져 애틋하다.

"우리나라 역사를 여태껏 잊고 있었다는 생각이 들어."

담쟁이 넝쿨이 우거진 드골의 생가와 멀어지며 마리엔이 입을 열었다. 우리는 콜롱베의 중심가에 들어 늦은 점심을 먹었다.

"빨리 먹어!"

빨리? 한국이 아닌 프랑스에서 그 말을 들으리라곤 생각지 못했다. 마리엔은 유리알처럼 눈빛을 반짝이며 덧붙였다.

"오늘 내로 릴에 가려면 그래야만 할 거야."

누구도 열정을 향한 마리엔의 질주를 막지 못했다. 마리엔은 르망 자동차 경주에 나선 레이서처럼, 아니 보다 정확하게는 한국의 총알택시 기사처럼 차를 몰았다. (* 르망 레이싱: 세계 4대 자동차경주, 1955년 경주 중에는 80명이 사망하여 악명이 높다.)

"진정해. 박물관 관람시간에 맞출 순 없을 거야."

131

그 말은 질주를 가장한 폭주에 불을 붙였다.

"마리엔, 너는 한국에서도 살아남을 수 있을 거야."

우리는 박물관 폐관시간에 맞추어 들어갈 수 있었다.

"외투를 찾아!"

우리는 다른 방향으로 흩어져 외투를 찾았다. 어떤 직관에 사로잡혀 모퉁이를 돌려는 순간, 내 시선을 사로잡는 것이 있다. 그것은 반짝이는 마리엔의 눈을 닮았다.

'너였구나!'

거울 속의 나를 보는 것 같다. 두꺼운 모직원단 외투에 자리한 단추, 실이 들어가는 단추 안의 작은 두 구멍이 콧구멍처럼 벌름거렸다.

"찾았어?"

심상찮은 기운을 눈치챘는지 마리엔이 뒤따라와 물었다. 나는 자석처럼 이끌려 드골의 외투를 향해 걸었다. 드골의 단추를 유심히 살폈다. 삐죽 튀어나온 실밥이 손을 흔들며 환영의 인사를 건네는 것 같다. 이상한 건 가슴을 열어 대수술을 끝낸 환자처럼 단추중앙에 큰 금이 나 있다는 것이다.

"관람 시간 끝났습니다."

박물관 경비가 다가와 으름장 놓으려는 것처럼 말했다.

"취재차 왔어요."

마리엔은 임기응변으로 대법원 출입에 쓰던 허가증을 들어 보였다. 경비는 건성으로 훑어보더니,

"사진 찍을 시간은 주겠습니다."

나는 경비에게 어렵사리 말을 꺼냈다.

"혹시 외투를 입어볼 수는 없을까요?"

가당치도 않다는 듯, 경비는 콧방귀를 뀌었다.

"전시된 유물은 밀봉되어 질소 충전이 되어 있습니다."

"외투의 윗단추 실금은 무엇입니까?"

경비는 무미건조한 얼굴표정으로 답했다.

"나가 주십시오."

"잠깐만요. 아직 사진도 찍지 못했단 말이에요."

마리엔이 스마트폰을 꺼내들었다. 기자라고 사칭했으면 좀 더 그럴듯해야지, 스마트폰으로 사진 찍는 건 일반인이 관광지에서 설치는 모습과 다를 바 뭐냐!

"그만 나가 주세요."

경비는 급기야 우리를 밀쳐냈다. 복화술 쓰는 것 같은 목소리로 마리엔이 빈정거렸다.

"정신 나갔어? 외투를 입어보겠다는 말은 뭐야?"

"언제 입어보겠다고 했나, 입어볼 수 있느냐 물어봤을 뿐이지."

"그 말이 그 말이지."

경비에게 등 떠밀려 나가는 우리들을 곁눈질로 살펴보던 이가 있었다. 관람객 중에 나이 지긋한 반백의 신사가 다가와 속삭이듯 묻는다.

"외투의 단추에 대해 궁금하시오?"

"네?"

"좀 전에 한 말을 들었소. 그런데 정말 기자 맞소?"

반백의 신사를 위아래로 훑었다. 거짓말로 구슬리기엔 상대가 너무 품위 있어 보였다.

"사실 저는 소설작가입니다."

"오, 그래요? 이름이 어떻게 되시오?"

반백의 신사는 크게 반기는 표정으로 기대에 차 물었다. 나는 그의 기대감을 충족시킬 수 없을 것이라는 서글픈 현실과 마주했다.

"프랑스에서 저는 그다지 유명하지 않습니다."

유명세는 그다지 중요하지 않다고 반백의 신사가 에둘렀지만, 씁쓸한 뒷맛이 느껴지는 건 피할 수 없다. 어찌 되었든 우리는 공동의 화제로 회귀할 수 있었다.

"반지에 대해 아십니까?"

마리엔이 고개를 갸웃거린다.

"아니, 단추 말입니다. 반지가 아닌⋯⋯."

"반지의 실금이 궁금하지요? 아니 이런, 단추 말이요. 허허!"

반백의 신사도 나와 똑같은 실수를 하며 헛웃음을 터트렸다.

"웃음과 실수는 전염되는 법이지요."

우리들은 박물관에서 나와 드골광장을 거닐었다. 아름다운 건물과 노천카페가 즐비한 드넓은 광장, 광장의 중앙 분수대에서 비둘기가 노닐고 있었다.

"저 비둘기들이 한국으로 건너간 사실을 아시오?"

도시의 액세서리, 무신경하게 스쳤던 비둘기들을 이때만큼 유심히 살펴본 적이 없다.

"철새처럼 횡단이라도 했다는 말입니까?"

질문한 사람 무안하지 않게, 반백의 신사는 미소 떤 얼굴로,

"한국에서 올림픽을 개최할 때 프랑스의 비둘기들을 수입해갔지요."

그래서 한국의 길거리가 친근했나! 신사는 단추에 대해 말 꺼냈다.

"드골 장군은 총에 맞았어요. 단추는 조각이 났지요."

"그게 무슨 말씀인지?"

"모르겠소? 단추가 총알을 막아냈소."

마리엔은 어처구니없는 허풍선의 이야기라도 들은 것처럼 눈살을 찌푸렸다.

"단추가 드골 장군의 목숨을 지켜냈다는 말씀입니까?"

"세상엔 가능하지 않은 일이 더러 일어나지요."

그 말을 듣고 하마터면 드골의 단추가 된 사연을 털어놓을 뻔했다. 그는 마치 속마음을 읽은 것처럼 말했다.

"불가능을 극복하는 것이 능력 아니겠소?"

반백의 신사는 그새 이별을 고했다. 그와 얘기를 더 나누고 싶었지만 뒷모습을 바라보며 아쉬움을 삼키는 것으로 대신해야 했다.

"범상치 않은 노신사네."

마리엔의 말이 바람처럼 귓가에 스친다. 광장을 벗어나 구시가지 좁은 골목에 들어서니 또 다른 신세계가 펼쳐졌다. 품격 있는 가게들이 저마다 개성 넘치는 가게 푯말을 내걸고 엘레강스(élégance)한 거리풍경을 연출해내고 있었다. 커다란 간판과 네온사인이 넘쳐나던 한국의 밤거리와는 확연히 다른 풍경이다.

마리엔은 생각난 듯 소리쳤다.

"맞아, 단추가 구멍에 들어가고 네 환상이 시작되었지!"

근방에 아무도 없었지만 마리엔은 비밀 이야기처럼 귀엣말을 전했다.

"그 구멍, 내가 들어가게 해주겠어."

"어떻게?"

"초능력을 써야 한다면 믿겠어?"

반백의 신사가 했던 말이 생각나 얼른 되받아쳤다.

"불가능을 가능하게만 해준다면……."

마리엔은 누군가에게 급히 전화를 걸었다.

"지금 이리로 올 수 있다고? 좋아!"

마리엔은 흡족한 표정으로 전화를 끊었다.

"누굴 부른 거야?"

"초능력자!"

"그런 사람이 지구상에 있기나 해?"

"보면 알아."

반시간도 지나지 않아 정말로 알게 되었다.

"당신은?"

비행기 옆 자리에 앉았던 금발의 미녀, 그녀가 읽던 과학 잡지책, 이달 호 제목도 또렷이 기억난다. '너는 평행우주에 갇혔다!'

"둘이 아는 사이야?"

"이 여잔 있지도 않은 성추행 혐의를 내게 씌운 그 여자야."

태연한 표정으로 마리엔이 묻기를,

"이자벨, 그게 너였어?"

"비행기 안에서 자는 척하며 내 몸을 더듬지 뭐야."

물어보는 마리엔이나 답하는 이자벨이나 무언가 꿍꿍이를 숨겨놓은 것처럼 보였지만, 나는 어쩐 일인지 그녀의 이름을 알게 된 것에 안도감을 느꼈다.

이자벨은 옆구리를 다 가릴 정도로 커다란 숄더백을 차고 있었는데 코덱스와 같은 과학도감이 그 안에 담겨 있을 것 같은 인상을 주었다. (* 코덱스: 레오나르도 다빈치가 발명품에 대한 구상을 스케치한 노트)

"고의로 그랬다면 왜 취하했소? 한번 끝까지 가보지."

"먼저 고맙다고 생각되지 않아요?"

"그래 고맙긴 하지. 하마터면 이상한 사람으로 낙인찍혀서……."

"잠자고 있는 게 확실하다 생각되어서 그랬어요."

이자벨과 대화하는 건, 이 순간 그녀의 미모에 얼이 빠진 나의 정신머리만큼이나 혼란스런 일이다.

마리엔이 변호사다운 말투로 끼어들며,

"이자벨, 피해사실을 거짓으로 꾸며대는 건 옳지 않아."

"엿보는 게 불쾌했단 말이야."

나는 그녀가 입었던 짧은 정장 스커트를 떠올렸지만, 이미 지나간 일에 대해 왈가왈부하고 싶지 않다.

"어찌 되었든 그 정도로 마무리되어 다행입니다."

이자벨의 눈매가 범상치 않게 꿈틀거렸다.

"사과는 하지 않겠어요. 다만 피해자 보호 프로그램 덕에 비행하는 동안 최상의 서비스를 누릴 수 있었지요."

나는 푸념처럼 마리엔의 귀에 대고 속삭였다.

"이런 여자를 왜 부른 거야?"

"이자벨은 마술사를 가장한 초능력자야."

세상에, '초능력을 가장한 마술사'라는 말은 들어봤어도…….

"제 마술 본 적 없어요? 꽤나 유명한데!"

이자벨은 곧바로 휴대전화의 동영상 하나를 보여주었다.

'이게 뭔가!'

동영상은 이렇다. 투명한 삼각뿔 컵 속에 나사와 너트가 있다. 마술사가 응시한 채로 가만히 있으니, 컵 속의 나사가 살아 있는 것처럼 움직이며 너트 속으로 빙글빙글 돌아가며 끼워 맞추어지는 것 아닌가!

나는 절로 탄성을 터트렸다.

"오호라, 단추는 식은 죽 먹기렷다."

이자벨은 인상을 찌푸리며 말했다.

"보통은 대단하다, 어떻게 하는 거냐는 반응이 대부분인데, 당신은 좀 희한하네요."

"끼우기만 하면 돼요. 돌릴 필요는 없고!"

내가 생각하기에도 이상한 요구였지만 이자벨은 순진한 눈망울로 대꾸했다.

"뭘요?"

"반지, 아니 단추요."

"확실히 말하세요. 단추예요, 반지예요?"

"반지, 아니 단추! 확실히 …… 단지!"

"어디 있는데요?"

"지금은 문을 닫았어요."

이자벨은 이해할 수 없다는 눈초리로 마리엔을 흘겼다. 신기하게도 그녀의 속마음이 들리는 것 같다. '이런 똘아이를 보았나!'

마리엔이 계면쩍게 웃으며 대변한다.

"단추는 박물관에 있는데, 지금은 들어갈 수 없어."

"문은 열라고 있는 거지!"

이자벨은 과감하게 박물관으로 돌진했다. 경비가 없는 걸 확인하더니, 뒷문도 아닌 정문을 따고 들어갔다. 어안이 벙벙했지만 그녀의 뒤를 따랐다.

'또각또각'

관내에 이자벨의 구두 굽 소리가 〈젓가락 행진곡〉처럼 울려 퍼졌다. 그녀의 뒤를 따르며 알 수 없는 전율이 느껴진다. 보안이 이렇게나 허술하다니, 장군님이 아시면 섭섭하실 거!

그때 갑자기 이자벨이 뒤돌아보며 물었다.

"뭐 해요?"

"네?"

"앞장서서 반지를 찾아요."

"단추인데요."

"네, 그거. 호호호!"

우린 금세 드골의 외투가 자리한 모퉁이로 접어들었다.

"왜 그러시오?"

문제의 외투 앞에 선 순간, 이자벨은 난색을 표했다.

"너무 멀어요. 기를 모아야 하는데 유리창이 평면에다 너무 두껍네요."

기를 모아? 그녀가 보여준 동영상을 떠올렸다. 나사와 너트가 하필이면 삼각뿔 유리컵 안에 있던 게 이유가 있었구나! 소리를 모으는 확성기처럼 삼각뿔이 기를 모으는 역할을 하였던 것이 분명하다.

그나저나 이자벨이 가진 초능력의 정체가 의뭉스럽기 짝이 없다.

"장풍으로 나를 날릴 수 있겠소?"

"장난이라 생각해요?"

이자벨의 얼굴표정이 깐죽대다간 주먹부터 날아갈 것이라 경고하는 듯했지만 엔간해야 믿지!

"가만있어 봐요."

이자벨은 마치 애니메이션 등장인물처럼 자신의 관자놀이에 집게손가락을 가져다댔다. 그 모습이 어지간해서 치아가 드러나려는 걸 간신히 참았다.

'왜? 용이라도 쓰셔야지!'

그런 생각과 함께 막 웃음이 터져 나오려는 순간, 셔츠의 앞단추가 툭 떨어져나간다. 그러더니 옥수수 알갱이 털리듯 연이어 단추가 우수수 떨어져나가는데…….

"그만, 그만!"

나 보기에도 흉측한 참외배꼽을 들키고 싶진 않다.

"그만, 엄한데 힘쓰지 말고!"

그녀의 초월적인 능력이 멈추고 나서야 나는 숨을 크게 들이쉴 수 있었다.

"미쳤소?"

나는 목을 주억거리며 가장 먼저 주변을 살폈다. 당연한 얘기겠지만 관내에는 우리 외엔 아무도 없다. 나는 반사적으로 CCTV 카메라를 의식했다.

"저기에 찍히면 어쩌려고 이래요?"

"비밀을 간직한 사람은 난데, 당신이 왜 이래요?"

그녀의 대꾸에 할 말을 잃었다. 정말이지 이런 일이 세상에 알려진다면 큰일 날 것 같은 불길한 예감은 무어냐!

"이자벨, 믿겠소. 진지하게……."

"이제야 믿으시는군요."

꿈인지 현실인지 분간하고 싶어 그녀에게 키스라도 하고 싶다.

"완전히는 아니요. 대체 어떤 속임수를 쓴 거요?"

충격 때문인지 아직도 눈꺼풀이 파르르 떨렸다.

"바지 끈도 한번 풀어 볼까요?"

"그건 사양하겠소. 여기가 침실이 아닌 이상……."

내 뺨에 손뼉을 제대로 쳤을 때의 소리가 났다. 이럴 줄 알았으면 키스부터 하는 건데…….

"농담이었소. 기분 상하게 했다면 미안하오."

뺨까지 맞고 사과까지 하는 건 어쩐지 서글프다. 그녀의 말이 원인제공을 하지 않았던가!

"미안해요. 세게 때릴 생각은 없었는데."

"아니오. 도움이 됐소. 현실을 깨닫게 해주었으니."

이자벨은 내 셔츠의 단추들에 행했던 것 이상의 집중력을 더했지만 쇼윈도 안의 단추에는 아무런 힘도 쏟지 못했다.

"제 능력으로는 역부족이에요."

이자벨의 이마에 구슬땀이 맺혀 있는 것이 어둠 속에서도 보였다. 창에 서서 도저히 바랄 수 없는 값비싼 보물을 바라보듯 외투를 쳐다보았다. 이상하게도 어떤 데자뷔(déjà vu)가 느껴진다. 마치 추락하는 비행기에 탄 조종사가 된 기분, 그때 데자뷔의 감각 덕분인지 큰 깨달음처럼……. [데자뷔(déjà vu): 이미 본 것, 기시감, 기시체험]

'나에겐 팔이 있었지!'

흥분을 가라앉히고 이자벨의 눈동자를 응시했다.

"실밥이라도 구멍에 걸칠 수 있겠소?"

"실밥이요? 어디…….

실내등을 밝혀 실밥을 찾았다. 2시 방향으로 가는 실오라기가 작은 발을 내밀고 있다.

"구멍에 미칠 만큼 긴가요?"

의도하진 않았겠지만 이자벨의 그 말은 귓불을 빨갛게 달아오르게 하는 무언가가 있었다. 고개를 끄덕이려는데 어쩐지 사춘기 소년처럼 부끄럽다.

"한번 해보죠."

이자벨은 자신의 관자놀이에 손가락을 가져다댔다. 마리엔과 나는 피리로 방울뱀을 춤추게 하는 마술사 바라보듯 이자벨을 쳐다보았다.

'삐리리!'

환청과도 같은 피리소리가 들리며, 이윽고 잿빛 단추 뒤에 가려진 실밥이 수줍은 실지렁이처럼 꿈틀거린다. 그것은 단추 구멍을 희롱하듯 미끄러지며 바들거린다. 그리고 마침내 미켈란젤로의 〈천지창조〉, 케루빔에 둘러싸인 하느님이 아담과 집게손가락을 마주하였을 때, 그 순간을 기념하려는 것처럼 빛이 쏟아지며 비로소 우린 만난다.

언어의 소용돌이

　의식은 휘몰아치는 소용돌이에 빨려 들어가며 각종의 언어를 만난다. 단추가 아닌 실밥만 구멍에 걸친 탓인지 눈앞이 흐리멍덩하다.

　"오랫동안 한국인들을 보며 깨달은 게 있어요. 그건 바로 꼭 그렇게까지 해야 할까!, 싶은 것을 당연히 해야 한다는 것이죠."

　대체, 무슨 소리? 맥락도 알 수 없고, 뜻도 알 수 없어 지나쳤다. 다음 소용돌이에서는 이런 말이 들려왔다.

　"종로에서 가장 유명한 깡패가 누구야?"

　"김두한이라면 삼척동자도 압니다."

　"대한청년단에 감투 하나 줘. 파업 일으키는 놈들은 빨갱이니 그냥 족치라 그래."

"몸은 괜찮으십니까?"

"이 정도로 죽진 않아. 이제 본때를 보여줄 때야."

잡담이 가득할 것 같은 그 소용돌이 또한 지나쳤다. 자못 이상한 소용돌이에 빨려 들어갈 것을 주의하며 조심스레 발을 내디뎠다. 어디선가 스치는 별무리처럼 프랑스 격언들이 지나간다.

"우리는 모르는 것을 희망할 수 없다."

"자기 안에서 평온을 찾지 못하면, 다른 곳에서 평온을 찾는 일이 아무 소용없다."

나는 여러 소용돌이를 무시하며 지나쳤다. 개중에는 일본의 대문호 오에 겐자부로가 노벨 문학상을 타며 발표한 수상소감도 있었다.

"일본이 특히 아시아인들에게 큰 잘못을 저질렀다는 것은 명백한 사실입니다. 일본은 전쟁 중의 잔학행위를 책임져야 하며, 위험스럽고 기괴한 국가의 출현을 막기 위해 평화체제를 유지해야 합니다."

무시한다고 해서 각종의 언어가 빚어내는 소용돌이가 흥미롭지 않다는 것은 아니다. 찾는 언어가 아니기에 지나친 것뿐이다. 일련의 말은 무시하고 지나칠 수가 없었다.

"의사들 내보내! 살짝 긁힌 것 가지고 왜들 난리야?"

의사가 거슬린다니, 복에 겨워 투정 부리는 소리 아닌가! 어떤 늙은이인지, 할 수만 있다면 그 입에 침묵을 선사하고 싶다.

'바로 저것이야.'

드디어 내가 찾는 소용돌이 한 쌍을 만났다. 그들은 쌍쌍이 있으면서 각각 흑색과 자색으로 빛났다. 나는 직감적으로 자색 소용돌이가 드골의 시대, 곧 프랑스라는 것을 알았다. 흑색 소용돌이는 빛난다기보다 퇴색하여 바스라질 것처럼 위태롭다. 나는 그것이 윤숙이 거하고 있는 우남 시대의 대한민국이라는 것을 알았다. 자색 소용돌이에서 익숙한 이름이 들려왔다.

"사르트르가 있었습니다."

귀 기울이는 순간, 소용돌이로 빨려 들어간다. 거세게 휘몰아치다가 마치 암초에 걸린 뱃머리처럼 덜컹거리는 소리와 함께 멈춰섰다. 진정의 기미가 보이는 순간, 친숙한 목소리가 바로 머리 위에서 들려왔다.

"이본느는 무사한가?"

"네, 운전사 가브리엘은 중상을 입었지만 사모님은 털끝 하나 다치지 않았습니다."

"그게 문제야!"

"무슨 말씀인지?"

"이본느를 다치게 했으면 내가 지옥 끝까지 쫓아가서 놈들을 끝장냈을 거야. 이제 지옥에까지 갈 필요가 없으니 그게 문제지!"

존경하는 드골 장군의 말씨를 이해하기 힘들다. 상관의 언어구사 취향과는 아무런 상관이 없다는 듯, 특유의 깐질기게 웃는 얼굴 표정으로 보좌관 파트리크는 몇몇 보고사항을 전했다.

"저격범을 현장에서 잡았습니다. 비싼 저격용 총을 버리기 아까워 그 큰 장비를 들고 도주하려다가 잡혔다고 하더군요."

드골은 일반사람이라면 생각지도 못할 큰 그림을 그리며 군사 전문가다운 질문을 했다.

"근데 하필 왜 거기야? 앞서 외곽을 돌아 나올 때가 저격하기 훨씬 쉬웠을 텐데?"

파트리크는 답하길,

"사르트르가 있었습니다."

"똑똑히 말해."

"저격수가 사르트르를 존경해서 차마 방아쇠를 당길 수 없었다고 합니다."

드골은 무릎을 치며 말했다.

"뭐야? 그래서 사르트르가 차에서 내린 다음에야 행동을 개시한 거라고?"

"그런 인과관계가 있었던 거라 사료됩니다만……."

"허허, 사르트르 덕에 내가 존재하는군."

"꽤나 낭만적이지 않습니까?"

파트리크는 서 있고, 드골은 침대에 누워 있는데도 불구하고, 드골이 파트리크를 한참이나 내려다보고 있는 것처럼 느껴졌다. 파트리크는 재빨리 덧붙이길,

"잊으셨습니까? 사르트르 씨께 자리를 내어주느라 저는 영화관에 남겨졌지요."

드골은 또 한 번 탄성을 자아냈다.

"사르트르 덕에 여러 사람 존재하는군!"

"저……."

"또 뭔가?"

파트리크는 목을 주억거리며 입을 열었다.

"운전사 가브리엘이 이상한 소리를 했습니다. 총탄 하나가 장군님의 앞가슴을 맞추었다 합니다. 당연히 장군님이 돌아가실 줄로만 알았는데 단추가 튀며 장군님이 무사하더랍니다."

"중상을 입었다더니 그 친구가 제정신이 아니군! 이봐, 하느님이 그 친구 데려다 천사장 삼으시기 전에 잘 보살피라고."

병실 문밖에는 의사들이 진을 치고 있었다. 수많은 의사들을 의식한 드골이 물었다.

"파트리크, 혹시 그 단추 찾을 수 있겠나?"

"단추는 왜……."

"가브리엘의 말이 사실이라면 훈장이라도 줘야 하지 않겠어?"

파트리크는 눈을 끔벅이며,

"누 …… 누구에게 훈장을 주신다는 말씀입니까?"

"찾아오게. 단추!"

"현장을 보존시켜 놓았으니 찾긴 하겠습니다만 기대하지는 마십시오."

"무슨 말버릇인가? 기대하지 말라니……."

파트리크는 눈을 게슴츠레 떴다.

"가브리엘의 말이 사실이라면 단추는 산산조각 났을 겁니다."

"농담하나? 조각들을 다 꿰어 붙여서라도 가져와. 나는 불가능을 가능한 것으로 만들 것을 기대하며 오직 이 무료한 삶에 의미를 부여해왔어."

"네, 반드시 찾아내어 장군님의 무료한 삶에 의미를 더하겠습니다."

파트리크는 약식으로 경례를 올리고는 뒤돌아섰다. 그의 뒷모습을 보며 왠지 산초가 연상되었지만, 침대 위에 존경하는 장군을 감히 돈키호테라고 일컬을 순 없을 것 같다.

드골은 목을 쓰다듬었다. 명치에 묵중한 통증이 느껴졌다. 신기한 건 드골 장군의 감정, 몸의 감각 등이 대략 느껴진다.

'이본느, 미안하오!'

파트리크와 농담을 나누며 태연하게 행동했지만 그의 마음은 아내와 가족들에 대한 미안함으로 가득하다.

'이본느, 그리고 안느…….'

드골은 안느를 생각하며 애달픈 감정에 빠졌다. 그의 딸, 안느는 재작년 죽었다. 딸의 질병을 고칠 수 없었다. 선천성 소아병을 앓던 딸은 조국 프랑스의 운명을 떠올리게 한다. 레지스탕스와 연합군의 활약으로 나치를 몰아내고 민족해방을 이룬 날, 나치 밑에서 사회 기득권층을 형성한 세력들의 달콤한 유혹이 있었다.

"우리들의 안위를 보장해준다면 장군을 지지하겠소."

드골은 그들이 내민 손에 응하지 않았다. 최종 회합이 있던 날 장군은 그들이 내민 손을 야멸차게 거절했다.

"당신들의 더러운 손에 조국을 맡길 수 없소."

"현명하게 생각하시오. 생존을 위해 우리도 어쩔 수 없는 선택을 했을 뿐이오."

"썩은 뿌리를 잘라내야 나무가 살 수 있지 않겠소?"

"너무 과격하군! 인간의 생존권이 다른 어떤 가치보다 우선시되는 것 아니겠소."

"모든 걸 내려놓고 용서를 구하시오."

"우리보고 죽으라는 소리와 별반 다르지 않군. 그 무엇이라도 변절이 아니오. 우리가 이 자리에 모인 것은 주어진 상황 속에서 최선의 것을 위한 국민적 대타협을 모색해보자는 것이었소."

드골은 벌떡 일어나 탁자를 내리치며 소리쳤다.

"참을 수 없는 것이 무엇인지 아시오? 당신들로 인해 프랑스의 정신이 와해되는 것이오. 견딜 수 없는 것이 무엇인지 아시오? 당신들로 인해 프랑스의 영혼이 오염되는 것이오. 당신들은 독소요. 당신들이 살아 있음으로 인해 프랑스는 갈기갈기 찢겨질 것이오. 나는 청소부요. 추잡한 쓰레기를 치우러 왔소."

회합의 주동자, 총리 피에르 나발은 혀를 끌끌 차며 일어섰다.

"분명히 우리는 타협을 시도했소. 거절에 대한 대가는 본인 스스로 짊어져야 할 것이오."

검은 정장 차림에 두꺼운 마스크로 얼굴을 가린 그들 대부분은 싸늘한 시체처럼 일어섰다. 드골은 그때 일을 상기하며 고개를 천천히 가로젓는다.

"어디 불편하신 데는 없습니까?"

하얀 가운을 입은 의사들이 벌떼처럼 몰려 들어왔다. 의사들은 드골 장군의 손가락 마디 사이까지도 정성스럽게 돌볼 것처럼 부산을 피웠다. 흐리멍덩한 시야 덕분에 의사들의 얼굴을 확인할 수가 없다. 이상하게도 누군가에게 뒷목을 잡힌 듯한 석연치 않은 냉랭한 기운이 느껴졌지만, 그 불길한 감각을 뭐라 설명할 길이 없다.

의사들 틈바구니에서 장군은 곰곰이 생각에 잠겼다. 창에 비친 풍경 너머, 바람에 스치는 자작나무가 앙상한 하얀 줄기를 떨고 있다.

드골은 마음속 말을 딸에게 전했다.

'안느, 프랑스는 병을 안고 살 수 없어. 너처럼 죽고 말 거야!'

마리엔의 말귀

'호로록 삐익!'

귓가에 무척이나 거슬리는 소리가 들려왔다. 신경이 곤두섰지만 어렵게 마련한 기회, 차마 이곳을 벗어날 순 없다. 자색 소용돌이와 쌍을 이룬 흑색 소용돌이가 바로 발아래 있다.

'이리로 와요!'

흑색 소용돌이에서 속삭이는 소리가 들려왔지만 감히 발을 뻗을 엄두도 내지 못했다. 왠지 그곳에 발을 뻗었다간 큰일 날 것 같다는 직감이 들었다.

'이리로 와주세요.'

흑색 소용돌이는 음흉하게 움직였다. 돌아서 가려는 순간, 또다시 애처로운 속삭임이 들려온다.

'제발, 이리로 와주세요.'

동양에는 삼고초려라는 말이 있지만, 유럽인의 사전에는 있을 수 없는 말이다. No를 Yes로 만든다는 건, 획기적인 대가를 지불하지 않는 이상 어림없는 소리다.

그때, 다시금 호루라기 소리가 들려왔다. '호로로 삑삑!' 그리고 마리엔의 거친 숨소리……

"들통났어. 어서 달아나."

쫓기는 느낌에 회음부가 움찔움찔 떨렸다. 밑도 끝도 없이 도망가야겠다는 본능이 앞선다. 어디로 발을 뻗었는지 모르겠다. 다만 유혹의 속삭임에 응할 생각은 전혀 없었다.

'퍽!'

순간 발끝에 무언가 걸리며 다리 전체에 둔중한 타격감이 느껴졌다. 뒤이어 이상한 환청이 들려오며 나의 의식은 작고 무거운 구름처럼 지상으로 천천히 하강한다.

"이자벨, 너 같이 총명한 과학자가 염력이니, 초능력이니 이런 건 다 뭐야?"

이자벨은 나를 보며 빈정거림에 가까운 말을 늘어놓았다.

"구멍에만 들면 환상을 체험하는 이 사내만 할까!"

눈을 뜨고 싶은데 쉽사리 눈꺼풀이 움직이지 않는다. 나는 좀 더 숙고하여 조용히 그녀의 이름을 불러보았다.

"이자벨!"

기척을 느꼈는지 두 여인이 나를 바라보았다.

"깨어났어요? 괜찮아요?"

온전한 육신의 감각을 회복하여 다짜고짜 물었다.

"이자벨, 당신이 나를 성추행범으로 몰았던 비행기 안에서 내 손을 조종한 게 당신이었소? 그 무례한 초능력으로?"

"세상의 어떤 일들은 비밀로 하는 것이 좋을 때가 있어요."

발뺌하는 말로 들려 유쾌하진 않았지만 별 생각 없이 질문을 던졌다.

"짧은 치마에 불편해 보이던 그 정장차림은 뭐였소?"

이자벨의 대답은 두 눈이 똥그래질 정도로 놀라운 것이었으니…….

"오랫동안 한국인들을 보며 깨달은 게 있어요. 그건 바로 꼭 그렇게까지 해야 할까!, 싶은 것을 당연히 해야 한다는 것이죠."

세상에나, 처음에 지나쳤던 언어의 소용돌이다. 토씨 하나 틀리지 않고 정확하다. 이렇듯 자질구레한 말도 미래에 기록된단 말인가!

"그런데 여긴 어디야?"

"박물관 경비가 들이닥쳤어."

아, 그래서 호루라기 소리가 요란했구나. 우리는 핼쑥해진 얼굴로 드골의 광장에 들어섰다. 밤이 깊어 대부분의 상점은 문을 닫았고, 늦게까지 운영하는 마리아주 프레르(Le Petit Cafe)가 외로운 전등을 밝히고 있었다.

"이제 내 개인적 체험에 둘 다 왜 이렇게 적극적인지 말해주겠어?"

"난 오랫동안 네 친구였어."

태연함을 가장했지만 마리엔은 자신의 목소리가 얼마나 떨리고 있는지 알지 못하는 듯하다.

"마리엔, 만족할 만한 대답을 듣지 못한다면 너와의 오랜 우정은 사진첩에 묻어둘 거야."

마리엔의 눈꺼풀이 불분명하게 깜박거렸다. 말귀를 못 알아들은 것이다.

"사진을 찍고 싶다는 거야?"

나는 우선 이자벨의 정체부터 파악해야 했다.

"이자벨, 세상에는 참 많은 비밀단체가 있지 않겠소?"

나는 그녀의 말문을 열기 위해 운부터 뗐다.

"마리엔을 어떤 사특한 비밀단체에 꾀었는지 내가 상관할 바는 아니요. 궁금하지도 않소. 단지 나를 둘러싸고 벌어지는 일에 대해 알고 싶을 뿐이오."

말은 그렇게 했지만 호기심이 커피포트 물처럼 들끓는다. 이자벨은 얇은 윗입술부터 천천히 뗐다.

"말하고 싶지 않아서 그러는 거 아니에요. 당신은 이해 못해요."

"나는 작가요. 모든 이야기에 대해 열린 마음을 가지고 있고, 만물의 섭리에 대해 이해할 만한 지적능력도 갖추고 있소."

"이해와 신뢰는 다른 문제예요."

"좋소, 이제부터 내 일은 내가 알아서 하겠소."

나는 그녀들을 벗어나 발걸음을 옮겼다. 그제야 이자벨이 저자세로 매달린다.

"기다려요. 더 이상 당신 개인의 일이 아니란 말이에요."

우리들은 작은 카페에 들었다. 이자벨이 매력적인 허스키보이스를 내었다.

"징조가 있었어요. 우리는 찾고 있었죠."

"징조라뇨?"

"사자가 임하리라는……."

"사자?"

웨이트리스가 차림표를 가지고 오는 바람에 흐름이 끊겼다.

"시간이 많지 않아요."

주문한 마르코폴로 홍차가 테이블에 안착하는 시간이 무척이나 길게 느껴진다. 오죽하면 웨이트리스의 찰랑거리는 금발머리에서 황금처럼 굽이치는 물결이 보였을까! 마침내 굼뜬 웨이트리스가 뒷모습을 보일 때에야 이자벨이 입을 열었다.

"인간은 지구를 떠나야 할 때가 온 거예요."

나는 마리엔의 반응부터 살폈다. 굼뜬 웨이트리스의 손에서 벗어나 테이블에 무사히 안착한 홍차를 위한 농담이 아니란 걸, 그녀의 표정에서 읽을 수 있었다.

"비밀단체를 캐는 것보다 위험한 건 없어요. 만약 몇 세기에 걸쳐 전승되어온 비밀단체라면 더 큰 문제를 야기할 수 있어요. 행여 그 비밀단체가 인간에 대해 관대하고 적대적이지 않다 하더라도 당신의 목숨을 끊어서라도 그 비밀을 지켜내려 할 거예요."

"스스로 명을 재촉하고 싶진 않소. 다만 내게 벌어지고 있는 일에 최소한의 이해를 요구할 뿐이오."

나는 이자벨의 말을 곱씹으며 다음 말을 기다렸다. 입술을 말하는 용도가 아닌 차 마시는 용도로도 사용할 수 있다는 단순한 진리를 설명하려는 듯 이자벨은 홍차 한 모금을 마셨다.

"참 곤란하군요."

이자벨은 한숨을 내쉬며 주저하는 눈빛으로 마리엔을 곁눈질한다. 마리엔은 눈을 별빛처럼 반짝였다.

"일어나, 갈 데가 있어."

회심의 미소를 지으며 일어나려는 순간, 어떤 직감처럼 거대한 덫에 사로잡혔다는 불길하고도 처참한 감정이…….

제2부

새로운 국면

Prologue

별안간 눈앞에 나타난 두 명의 인물들을 유심히 살폈다. 한 명은 박물관에서 보았던 반백의 신사, 또 다른 한 명은 의사가운을 차려 입은 젊은 과학자, 그는 자신을 '닥터 D'라고 소개했다.

"과학의 본질은 발명이 아닌 발견입니다. 인간은 지구라는 자연을 벗어나 우주라는 미지, 그 미지의 배후에 있는 신(神)이라는 불가침 영역을 발견하게 될 것입니다."

"저……, 이게 다 무슨 말씀인지?"

"무례를 용서하십시오. 우리는 진보적인 과학단체입니다. 몇몇 혁신적인 실험 때문에 비밀리에 활동하고 있지요."

"혹시 정부의 도움을 받고 있습니까?"

닥터 D는 반백의 신사를 곁눈질했다. 신사는 입을 열었다.

"과학지식과 경제기술은 정부가 지켜야 할 가장 큰 자산 아닌가! 상상과 추측은 자유지만 여기에서 들은 이야기는 외부로 발설하지 않는 게 좋을 거요."

그는 온건한 말투로 말했지만 듣는 사람 입장에선 엄청난 위압감이 느껴졌다. 젊은 과학자가 말하길,

"시간이 촉박하니 본론부터 얘기하겠습니다. 저도 이런 일은 처음이라 어디서부터 이야기 꺼내야 할지 막막합니다만 과학의 본질부터 시작하죠."

"그거라면 이미 말하지 않았습니까?"

"과학의 본질은 발견이라는 거 말입니까? 맞습니다. 그렇다면 인류가 개척해온 과학의 발자취에 대해 알아보죠."

"잠깐만! 갑자기 왜 이러는 것이오?"

"무슨 문제라도?"

"당연히 문제가 있지요. 당신들은 나를 납치하지 않았습니까?"

"이자벨 양에게서 들었습니다. 본인에게 일어나고 있는 일에 대해 알고 싶다고요?"

"네, 그렇지만 너무 급작스러워서……."

그는 윗입술에 침을 묻히며 말하기 시작한다.

"작가님, 오래도록 우리의 과학은 퍼즐조각 짜 맞추듯 자연계에 존재하는 현상을 분석하며 이론을 펴나갔습니다. 첫 계단에서 여섯 번째 계단까지 오르는 데 별 문제 없는데, 갑자기 일곱 번째 계단에서 기존의 판을 뒤집는 다른 현상을 경험하곤 했죠. 그때마다 새로운 이론을 펴내고 기존의 이론을 수정해야 했습니다."

"잠깐, 그게 아니라……."

정서적 교감은 둘째 치고, 그는 지금 내가 어떤 상황에 빠졌는지 전혀 이해하지 못하는 것 같다. 그가 입을 열었을 땐 또 다른 성질의 당혹감이 느껴졌다.

"무슨 문제라도?"

"당연히 문제가 있지요. 아니, 이 모든 게 무슨 일이란 말입니까?"

"본인에게 일어나는 일에 대해 궁금하신 것 아닙니까?"

깊숙이 들어앉은 그의 눈을 바라보며 뭐라 할 말이 없다. 어쩌면 같은 말을 반복하게 하는 나의 태도에 내가 느낄 만한 당혹감을 그가 느끼고 있을지도 모른다.

"좋아요. 듣지요. 말씀하시기 바랍니다."

적어도 안심할 수 있는 건 그가 나를 정중하게 대하고 있다는 것. 갑자기 낯선 곳에 빠져든 이가 느낄 법한 심리적 불안정을 이해한다는 듯 닥터 D는 쉬운 비유를 들기 시작했다.

"달의 분화구를 관측한 갈릴레이도 처음엔 믿지 않았죠. 신이 창조한 세상은 완전무결하다는 생각 때문에 달에 난 흠집을 인정할 수 없었어요. 우리는 그동안 우주가 완벽하다고 생각해왔습니다. 자연은 완전무결하지 않습니다. 프랑스 국토크기만 한 쓰레기 섬이 태평양에 떠도는 것처럼 우주도 썩은 부분이 있는 겁니다."

"쓰레기 섬이야 인간에 의해 만들어진 것 아닌가?"

"인간은 자연 밖의 대상이란 의미입니까?"

언뜻 당혹감이 스친다.

"우리들의 연구는 자연과학을 뒤집어보는 것이었습니다. 첫 번째 계단이 아니라 층계 맨 꼭대기 층에서 시작하는 것입니다. 위에서 내려다보면 세상이 어떻게 생겼는지 알 수 있지 않겠습니까?"

"하나씩 밟고 올라가기도 힘든데 어떻게 계단 위, 그것도 맨 꼭대기에 설 수 있단 말인가요?"

"과학은 오랫동안 '생명은 무엇인가!'에 의문을 가져왔습니다만 아무것도 증명해내지 못했어요. 신체 속에 정신이 들어 있다는 데카르트의 이원론에 함정이 있는 겁니다. 양자역학을 창안한 슈뢰딩거는 일찍이 영혼 그 자체가 하나의 세계라고 규정했습니다. 물과 기름은 서로를 이해할 수 없습니다. 물과 기름을 서로 섞으려는 수고로움보다 각자의 영역을 존중하는 게 현명합니다. 이제부터 우리들이 발견한 것을 보여드리겠습니다."

닥터 D는 나와 반백의 신사를 어느 실험실로 안내했다. 보안이 철저한 출입문 앞에서 젊은 과학자는 동공을 비치며 실험실 문을 열었다. 문이 열리고 거대한 실험관이 철로처럼 이어져 있는 것이 눈에 들어온다.

'오!'

나는 감탄사를 연발했다. 언뜻 모형 기차놀이하는 거대한 장비처럼도 보였다. 이상한 건 반백의 신사도 이곳엔 처음 발을 들이는지 나와 같은 반응을 보인다는 점이다.

"자, 이겁니다."

젊은 과학자는 거대한 파이프 앞의 컨트롤 타워를 가리켰다. 그가 가리킨 컨트롤 타워에 야구공 실밥 문양이 새겨진 단추가 눈길을 끈다.

"이 모든 게 다 무언가?"

나처럼 휘둥그레진 눈을 끔벅이며 반백의 신사가 물었다.

"소우주에 존재하는 관문을 열었습니다. 대우주로의 진입도 시간문제입니다."

"관문을 열다니요?"

"차원의 문을 열어 어느 세계든 들어갈 수 있습니다."

만약 파이프 안에 기차가 있어 그곳에 올라탈 수 있다면 내가 체험한 기묘한 환상의 통로를 볼 수 있을 것 같다.

"지금의 과학은 13차원을 증명해냈습니다만, 차원을 나누는 관문에 대해선 입증된 것은 하나도 없습니다."

"점은 이어져 선이 되고, 선은 모여 면을 이루네. 굳이 다른 차원으로 나뉘는 것이 아니라 서로 이어져 있는 것 아닌가?"

나보다 질문이 많아진 반백의 신사가 물었다. 닥터 D는 야구공 실밥 문양의 단추에 손을 댔다.

"한 집에도 방과 거실을 나누는 여러 문이 존재합니다. 이걸 보십시오."

거대한 파이프에서 플라스마 같은 광선이 번지기 시작한다.

"물질은 살아 있습니다. 페르미온은 새로운 물결을 만들어 냅니다. 자연은 새로운 종의 존재의 영향에 의해 변화하기 마련이지요."(* 페르미온: 전자나 쿼크 혹은 양성자 등의 초 소립자를 일컬음)

마치 기찻길을 따라 열차가 달리면 선로에 불똥이 튀는 것처럼, 연초록색의 플라스마 광선이 마치 파도물결처럼 퍼져 나가며 실험관 전체를 빛내기 시작했다.

"6차원 안에 갇힌 물질은 죽어 있는 듯 보이지만; 7차원 이상의 세계에선 물질이 고유의 의식을 가지고 활동하기 시작합니다."

닥터 D는 실험관에 손을 뻗었다. 오로라 같은 신비한 빛이 닥터 D의 손길을 따라 마치 주인과 산책 나선 강아지처럼 움직이기 시작한다. 궁금한 바를 대변하듯 반백의 신사가 묻는다.

"실험관 안의 빛은 무엇인가?"

"에테르 상태의 보존입니다. 그동안 빛은 에너지로서 인정받지 못했습니다. 어떤 운동에너지도 발휘하지 못하거든요. 그렇지만 광자를 특수한 차원에 머물게 하면 핵의 일만 배 이상의 강력한 에너지를 얻을 수 있습니다. 이제 인류는 '광전자'라는 무한한 에너지원을 얻게 될 것입니다." (* 보존: 빛을 기술하는 광자나 중력자 등을 일컬음)

닥터 D는 콧등이 내려앉을 것 같은 두꺼운 고글 선글라스를 반백의 신사와 나에게 나누어주었다.

"잠시 광전자를 감상해보실까요? 자, 이걸 쓰십시오."

닥터 D는 자신도 고글 선글라스를 쓰며 외쳤다.

"보존이여, 빛나라!"

그 자체로도 볼거리인데, 실험관 전체가 밝게 빛나니 화려하기 그지없다. 그리고 그다음은 믿을 수 없는 광경이 펼쳐졌다. 바늘 크기의 광전자 에너지가 묽은 죽처럼 뭉치더니 1미터나 하는 두꺼운 철판을 간단하게 뚫어버렸다.

닥터 D

실험실 견학을 끝마치고 닥터 D는 우릴 깔끔하게 정돈된 장소로 안내했다. 몇몇 안락의자와 차 테이블이 이곳이 휴게실이라고 알리고 있었지만 좀 전의 흥분감에 아직도 가슴이 두근거렸다.

"작가님, 어떤 계기로 초자연적인 체험을 하고 있지요?"

"저도 잘 모릅니다. 왜 환상을 체험하는지, 어떻게 과거의 시간대로 들어가는지……."

나는 닥터 D가 말한 계기란 게 무언지 짐작해보며 말끝을 흐렸다.

"층계 꼭대기에서 세상을 내려다보면 무엇이 보일까요?"

"언뜻 상상이 되지 않는군요."

"앞서 힌트를 드렸습니다만……."

나의 지적 능력을 떠보려는 듯 닥터 D가 두더지 같은 눈을 반짝였다.

"신(神)이라는 불가침 영역 말씀입니까?"

"너무 앞서가셨군요. 우리는 지도를 손에 넣은 것입니다. 그전에는 알 수 없던 지형이나 구조물들을 이제는 꿰뚫어 보듯 알 수 있죠."

반백의 신사가 나섰다.

"작가님의 말이 틀린 것도 아니지 않은가! 오랫동안 미지의 영역이던 신의 경계마저 눈앞에 드러났으니."

내 편을 들어준 것이 고맙긴 하나 선뜻 그의 말을 알아들을 수 없었다.

"진짜 과학은 오히려 고대에서부터 전승되어온 연금술이나 흑마술에 있습니다. 기초적인 연금술도 지금의 과학으로 해석해낼 수 없는 합성물을 만들어 내거든요."

닥터 D는 날카로운 안광을 발하며 묻는다.

"두 가지 선택의 기로에 있습니다. 뉴턴의 자연과학을 벗어나 슈뢰딩거의 멋진 세계로 들어가길 원하십니까?"

닥터 D의 진중한 눈빛을 마주하며 쉽게 고개를 끄덕일 자신이 없었다. 반백의 신사는 마치 거울에 비친 자기 모습 보듯이 나의 동공을 깊숙이 내려다보며 묻는다.

"어떤가! 아직도 알기 원하는가? 눈을 뜨면 다른 세상에서 살아야 하네."

"누구도 지나온 과거를 살 수 없습니다. 어차피 시간은 흘러가지 않습니까?"

신사와 닥터 D는 입가에 흡족한 미소를 머금으며 자리에서 일어
났다.

"자, 이제부터는 보다 친근한 이들과 대화 나누는 게 좋겠군."

그들이 빠져나가자 기다렸다는 듯이 마리엔과 이자벨이 들어온
다. 나는 그녀들의 얼굴을 확인하고 하마터면 눈물 쏟을 뻔했다.
나 홀로 낯선 곳에 빠트려 놓았다는 원망감은 사라진 지 오래, 사랑
의 감정 같은 애틋한 반가움에 눈물샘이 뜨거워지는 걸…….

"잘 보고 들었어?"

그 말 후에 마리엔이 놀리는 투로 '우쭈쭈! 우리 애기'라고 했다면
난 정말로 눈물 쏟았을 것이다.

"이곳을 나가고 싶어."

마리엔은 고개를 끄덕였다. 의뭉스런 그녀의 얼굴에 경고장을
들이댈 필요성이 느껴진다.

"나를 어떻게 이곳에 들였는지 모르지만 두 번 다시 내 몸에 손대
지 마!"

"여기를 보세요."

돌아보니 이자벨의 균형 잡힌 이목구비가 보이고 비현실적인 등
댓불처럼 깜빡이는 눈, 그리고 가물거리는 의식…….

"내가 또 걸릴 줄 알았지?"

나는 눈을 부릅뜨며 이자벨을 쏘아보았다.

"당신의 최면은 여기까지야."

마리엔이 곧바로 다정한 목소리로,

"자, 착하지! 자세 똑바로 하는 거야."

익숙한 그 목소리에 무장 해제된 군인처럼 눈이 스르륵 감기는 건⋯⋯.

다시 눈을 떴을 땐 데파르트망의 어느 호텔, 비어 있는 트윈 베드에 쪽지 하나가 떨어져 있는 게 눈에 들어온다.

"지난밤 멋있었지? 로비에서 기다릴게! ― **마리엔**"

창을 여니 쏟아지는 햇살, 석연찮은 기운, 내가 알던 세상이 하루아침에 바뀌고 어떤 대상에 가졌던 확고한 믿음이 몽환적이었으며 부질없을 것이라는 서글픈 예견, 덩달아 몸 구석구석에 붙어 있는 세균들을 살균 소독해야 할 것 같은 기묘한 결벽증마저 느껴진다.

"사람들은 천사의 존재에 향수를 품고 있지만 실존한다고 믿진 않지."

서글프도록 적막한 예감이 든 이유를 마리엔의 얼굴을 마주하며 알 수 있었다. 그녀는 마저 말했다.

"그렇지만 실제로 그들과 접촉하는 이들이 있어."

그렇게 말하는 마리엔의 눈동자가 불투명한 장막에 갇혀 있는 것 같다.

"네가 속한 비밀단체의 실체야?"

"우린 사자와 통해요."

"뭐, 누구와 통한다고?"

이자벨이 못 미더운 미소를 보냈다.

"영적 존재와 통한다고요."

"너희들 말이 지금 …… 천사와 사통한다고?"

한국에서 멋모르고 번데기를 입에 넣었을 때의 내 얼굴표정처럼 마리엔은 쓴웃음을 지었다. 나는 어쩐지 그 모습이 통쾌해서 김 이사가 선물해준 한국산 최신 핸드폰을 꺼내들어 그녀들의 눈앞에 대고 흔들었다.

"천사와 전화통화도 할 수 있는 건 아니겠지?"

각본 없는 드라마처럼 때마침 전화벨이 울렸다. 나는 전화기에 대고 한국말로 또렷이……,

"여보세요?"

한국을 떠나올 때 김 이사에게 명성황후에 대한 자료를 부탁했었다.

"『매천야록』이라는 야사가 있는데 번역본을 메일로 보내줄게."

"Merci."

나는 전화를 끊기 전, 어떤 그리움이 스며드는 걸 느꼈다.

"서울은 어때?"

김 이사는 수화기 너머 답했다. 가소롭다는 듯,

"바쁘지! 늘 정신없고……."

웃고는 있지만 김 이사의 목소리엔 고단함이 배어 있었다. 전화를 끊고 눈앞에 펼쳐진 신세계에 정신이 아득해지는 걸,

"무슨 일이 벌어지고 있는 거야?"

거리 모습이 마치 종이접이 상자처럼 간단하고도 손쉽게 변했다. 무엇보다 두렵고 신기한 건 우리가 머물던 호텔의 내부 장식이

스르르 사라지는 것이다. 어느새 우린 광장 빈터에 우두커니 남겨졌다.

광장 중앙에서 노닐던 비둘기들이 바람에 쓸려가듯 사라지고, 분수대와 그 앞의 드골 동상도 사라졌다. 비좁아진 광장 주변으로 흉물스런 현대식 콘크리트 건물들이 들어차고 있다.

"오, 사자의 예언이 실현되고 있어."

이자벨은 무작정 중앙 광장으로 뛰었다. 마리엔이 그녀의 뒤를 따르고, 나풀거리며 뛰는 그녀들의 뒷모습을 보고 있자니,

'아씨! 지금 꿈이구나.'

깜빡 속긴 했지만 이토록 생생할 수 없다. 그런데 광장을 향해 뛰는 발걸음에 숨이 차다. '어라? 꿈이 아닌가!'

'헉헉'

많이 이상하긴 하지만 숨을 고르며 마리엔이 그토록 열중하고 있는 것을 훔쳐보았다.

"마리엔, 한번은 이러고 싶었어."

나는 마리엔에게 다짜고짜 키스했다.

"미쳤어?"

그녀는 뺨을 후려쳤는데, 아! 나도 모르게 숫자를 욕으로 승화시킨 대표적인 한국욕설이 튀어나온다.

"아야! 너무 아프잖아?"

핑 돌던 눈물이 채 마르기도 전에 마리엔이 손으로 가리키며,

"저걸 봐!"

광장 중앙엔 언뜻 낯선 이의 동상이 서 있었다.

"Ah, mon Dieu! (하느님 맙소사!)"

나는 재판장, 아니 중앙 광장에 서던 그 느낌을 잊지 못한다. 지옥에도 자리가 없을 거라던 그가 돌아왔다. 110만 프랑스인을 죽인 반역자 페탱, 바로 그가!

우리들은 입을 다물지 못했다. 이곳은 더 이상 드골 광장이 아니다. 드골의 동상 대신 반역자 페탱이 버젓이 자리해 그 밑으로 '프랑스 건국의 아버지'라는 굵은 수식어를 늘어트리고 있었다.

광장 중앙의 분수대 너머에 뉴욕의 타임 스퀘어를 그대로 본뜬 건물이 눈에 들어왔다. 삼각형 모양의 커다란 광고판 아래로 중국인 관광객들이 너도나도 사진을 찍기 위해 줄지어 서 있다.

이런 말하면 좀 미안하지만, 어쩐지 이곳은 정신 사납던 서울의 어느 한 도심 같다. 마리엔이 소리쳤다.

"너 아냐?"

타임 스퀘어 대형 광고판에 내 얼굴이 나왔다. 그는, 아니 나는 입을 벙긋거리며 자막을 통해 이런 말을 전하고 있다.

"프랑스 현대문학은 재미입니다."

그 말은 중국어 자막으로도 해석되어 마치 개미가 기어가듯이 전광판 밑을 지나갔다. 뒤이어 광고판 앞에 있으니 당연하기도 하겠지만, 나를 알아보는 사람들이 우르르 몰려왔다.

개중엔 사인을 요청하며 사진 같이 찍자!, 하는 중국인들도 있었다. 페탱이 프랑스 건국의 아버지로 되어 있는 세상에서 나는 유명작가다. 중국인들도 알아보는 세계적인 히트작가!

"뭔가 잘못됐어."

마리엔의 말이 마치 귓구멍을 파고든 날벌레의 날갯짓처럼 지나가며, 이자벨이 말하길,

"비행기 사고의 절반 이상을 차지하는 게 뭔지 아세요?"

"비행기 추락은 뭐고, 세상이 갑자기 뒤바뀐 건 뭐요?"

나는 한 번에 두 가지 이상의 질문을 쏟아내던 한국의 기자들을 떠올리며 물었다.

"운행하는 항공기에 갈매기가 부딪치면 50톤 정도의 충격을 줄 수 있어요. 우리는 다른 차원의 문에 들어선 거예요."

"다른 차원의 문이라니?"

"당신의 경험부터 얘기해 봐요. 언어의 소용돌이를 접할 때 무슨 일이 있었어요?"

"셀 수 없이 많은 소용돌이가 있었소. 과거의 언어는 물론이고 미래에 나눌 말도 기록되어 있었지."

그때, 주변이 어수선해진다. 정체 모를 시위대가 광장으로 뛰어들며 수많은 사람들이 광장으로 쏟아져 나온다. 시위대는 북을 치며 구호를 외쳤다. 그들은 프랑스가 핵을 보유하고 있다는 사실을 전 세계에 알릴 필요가 있다고 역설했다.

"테러집단의 본거지, 중동에 핵을 터트리자!"

피켓에 쓰인 문구가 노골적으로 두드러졌다. 덩달아 난민들을

몰아내자는 패거리들이 등장하며, 유로 탈퇴를 주장하는 어느 시위대와 합세하였다. 그들이 내건 피켓 문구가 기세등등하게 흔들렸다.

"난민들이 프랑스를 망치고 있다."

노벨문학상 수상자, 르 클레지오는 평화와 번영의 가장 큰 위협은 이민자가 아니라 인종에 편견을 둔, 타인에게 문을 열지 않는 폐쇄적인 문화라고 지적했다. 그의 주장처럼 다른 문화와 생각을 가진 사람들의 유입을 새로운 피의 수혈로 받아들이면 안 될까!

평화로운 시위는 성이 차지 않는다는 듯 시위대는 공공기물을 파손하며 진군했다.

"더 이상의 폭력행위는 안 됩니다."

경찰까지 포진한 진압대가 확성기를 통해 외쳤다. 눈빛이 험악하다. 시위대도 그렇고 진압대도 그렇고 모두 내가 알던 프랑스 사람들이 아닌 것 같다. 그들의 얼굴표정엔 적의로 가득했고, 목소리는 악에 받쳐 칼날처럼 울렸다.

"프랑스 정부를 규탄하라!"

"시위대를 해산시켜라."

프랑스 대혁명 이후로는 볼 수 없던 진풍경이 펼쳐졌다. 물대포가 등장하며 장대비가 쏟아진다. 폭력을 쓰며 달려드는 시위대, 이를 진압하기 위해 이를 앙다문 경찰, 중국 관광객들 입에서 탄성이 쏟아졌다.

"厉害! [lihai: 대단해요!]"

마치 익숙한 관광 상품인 양, 중국 관광객들은 이 모습을 동영상으로 남기며 구경하기 여념 없다. 우리는 시위대와 진압대의 어중간한 위치에서 어찌할 바를 몰랐다.

"뭐 해? 뛰어!"

마리엔의 말에 정신이 퍼뜩 든다. 달리면서 생각 들길,

'지금의 비극은 누구로부터 시작된 것인가! 나인가, 당신인가?'

"헉헉!"

시위대를 벗어나 어느 정도 안전하다 싶을 때쯤 마리엔이 가쁜 숨을 몰아쉬었다.

"만약 이자벨이 너와 연인이었다고 가정해봐. 네가 과거의 어느 날 그녀에게 이별을 통보하는 거야. 지금 둘은 어떻게 되어 있겠어?"

"그야 당연히……."

만약 이자벨과 연인 사이라면 내 쪽에서 먼저 그녀에게 이별을 통보하는 일은 절대로 없을 것이다. 이자벨이 숨을 고르며,

"아끼던 연인도 남남이 되는 거예요. 단지 헤어지자는 말 한마디로……."

말 한마디로 바뀌는 게 역사라면, 지금은 이런 말을 꺼내고 싶다. 그래야 앞으로의 나의 역사가 온전하게 지속될 듯싶다.

"눕고 싶어."

"무슨 소리야, 눕고 싶다니?"

"쓰러질 것 같아!"

잠깐 달린 것뿐인데, 감당 못 할 짐을 어깨에 짊어진 것처럼 급격

한 피로감이 느껴졌다. 내 상태를 보던 이자벨이 소리 질렀다.

"사자가 임하려 하고 있어요."

"뭔 소리요? 욱!"

속에서부터 뭔가 치솟아 올라 토할 것처럼 매슥거렸다. 마치 물에 젖은 솜처럼 팔다리가 무척이나 무겁게 느껴지며 머리가 핑핑 돈다.

"참을 수 있겠어?"

나는 땅바닥에 주저앉아 생각했다.

'이리로 와요!'

귓가에 스치던 여인의 속삭임, 유혹에 넘어갈 생각은 없었지만 호루라기 소리에 쫓겨 발을 내딛던 순간, 그리고 드골 장군이 아닌 반역자 페탱의 시대로 뒤바뀐 프랑스…….

속삭임

프랑스에도 모텔이라는 개념의 숙박시설이 등장해 있다. 1~3시간의 대실이 가능한 신개념 숙박에 마리엔은 눈을 휘둥그레 떴다. 이자벨은 오랜 한국생활에 익숙한 듯 개의치 않아 보였다.

"괜찮아요?"

"좀 쉬면 괜찮을 것 같아요."

이자벨의 부축을 받으며 배정받은 108호 방에 들었다. 대실 신청하는 나를 보며 벨 보이가 부러운 눈초리로 쳐다보았지만, 우리는 민족해방 운동하는 열사처럼 머리를 맞대며 치열하게 고민했다.

"좀만 더 버티는 건데……."

이자벨은 단추 구멍에 실밥을 오래도록 걸쳐놓지 못한 자신의 과오를 탓했다.

"경비가 들이닥치는데 별수 있나? 실밥을 확인하려 불 밝힌 게 잘못이지."

마침, 김 이사로부터 메일이 도착했다. 인터넷 번역기로 돌린 것을 대충 손본 듯 『매천야록』의 내용이 왠지 어설프다.

"똥구멍 없는 원자는 죽었다. 배가 부푼 민비는 절망하였다."

무슨 말이런가! 비장한 역사서를 이리도 훼손시키다니……. 다행히 원문이 있어 자체 번역기로 돌려보았다. 말인즉, 민비는 항문 없는 아기를 낳았다. 태변을 배출하지 못한 황태자는 배가 부풀어 죽고 말았다.

"신생아 5000명 중 1명 정도가 이런 선천적 장애를 안고 태어난대요."

쇄항증이라고도 하는 선천성 항문폐쇄증에 대해 이자벨이 의학적 지식을 늘어놨다. 나는 집중력을 잃지 않으려 애쓰며 『매천야록』의 들쑥날쑥한 번역본을 읽어나갔다. 저자 '황현'은 『매천야록』이라는 비운의 역사서를 남기고는 자진하여 목숨을 끊었다.

"무기를 들어라. 시민들이여. 너희의 군대를 만들어라. 나아가자. 더러운 피를 물처럼 흐르게 하자."

매천의 역사서(* '매천'은 황현의 호)를 읽는 동안, 저절로 프랑스의 국가(國歌) 〈라 마르세예즈〉가 입가에 꽃처럼 피어났다. 나는 프랑스 국가, 〈마르세예즈〉가 참으로 아름답다고 생각한다. 압제에 저항해 피 흘려 자유를 쟁취한 시민들의 땀과 결실이 가사에 고스란히 녹아 있다.

백 년의 시대 차이가 있지만, 『매천야록』이 써진 시대의 조선 상황과 프랑스 대혁명이 일어난 상황은 비슷하다. 차이가 있다면 우리는 루이 16세를 단두대에 세웠다. 마리 앙투아네트를 처단할 땐 동정심이 일었다.

"미안해요. 일부러 그런 것이 아니에요."

사형 집행인의 발을 실수로 밟으며 앙투아네트가 한 말보다 더 유명한 것이 있다.

"빵이 없으면 케이크(Brioche)를 먹으라 하세요."

실상, 마리 앙투아네트는 그런 말을 한 적이 없다. 다만 그녀의 사촌이 기근에도 불구하고 딱딱하다 하여 빵 껍질을 먹지 않고 버리는 귀족들에게 빵 껍질도 먹으라고 권고한 것이 잘못 와전된 것이다.

'민중들이 뜨뜻미지근해!'

프랑스혁명 당시 민중들은 미온적이었다. 시민들의 참여와 여론의 지지를 끌어내기 위해선 기폭제가 필요했다.

"앙투아네트를 사치와 향락, 그리고 무개념의 왕비로 만들어야 해!"

날렵한 혁명군은 고의적으로 마리 앙투아네트의 'Brioche 발언'을 퍼트렸다. 악의적인 유언비어라 할 수는 없는 건 그 말이 퍼져 나감으로 인해 시민혁명을 이룰 수 있었다.

"Quoi? Brioche! (뭣이여? 케이크를 먹으라고?)"

사소한 것 같지만 그 말 한마디에 민중들의 분노가 극에 달했고,

결국 가련한 왕비는 단두대에 목이 잘리었다. 다소 애석한 면이 있긴 하지만 마리 앙투아네트의 죽음은 지금의 프랑스를 있게 한 밑거름이 되었다.

프랑스는 폐단 많은 왕정을 무너뜨리며 시민계급에 의한 공화정을 성립하였다.

"모든 인간은 태어나면서부터 자유와 평등의 권리를 가진다. 그리고 신분에 따른 차별은 사라진다."

대혁명으로 인해 인권 선언을 선포하며 자유(Liberté), 평등(Égalité), 박애(Fraternité)를 상징하는 프랑스 국기인 삼색기를 탄생시켰다. 그로부터 100여 년이 흘렀지만 조선엔 여전히 양반과 쌍놈이 존재하며, 러·청·일 열강의 틈바구니에서 가쁘게 숨 쉴 수밖에 없었다. 종내는 그 가냘픈 숨도 끊어지고 마나니…….

"대실 시간이 끝났습니다."

모텔 벨보이가 인터폰으로 퇴실할 것을 요구했다.

"잊었어? 프랑스를 구해야 해."

정상적인 숙박요금을 지불하며 우리는 다시금 혁명에 나선 투사처럼 무섭게 집중했다. 어떻게 해야 그 시대로 돌아갈까!, 내내 고민만 하다가 정작 중요한 질문을 놓치고 있었다.

"장군은 어쩌다 암살당한 거야?"

마리엔이 검색한 결과를 알렸다.

"병원에서……."

"뭐, 병원이라고?"

순간 뇌리를 스치는 게 있다. 윤동주 시인의 시집 『하늘과 바람과 별과 시』의 본제목은 '병원'이었다지! 당시 조선엔 온통 아픈 사람들로 넘쳐나니 그들에게 작은 위로가 되고자 하는 바람에서……

"암살자가 누구야?"

"루시앙! 페탱의 하수인이었던 것 같아."

뭔가 꺼림칙한 것이 느껴진다.

"총으로 쏘았대?"

"의사로 가장해서 칼로 찔렀대."

나는 무언가를 막 집어든 참이었는데, 갑자기 손아귀의 힘이 빠져나가며 그것을 방바닥에 그대로 떨어트렸다.

"뭐야? 의사로 가장했다고!"

떨어트린 그 물건이 무엇이었는지 정확히 기억나진 않는다. 적어도 재떨이는 아니었을 것이다.

'뭔가 잘못됐다!'

언어의 소용돌이를 지날 때 그냥 지켜만 본 게 아니다. 개입한 것이 틀림없다. 창밖으로 바람에 흔들리던 자작나무, 안느를 위한 장군의 속삭임.

'안느, 프랑스는 병을 안고 살 수 없어. 너처럼 죽고 말 거야.'

그때, 병실에 우르르 들어오던 의사들, 의사들 틈바구니의 드골 장군은 왠지 어색하다.

'왜 저리 너저분해?'

문밖에 수많은 의사들을 보며 드골이 품었을 감정이다. 장군의 태도가 못내 못마땅했다. 안전 불감증과도 같은 그의 태도가 염려스러웠다.

"파트리크, 의사들 내보내! 살짝 긁힌 것 가지고 왜들 난리야."

장군이 입 밖으로 명령 내리려는 걸 가로막은 게 분명하다.

"내가 드골을 죽인 거야."

몸이 기억하는 게 데자뷔였다. 꾀꾀로 느껴졌던 추락하는 비행기에 몸을 실은 파일럿의 심정, 이제 비행기는 폭삭 주저앉아 버렸다.

"네가 루시앙이야?"

마리엔의 질문이 뜬금없었지만 그걸 꼬집을 만한 여유가 없다.

"프랑스는 나 때문에 이 지경이 되었어!"

이자벨의 아름다운 얼굴이 이번만큼은 가증스러워 보였다.

"이자벨, 이 모든 일의 배후를 말해주지 않으면 당신을 용서하지 않겠소."

모든 걸 이해한다는 표정으로 이자벨은 고개를 끄덕였다.

드골의 암살을 막아라

나는 한동안 이자벨의 얼굴을 노려보았다. 마치 TV연속극 시작하기에 앞서 시청자의 이해를 돕기 위해 전 편의 마지막 장면을 방영하는 것처럼, 다시 한 번 똑같은 말이 나도 모르게 대나간다.

"이자벨, 당신을 용서하지 않겠소."

앞서 이해한다는 표정으로 고개를 끄덕이던 이자벨은 이번엔 뜬금없다는 표정을 지었다. 마치 '내가 뭘 잘못한 게 있나요?'라고 되묻는 표정,

"세······ 세상이 이리된 걸 해명해보시오."

이자벨은 윗입술을 다시며 천천히 말하기 시작했다.

"세상에 나오기 전, 예수는 악마와 대화하기 위해 사막에 갔어요." (* 파울로 코엘료, 『순례자』 96~101P 중에서, 2006. 문학동네)

"갑자기 무슨 말이오?"

"당신의 물음에 답하는 것이니 잘 들으세요. 예수는 악마에게 인간에 대해 알아야 할 것을 배웠지만, 악마가 자신에게 게임의 법칙을 지시하도록 내버려두지 않았어요. 그게 악마를 이길 수 있었던 마지막 승부였죠."

음모에 휘말리는 기분이 들어 섬뜩했지만, 마음속 호기심은 이보다 충족된 적이 없는 것 같다.

법정에 선 변호사처럼 마리엔이 중간 설명을 곁들이길,

"우리 곁에는 영적인 두 개의 힘이 존재해. 천사와 악마야. 문제는 악마야. 그들의 영향력은 우리를 둘러싼 물리적인 힘보다도 훨씬 더 단단하고 견고하지."

"잠깐만, 갑자기 무슨 소릴 하는 거야?"

주입식 교육에 시달리는 한국 학생들의 심정을 헤아릴 수 있을 것 같다. 원하지 않는 곳에 끌려가는 느낌이랄까!

"기존에 우리가 악마에 관해 가진 선입견부터 바꿀 필요가 있어. 악마는 일종의 천사야. 자유롭고 반역적인 힘이지. 악마를 달리 부르는 것이 좋겠어. 그는 순수한 의미에서 땅지기야."

토스한 공을 넘겨받은 배구선수처럼 이자벨이 차분한 음성으로,

"우리는 그를 사자(使者)라고 해요. 사자는 땅을 관리하며 천사와는 다르게 물질적인 차원에까지 개입하지요."

이해할 수 없는 상황이라면 닥터 D의 말을 들을 때처럼 그저 가만히 경청하기로…….

"우리가 사자를 자유롭게 내버려두면 그는 자기 마음대로 흩어

져 버리고 말아요. 또한 쫓아내면 그가 가르쳐 줄 수 있는 많은 것들을 놓치고 말지요. 우리는 그에게 묻고, 도움을 요청할 수 있어요. 그의 능력마저 이용할 수 있지요. 마치 언제라도 당첨될 수 있는 복권을 얻는 것과 같다고나 할까요.”

나만 이런 환상을 보는 것일까! 말을 하는 내내, 이자벨의 입에서 광채가 쏟아지는 것 같다.

“하지만 우리가 탐욕에 젖어 그의 권능을 함부로 쓰면 씻을 수 없는 과오를 저지르게 되지요. 주인의 자리를 잃고 사자에게 소유됨과 동시에 상상도 할 수 없는 영적 나락에 빠지게 돼요. 그래서 오래도록 극소수의 사람들만이 이 비밀을 간직한 채 유지하고 있는 거예요.”

“그 극소수의 사람들 중에 한 명이 당신이오?”

이자벨은 머리를 끄덕이며 답하길,

“네, 옆의 마리엔도 빼놓을 수 없지요.”

나는 이자벨의 말 중에 ‘언제라도 당첨될 수 있는 복권’ 그 기능에 대해 자세히 알고 싶어졌다.

“어떻게 하면 사자의 권능을 쓸 수 있소?”

“쉽게 비유하자면 천사가 갑옷이라면 사자는 검과 같아요. 갑옷은 어떤 상황에서든 주인을 보호하지만 검은 전투 중에 땅에 떨어트릴 수 있고, 친구를 죽일 수도 있지요. 심지어 그 칼에 주인이 베일 수도 있고…….”

엉뚱하다고 생각했던 이자벨의 말이 막혀 있던 상상력의 물꼬를 트게 했다. 마리엔도 나와 같은 생각인지 눈빛이 영롱하다.

"사자를 만나려면 어떻게 해야 하지요?"

마치 그 말 해주기를 기다린 것처럼 이자벨은 고개를 끄덕였다.

"원한다면 사자의 의식을 진행할 거예요."

나는 골똘히 생각에 잠기는 척했다. 내가 진지하게 반응할수록 그녀들이 진정성을 가지고 임할 것이란 기대감 때문이다.

"좋소! 나도 사자를 만나고 싶어요."

예상한 것과 다르게 그녀들은 기쁜 표정을 지었다.

"자세 편히 하는 거야."

마리엔은 명상할 때의 자세부터 가르쳐주었다. 양반다리가 어색해 편하게 다리 뻗고 눈을 감으려는데, 여전히 미심쩍은 뭔가가 갈고리처럼 마음에 걸린다.

"잠깐, 내가 드골의 말을 가로막은 건 어쩔 거야?"

"그걸 해결하기 위해 사자를 만나려는 거야."

꼭 이렇게까지 해야 하나!, 라는 생각이 스쳤지만 한국인들을 보며 당연히 해야 한다는 이자벨의 말이 『명심보감』처럼 떠올랐다. 이자벨은 시낭송할 때의 목소리 톤으로 말을 이어갔다.

"오늘 당신이 사자를 처음 만나게 될 때, 그는 당신에게 자신의 이름을 밝힐 것입니다. 하지만 그의 이름은 절대 비밀이며, 그 누구에게도 말해서는 안 됩니다. 누구든 당신 사자의 이름을 아는 사람은 당신을 파괴할 수 있기 때문입니다."

전두엽에 많은 의문부호가 남았지만 집중력을 잃지 않으려 애썼다. 불현듯 마리엔이 매력적인 허스키 보이스를 내었다.

"주여, 보소서! 여기 검이 둘 있나이다."

"답하시되 족하다."

이자벨이 대꾸하자 마리엔의 반응이 희한하다. 풀이해낼 수 없는 고대 언어가 그녀의 입에서 난무했다.

"아후래미 캐자르, 쌀라쌀라……."

절묘하게 오버랩 시킨 영상처럼 이자벨의 목소리가 낭랑하게 들려왔다.

"마음이 비었고 어느 것에도 신경 쓰이지 않는다고 느껴질 때, 당신 오른쪽에 굽이치는 불기둥을 상상하세요. 활활 타오르는 밝은 불길입니다. 그런 다음 낮은 목소리로 따라 말하세요."

"나의 잠재의식에 모습을 드러낼 것을 명한다. 나에게 그대의 모습을 보여주고 고대부터 숨겨진 순수 생명력, 그 마법의 비밀을 밝혀주길!"

나는 이자벨의 말을 차분하게 따라 했다. 신기하게도 마리엔의 입에서 난무하던 고대 언어가 차츰 해독 가능한 것으로 바뀐다. 마리엔은 얍복강에서 천사(사자)와 씨름했던 야곱에 대해 이야기하고 있다.

"날이 밝으려 하니 나를 놓아라."

"당신이 저를 축복하지 않으시면 보내드릴 수 없습니다."

"네 이름이 무어냐?"

"당신 이름은 무엇입니까?"

"어찌하여 나의 이름을 묻느냐? 여기 축복을 받으라!" [창세기 32:22-32]

생전 처음 듣는 언어를 알아듣는 능력이 신기하여 잠시 주춤거린

순간, 이자벨이 말하길,

"오직 불기둥에 집중하세요. 만약 어떤 이미지나 소리가 들린다면 그것은 당신 잠재의식의 발현입니다. 그것이 계속 유지되도록 노력하세요."

내 안에 내재된 어떤 말소리가 쏟아졌다. 힙합의 랩 가사처럼 입 밖으로 튀어나오기 시작한다.

"엄격한 프랑스 문단에 버림받았어. 주목받지도 못하고 몽상가와 같은 삶을 살았지. 예술인지 자위인지 모를 것을 하며 오랜 시간 버텨왔어. 이제는 꿈꾸며 살 만하니 세상의 종말이래. 망할 놈의 세상, 난 왜 이렇게 살아야 하나!"

"그 …… 그건."

이자벨은 마땅히 대꾸할 말을 찾지 못한 듯하다. 나 또한 내 안의 어떤 목소리가 그런 말을 쏟아내는지 당혹스러웠지만, 마리엔의 영적 언어가 집중력을 잃지 않게 도움을 주었다.

"오른쪽에 불기둥을 계속 살려두면서 이번에는 왼쪽에 또 다른 불기둥을 상상하세요. 불길이 활활 타오르면 나지막한 목소리로 따라 말하세요."

"나의 사자를 부르니, 모든 사물과 사람 안에서 나타나는 순수 생명력의 힘이 내 안에도 나타나기를! 그리고 감춰진 사자의 이름은 지금 내게 밝혀질 것이다."

이자벨의 말을 따라 했다. 내가 뱉은 말소리가 넓게 퍼지며 환상이 어른거리기 시작한다. 불기둥이 활활 불타오르는가 싶더니, 불현듯 사자가 모습을 드러냈다. 그는 두꺼운 사제복 차림으로 얼굴을 가린 채 다가왔다. 그와 마주하며 어찌할 바를 모르겠다.

"그의 얼굴을 보세요. 아마도 당신의 사자는 미소로 답할 것입니다."

이자벨의 말을 따라 하는 것처럼 그가 미소 지었다. 다만, 그의 얼굴은 터번 깊숙한 곳에 숨겨져 눈만 간신히 보일 정도다. 그럼에도 날 향한 사자의 애정과 연민이 느껴졌다.

"당신의 사자와 대화하세요. 그에게 당신의 문제를 알려주고, 조언을 청하세요. 그리고 필요하다면 지시를 내리세요."

이자벨이 이끄는 대로 사자와 대화했다. 마치 오랫동안 이날을 손꼽아 기다려왔다는 듯이 사자의 태도는 더없이 살갑다. 첫 만남이니만큼 시의적절한 대화주제를 택했다. 워낙 얼떨결에 성사된 만남이라 그와의 대화가 어떻게 진행되었는지 세세하게 기억나진 않는다. 단지 사는 동안 근심과 개인적 바람을 이야기했다.

사자와의 대화가 끝나갈 시점, 시기적절하게 이자벨이 끼어든다.

"대화가 끝나면 다음과 같은 말로 작별인사를 하세요."

"'사자의 이름'은 내가 부를 때마다 나타날 것이며, 나의 과업을 이루도록 도움을 줄 것이다."

옆에서 똑같이 따라 하는 마리엔의 말소리가 들렸다. 작별인사가 잦아들 즈음, 사자는 뒷모습도 보이지 않고 홀연히 떠났다.

"이제 깊고도 비밀스러운 잠을 깹니다. 이 순간을 위해 당신은 먼 길을 돌아왔습니다. 눈뜨면 물리적 육체 위에 사자의 영혼이 덧씌워진 감각을 얻게 될 것입니다. 두려워하진 마세요. 낯설긴 하겠지만 당신은 넘치는 생명력과 능력을 새로 얻게 된 것입니다."

이자벨의 말처럼 어깨와 복부에 벅찬 힘이 느껴진다.

"자, 이제 눈을 뜨세요."

정말이지 새로 태어난 느낌! 아주 잠시, 치아가 새로 날 때의 느낌처럼 몸 전체에 간지럼이 감돌았지만 이내 가셨다.

"내 몸에 사자가 들어온 거야?"

몸에 아드레날린을 주입하면 이런 느낌일까! 쓰러질 것 같던 피로감에서 해방되어 생동하는 기운이 어깻죽지를 타고 온몸으로 흘렀다.

"처음 만난 사자에게 무슨 고민을 털어놨어?"

마리엔이 호기심 어린 표정으로 물었다.

"많은 것을 말할 순 없었어. 인사치레 정도……."

"그것이 머리숱에 관련된 것이었어요?"

이자벨의 말은 기적을 확인시켜주었다. 머리를 쓸어보니, 수북하게 많은 머리털이 손에 스친다. 욕실로 달려갈 필요도 없었다. 침대 옆 커다란 거울로 다 보였다.

"와!"

어깨에 날개가 돋아났어도 이보다 놀랄 순 없을 것이다. 나는 거울을 들여다보며 평화와 감사에 대해 노래했다. 거기엔 20년이나 젊어 보이는 내가 있었다.

"세상의 모든 대머리들은 사자를 만나야 해!"

머리털만이 아니다. 얼굴도 팽팽하고 탄력 있다. 청춘의 가장 젊고 잘생길 때의 전성기가 내 얼굴을 지배하고 있었다.

"사자에게 다른 건 안 물어봤어?"

난 거울 속에 비친 마리엔의 눈망울에 답했다.

"사자는 실마리를 주었어."

"그게 뭔데?"

"모든 실마리는 여기에 있다고 했어. '써니'를 찾으면 될 거라고……."

"써니? 그게 뭐야!"

당장에 마리엔은 못마땅한 눈치다.

"사자를 다시 불러내서 물어볼까?"

개의치 않고 말한 것에 갑자기 이자벨의 얼굴빛이 사색이 된다.

"당신의 사자가 어떤 인물인지 모르고 그런 소리를 하는 거예요?"

"네? 누군데요!"

불현듯 낯 뜨겁다. 이름을 공개해서는 절대로 안 된다 해놓고는……. 마리엔이 근심스러운 표정으로 묻길,

"괜찮아? 그는 어디 있어?"

"그는 멀리 있어. 내가 부르기 전까진 어떤 영향력도 행사할 수 없을 거라고 했어. 다만……."

망설이는 이유를 잘 알고 있다는 듯이 이자벨이 고개를 끄덕이며 말하길,

"사자의 조언엔 함정이 있어요."

"함정이라뇨?"

"그는 거래의 대가예요. 얻는 게 있다면 대가를 치러야 하죠."

왠지 나만 알아야 하는 사자에 대해서 이자벨이 더 잘 알고 있다는 크나큰 의혹이…….

"그가 말하길 수수께끼를 풀어야 한댔어요. 현상계에 존재하는 그의 정체를 제대로 불러야만 나를 주인으로 모시겠다고……."

"고난은 쉽지 않을 거예요."

"무슨 말이오?"

그녀의 말을 증명이라도 하는 것처럼 몸속에서 금속성의 혈액이 차갑고도 섬뜩하게 맥박 쳤다. 모든 고통이 그럴 테지만 익숙함과는 거리가 먼 낯설고도 감당 못 할 감각에 시간을 되돌리고 싶다는 생각이 간절하다.

마리엔은 영적 수준의 조언을 마다하지 않았다.

"사자와의 싸움에서 이겨내야 해. 그는 기선제압하려 들 거야. 너의 몸을 지배하길 원하고 있어."

이상하게도 감정이 복받친다. 나는 스커드에 발목을 차인 축구 선수처럼 뒹굴었다.

"미쳤어? 난 그와 더불어 살 생각 없어."

"익숙해지면 사자를 제어할 수 있을 거야."

"악마와의 동침이라니……. 난 동의한 적 없어."

"이 방법뿐이에요. 당신을 선택할 수밖에 없었어요."

이자벨의 말이 무척이나 의문스러웠지만 다른 생각할 겨를이 없다. 마치 몸 안의 피가 역류하며 혈관 벽을 가시로 찌르는 고통이 느껴졌다.

"윽!"

"이겨내야 해. 야생마를 길들인다고 생각해."

길들이면 좋겠지만, 야생마 뒷발에 채여 죽게 생겼단 말이지! 관자놀이에서 뿔 같은 것이 뚫고 나올 것처럼 우뚝우뚝하다. 속속들이 낯선 느낌에 차원이 다른 고통이 느껴졌다.

"마리엔, 내가 한 번도 널 욕한 적 없지? 지금 듣고 싶지 않아?"

어디선가 부드러운 언어가 나를 둘러싼 적대적인 공기를 휘감는다. 이자벨의 고즈넉한 목소리가 귓가에 닿았다.

"감춰진 것이 드러나지 않을 것이 없고, 숨은 것이 알려지지 않을 것이 없나니……." [누가복음 12:2]

기세등등하던 대기는 평온하며 부드러운 벽에 부딪쳐 움츠러든다. 그렇지만 내 안의 어떤 것이 자꾸만 꿈틀거린다. 내 안으로 들어온 사자는 몇 차례의 움직임만으로 엄청난 힘을 얻는 것 같다. 마치 해변을 집어삼키려는 거센 풍랑처럼 그는 점점 내 안에서 부풀어 오르며,

"아 …… 아!"

그것은 정수리를 뚫고 나오려 한다. 마치 매미가 껍데기를 벗고 성체를 드러내는 것처럼 나의 육신을 제압하며 사자가 정체를 밝혔다.

"나는 태초의 천사이며, 하느님과 동등한 위치에 있었다."

마치 천년전쟁을 위해 오래도록 준비해온 것 같이 이자벨이 마리엔과 합세하여 고대의 언어를 쏟아냈다. 그녀들의 말은 오랜 해갈을 해소하듯 유창하고 현란했지만 내 안의 사자는 소리쳤다.

"나는 평화적인 계약을 원한다. 나의 언어는 보편타당한 것을 좇아 지혜의 샘을 열기 원한다."

두 여인의 필사적인 노력에도 불구하고 육신은 터져나갈 듯 팽

팽하다. 몇 번의 힘겨루기 후, 패배 직전의 전쟁터에 선 사령관처럼 이자벨의 입에서 탄식과도 같은 음성이 흘러나왔다.

"아······!"

절로 고개가 뒤로 젖혀지며, 턱이 붕괴될 것 같은 고통이 느껴졌다. 사자의 몸이 점점 물리적인 형상을 띠기 시작한다.

"그대여, 무엇을 상상하는가?"

회심의 일격을 날리는 것처럼 마리엔이 소리쳤다.

"네 영혼을 위하여 죽창을 들어라! 자유를 위해 싸우다 죽으면 그대의 이름은 하늘에 새겨질 것이니."

나는 환상인지 현실인지 모를 공간에서 자맥질했다. 이자벨이 구원의 손길을 뻗는다.

"자기 안의 순수 생명력을 떠올리며 그것을 잃지 않으려 노력하세요. 사자는 주인의 명령을 따르라."

그녀가 일러준 사자와의 작별인사를 떠올렸다.

"'사자의 이름'은 내가 부를 때마다 나타날 것이며, 나의 과업을 이루도록 도움을 줄 것이다."

내 안의 그는 포기할 줄 몰랐다. 움츠러들었지만 여전히 반항하는 것이 느껴진다. 그가 속삭였다.

"낚싯대를 드리웠는데 거대한 고래가 물었다면 낚싯줄을 끊어야만 한다. 낚싯대까지 잃는 일이 없길 바랄 뿐이다."

그 말을 남기며 그는 사라졌다. 사자와의 1차 전쟁은 끝났다.

사자와의 2차전

　한국에서 유명작가인 것도, 드골이 암살당함으로 인해 현대사가 변한 프랑스도, 대관 가능한 모텔에서 마리엔과 행한 사자의 의식이라는 것도……. 장자의 나비 꿈처럼 빠르게 지나간다.

　'어찌 이리 살았는고? 눈 뜨면 모든 게 꿈처럼 지나갈 터인데…….' (* 호접몽: 꿈에 나비가 된 장자는 꿈을 깨고 나서는 현실이 꿈인가, 꿈이 현실인가 반문하였다.)

　정신 차리고 보니 이자벨의 어여쁜 입술이 보였다. 이어서 세상의 총명한 기운은 다 흡수한 듯한 마리엔의 영롱한 눈, 다소의 죄책감이 그녀의 눈빛에 내비쳤다.

　"괜찮아?"

　괜찮냐!, 물어보는 것은 가장 어리석은 질문의 유형에 속한다.

괜찮지 않은 사람에게 그리 묻는 것은 실례이고, 괜찮은 사람에게 괜찮냐고 묻는 것은 그 자체로 무례한 일이기 때문이다. 그럼에도 우리가 그 말에 위안을 얻는 것은 염려하는 그의 마음을 알기 때문이다.

"응, 이렇게 괜찮은 적이 없어."

순간, 낮은 탁자 위의 재떨이가 무척이나 거슬린다. 그것은 시공간에서 방황하고 있는 쓰레기처럼 보였다. 할 수만 있다면 재떨이를 내동댕이치고 싶다.

'휙- 퍽!'

왜 그리 됐는지 모른다. 아니, 어떻게 그리 했는지 모르겠다. 그저 재떨이가 못마땅했을 뿐인데, 그것은 벽을 향해 날아가 둔탁한 소리를 내며 깨졌다. 그걸 지켜본 이자벨의 눈이 완벽한 동그라미를 그렸다.

"와! 대단해요."

내심 속으론 나도 무척이나 놀랐지만 그게 당연한 것처럼 여겨진다. 시동 걸린 모터사이클 안장에 앉을 때의 느낌처럼 잔잔한 감흥이 일었다. 내 안에 에너지가 팽배하다.

이자벨의 아름다운 얼굴을 보며 왜 그녀가 그렇게 특출한 외모를 얻게 되었는지 절로 이해되었다.

"넌 아름다운 일을 꾸미는구나! 네가 하고자 하는 일이 모두 그래."

이자벨은 한국의 아이돌 그룹을 만난 사생 팬처럼 두 손을 모으며 다가왔다.

"육중한 재떨이를 내동댕이치다니 대단해요. 난 기껏 살짝 움직일 수 있을 뿐인데……."

"어떻게 한 거야?"

토끼눈을 한 채로 마리엔이 물었다.

"별거 아니야. 동일시의 능력을 발휘하면 너도 할 수 있어."

"동일시?"

"너도 알겠지만 세상과 나는 같이 존재해. 세상이 나고 내가 세상이지."

"잘 모르겠는데?"

"영화나 드라마를 보면 주인공이 나 같지? 주인공에게 집중할수록 이야기에 몰입할 수 있는 것과 같아."

이해를 돕기 위한 말인데, 마리엔은 고약한 냄새라도 맡은 것처럼 인상을 찌푸렸다. 이자벨이 진지한 낯빛으로 경고하길,

"명심해요. 두 번 다시 능력을 쓰면 안 돼요."

나는 아랫입술을 늘어뜨리는 것으로 답을 대신했다.

"당신은 되고, 나는 왜 안 되는 것이오?"

"나는 사자와 충분한 교감을 나누고 있어요. 필요한 경우에 한해 능력을 써도 괜찮다는 허락을 받았죠."

마리엔이 조바심을 내며 말하길,

"너뿐 아니라, 우리 모두가 위험에 처하게 될 거야. 두 번 다시 능력을 쓰지 않을 거라고 약속해."

사자가 몸을 뚫고 튀어나오는 상황은 두 번 다시 마주하고 싶지 않다. 어찌 되었든 초능력의 실체를 파악하게 되었다. 인류 신기원

에 관한 역사서를 새로 써야 한다면 첫 구절은 이렇게 써야 옳을 것이다.

"태초의 비밀과 신비가 풀려났으니, 모든 일은 대실 가능한 모텔 방에서 일어났다."

나는 『성경』을 기술한 기자의 마음으로 다음을 적어나갔다.

"하느님과 동등함을 택한 대천사, 이름 모를 타락천사. 그가 내 안에 들어왔다."

나는 어떤 의협심에 충만해 검을 든 시늉을 하며 외쳤다.
"사자여, 마지막 기회다."
입 밖으로 소리를 내자마자 마리엔이 핀잔을 준다.
"들뜨지 좀 마!"
이자벨이 덧붙였다.
"가장 큰 죄악은 허세 부리는 거라 했어요." [* The worst crime is faking it.—너바나(Nirvana)의 리드보컬 커트 코베인(Kurt Cobain)이 남긴 말]
새로 얻게 된 초월적 능력도 좋지만 무엇보다 풍성한 머리숱이 나를 기쁘게 했다.
"사자를 제대로 길들이고 싶은데 어떻게 해야 하오?"
"증오나 저주의 마음을 품으면 안 되어요. 그런 마음을 품으면 사자는 언제든 당신 허락 없이 역류하게 될 거예요. 이 모든 게 버겁진 않아요?"

"태곳적 신비를 파헤치는 것 같아 더없이 즐겁소."

먼 미래에 인류가 생명체가 사는 행성을 발견하여 그곳에 첫발을 디딘다면 내가 느낀 감흥을 약간이라도 설명할 수 있을까!

"우리는 많은 시간 공들이며 노력했어요. 지난 천년 동안 마스터도 경험하지 못한 징조가 최근에 일어났죠."

이자벨은 해명하는 투로 말했다.

"그게 나일지는 어떻게 알았소?"

"말보다는 직접 보는 게 낫지 않겠어요? 사자의 수수께끼를 풀기 위해서라도 당신에게 내재된 영안(靈眼)을 열어야 해요. 어때요, 할 수 있겠어요?"

나는 잠시 망설였다. 즐겁다고 말은 했지만 상식을 뒤집는 변화를 대할 때는 두려움부터 앞서는 걸 피할 순 없다. 그것이 상식 아닌, 나의 편견이나 고정관념에 가까울지라도…….

"다시 예전으로 돌아갈 순 없지 않겠소?"

이자벨은 고개를 끄덕이고는 신비주문을 읊었다. 노랫가락 같은 고대의 언어가 귓가에 왕왕 울린다. 약에 취한 듯 잠이 몰려오는가 싶더니, 의지와는 상관없이 환상이 어른거린다.

나는 광대한 벌판을 지나가고 있다. 깨끗하다 자신하지만 벌거숭이에 온몸이 털북숭이에 숯검정 땟자국 투성이다. 사방에서 썩은 내가 진동하는데 내게서 풍기는 냄새가 확실하다. 내 영혼의 몸은 왜소하여 힘이 없다. 실체를 간파당한 내 영혼의 성체는 올곧이 짐승의 몸체일 뿐이다.

"아!"

절로 탄식이 새나온다. 내 영혼의 성체는 부끄럽다 못해 남세스럽다.

'눈을 떠 보세요.'

서서히 의식이 돌아왔다. 환상 속에서 얼마나 부끄러웠는지 이자벨의 얼굴을 마주할 염치도 생기지 않는다.

"자신을 이해하는 것보다 더한 지식은 없어요."

내 영혼은 먹을 양식, 마실 물조차 구분하지 못하고 있었다. 오직 물질과 성적욕망을 위해 아집과 탐욕만을 준비했을 뿐이다.

"걷고 싶어."

우리는 모텔을 나왔다. 간밤에 평안했냐는 눈빛으로 벨 보이가 인사를 건넸다. 벨 보이의 음탕한 눈짓을 보며 그를 지배하는 언어가 보이기 시작한다.

'너의 부드러운 혀로 나를 녹여줘!'

벨 보이는 희번덕거리는 눈길로 이자벨의 몸매를 훑고 있다. 나는 능력을 쓰고 싶은 충동을 느꼈다. 음탕한 눈길 하나로 하루아침에 장님이 되어버린다면 그는 어떤 심경일까!

'인간은 불온한 존재이구나.'

나뭇조각 대하듯 사자가 나를 그토록 무가치하게 다룬 것에 분노했었지만, 어쩌면 인간 스스로 존중받을 최소한의 존엄마저 저버린 것 아닐까!, 하는 생각이 스민다.

길을 걷는 내내, 거리 곳곳을 빠르게 스캔했다. 사람들이 보였다. 그들의 앙상한 뼈와 살이 보인다.

'세상엔 쓰레기가 너무 많아.'

그 생각을 철회할 생각은 없지만 입 밖으로 낼 생각도 없다. 쓰레기더미가 모여 있는 모습도 보기에 따라선 아름답기 때문이다. 어디선가 해맑은 기운이 몰려왔다. 우리는 그곳을 향해 걸었다.

"인류는 지구를 망치는 행동을 그만해야 합니다."

기후변화협약을 위한 집회가 열리고 있었다. [* 기후변화협약(UN Framework Convention on Climate Change): 기후변화의 원인이 되는 온실가스 배출을 억제하는 것을 목적으로 한 국제 환경협약, 매년 프랑스에서 개최된다.]

몇몇 깨어 있는 지구인들의 노력에도 불구하고 변하지 않는 인간들은 사회기득권층을 유지하며 지구를 망치는 일에 여념이 없다. 지구환경과 기후변화협약을 위해 양심적인 지식인들이 노력하지만 지구는 매년 온실가스의 최고치를 갱신하고 있다.

"인간은 어떤 존재예요?"

불쑥 내민 손처럼 이자벨이 물었다. 문학적인 표현을 동원하지 않는다면 그녀를 좌절시킬 것이 불 보듯 뻔하다.

"아기와 같은 존재죠. 사랑스럽지만 아무것도 분간 못하는……. 눈을 뜨면 괜찮을 거예요."

나는 '장님으로 태어난 아기'라고 말하고 싶은 것을 가까스로 억누를 수 있었다.

"세상이 어떻게 보여요. 말해줄 수 있어요?"

고개를 들어 하늘을 보니, 차원이 다른 세계가 보였다. 이자벨이 내 어깨에 손을 얹었다.

"내가 가진 능력으로 당신이 경험하는 세상을 볼 수 있어요."

나는 영안을 열어 세상을 투과하였다. 우주는 그토록 광활하지만 작은 공간 하나도 허투루 낭비하지 않는다. 무수한 에너지창이 한 공간에 여럿 겹쳐져 있다. 그건 마치 컴퓨터 바탕화면 위에 여러 개의 프로그램 창을 띄워놓는 것과 흡사하다.

"경이로워요. 우리 눈엔 아무것도 보이지 않는 텅 빈 공간도 실은 여러 차원이 존재하며 갖가지 다채로운 색깔들로 채워져 있어요."

"그것을 색계(色界)라 불러요. 물리적 차원의 바로 윗단계의 세계죠. 그것을 열 수 있나요?"

"네, 열 수 있어요."

그녀의 말이 이상하게도 익숙하며 손에 열쇠가 들려 있는 느낌이다. '수계(數界)'라 해야 하나? 숫자의 세계가 보였다. 무수한 수의 세계가 이 세계를 규정하며 토대를 이루고 있다. 그건 차츰 뚜렷한 언어가 되어 소용돌이를 이룬다. 인간의 생과 사의 운명도 이곳에 있다. 무수히 많은 새로운 영혼들이 이곳에 빨려들어 저마다 운명이 정해놓은 장소로 별똥별처럼 떨어졌다.

"놀라워요. 이 세상은 감히 상상조차 할 수 없을 정도로 무한해요."

새로운 영혼이 온 것처럼 또한 낡은 영혼이 들려 올라갔다. 나는 윤숙이 있는 시대의 소용돌이를 떠올렸다. 그러나 감히 찾을 수 없다. 그건 마치 사막에서 특정 모래알을 찾는 것만큼이나 불가능해 보였다.

"의지를 내려놔요!"

"네?"

"그 세계에 개인적 바람을 집어넣지 말아요."

나는 눈을 뜨고 이자벨을 쳐다보았다. 단지 선글라스를 벗는 것으로 현실의 색채를 인식하는 것처럼 색계와 수계, 그리고 갖가지 차원의 세계가 간단히 닫혔다.

"무슨 뜻이오?"

"처음 언어의 소용돌이를 접했을 때를 상기해 봐요. 사소한 부딪침으로 무슨 일이 일어났죠?"

나는 지금의 프랑스를 떠올렸다.

"비행기가 추락했죠. 프랑스를 다시 원래대로 돌려놓을 거요."

이자벨이 회의적인 표정으로 고개를 가로젓는다.

"당신의 노력은 의미 없는 몸짓에 불과해요."

순간 반감이 일었지만, 그녀의 얼굴표정이 무척이나 쓸쓸해 보였다. 마리엔이 서글픈 목소리로,

"넌 아무것도 할 수 없어."

"원래대로 되돌려놓자는 것뿐이야."

돌아온 답은 슬민지라. [* 슬민지라: 싫고 미운지라(출처: 『구운몽』)]

"아무 소용없어요."

이자벨의 태도가 맥없이 느껴졌다.

"대체 왜 이러는 것이오?"

"역사가 어떻게 흘러왔건, 세상의 종말 앞에 무슨 소용이 있겠어요?"

날선 충격을 조금이라도 상쇄시키기 위해선 익숙한 목소리가 필

요하다. 마리엔을 돌아봤고 그녀는 말했다.

"함정이 있다고 했잖아. 네 사자가 다른 어떤 이름으로 불렸는지 너도 잘 알잖아!"

"모르겠는데, 사자의 다른 이름이 뭐야?"

그녀들은 꿀 먹은 벙어리마냥 아무런 대꾸가 없다. 나는 다그쳐 물었다.

"뭐냐고!"

"정말 모르겠어? 그는⋯⋯."

이자벨이 마리엔의 말을 가로막으며,

"하느님과 동등한 위치에 있었던 태초의 천사가 누구라고 생각해요?"

그럼에도 나는 감히 짐작할 수 없다. 이자벨은 성호를 그으며 이 세상 소리 같지 않은 목소리로 말했다. 하도 그윽해서 오죽하면 그 이름이 살갑게 느껴진다.

"사탄이에요."

묵시록의 답

기묘한 데자뷔, 몸을 짓누르던 알 수 없던 피로감, 사자의 수수께끼, 그리고 종말 앞에 사라질…….

"인류에겐 무엇이 문제요?"

"가벼운 몸살인 줄 알고 병원에 들렀는데 불치병 판정을 받으면 어떻겠어요?"

"다리가 후들거리겠군요."

마리엔은 치아를 드러내며 웃었는데, 이자벨의 눈치를 살피며 금세 엄숙한 표정을 지어 보인다.

"계시가 있었어요. 암세포가 뼛속까지 전이된 말기 암환자에겐 극단의 선택이 필요하겠지요."

이자벨은 근엄한 목소리로 덧붙이길,

"두 번째로 당신의 사자를 불러내려 해요. 그에게 세상의 종말을 막을 단서를 달라 요구할 거예요."

마리엔이 바통 이어받듯,

"사자는 당연히 널 지배하려 들 거야. 그에 맞설 수 있을 정도로 단련되어 있지 않으면 안 돼."

이자벨은 나의 눈을 뚫어지게 응시했다.

"세상은 당신 손에 달려 있어요. 당신은 세상의 종말을 막고 싶나요?"

이자벨의 물음에 쉽게 답하지 못하겠다. 잠깐 머릿속에 맴도는 것을 밝혔다.

"그것도 멋진 일 아니겠소?"

"제정신이야? 지상의 아름다운 것들을 하루아침에 잿더미로 만들겠다고?"

마리엔이 펄쩍 뛰리라는 것은 어느 정도 예견된 일이다.

"이건 현실이에요. 감상적으로 접근하지 말아요."

이자벨이 다그치듯 말했지만 나는 가만히 생각을 밝혔다.

"죽음이 자연스럽듯 세상의 종말도 자연스러운 것이라면 받아들일 수밖에 없지 않겠소?"

"삶과 죽음은 필연이겠지요. 그렇지만 이건 물이 거슬러 올라가는 것과 같아요."

"죽음이 자연의 법칙에 위배된다는 말을 하고 싶은 거요?"

유능한 법조인의 입에서 예기치 못한 언사가 쏟아졌다. 육두문자를 걷어내고 마리엔이 한 말을 정리하자면 이렇다.

"너는 인류를 위해 변호할 생각이 없는 거야?"

"책임질 행동을 했는데 피해 갈 생각부터 하는 게 더 비겁하지 않아?"

마리엔은 제대로 말을 잇지 못했다. 그녀의 말에서 욕설을 걷어 내면 또 이렇다.

"어머나 세상에, 네가 이렇게 정신 나간 사람이었니!"

나는 그녀들에게 항변했다.

"내가 언제 원한다고 했나? 난 단지 판단할 뿐이고, 참견하지 말아야 하는 일에 개입하고 싶지 않을 뿐이야."

"행동하지 않는 양심은 위선일 뿐이야."

"양심이 있다면 받아들일 건 받아들여야지."

우리들의 지루한 언쟁에 종식을 선고하려는 것처럼 이자벨이 내 어깨에 손을 얹으며 말했다.

"당신뿐이에요!"

그녀는 더 진지할 수 없는 표정으로,

"오직 당신만이 세상을 구원할 수 있어요."

더없이 진지한 눈빛이 부담스러워 옷매무새를 가다듬는 순간, 지난날 그녀에 의해 맥없이 떨어져 나갔던 셔츠의 단추들이 아픈 역사를 반추하듯 얼기설기한 실밥을 드러내 보였다.

"좋아요. 계획을 말해주겠소. 먼저 역사를 바꾸겠소."

마리엔이 깐질긴 목소리로,

"색계를 뛰어넘은 차원에서 우리가 할 수 있는 건 없어. 네가 프로그래머가 아닌 다음에야……."

이자벨도 극성스럽게,

"언어의 소용돌이를 다루는 건 극히 어려운 일이에요. 사소한 접촉만으로 세상의 토대가 흔들릴 수 있어요."

색계를 열면 나타나는 숫자의 세계, 수계(數界)는 이해 가능한 언어로 이루어져 있었다.

"못할 게 어디 있겠소? 세상이 끝날 판에……."

이자벨은 내내 비밀스럽게 차고 있던 숄더백을 열어 아주 오래된 고서적을 꺼내들었다.

"묵시록엔 수수께끼가 담겨 있어요. 아무도 이것을 풀지 못했지요."

책장을 펼치면 마법사의 지팡이가 수두룩하게 튀어나올 것 같은 겉표지가 자신의 영험한 이름을 드러냈다.

『루시퍼, 최후의 묵시록』

호기심이 미치지 않는 것은 아니나 거부감이 일었다.

"신화보다 역사가 먼저요."

나는 허공을 응시했다. 투명한 장막을 걷어내면 드러나는 실물처럼 그가 도사리고 있을 것이다.

"마리엔, 내가 일기장에 너에 대한 묘사를 한다고 그게 너라고 할 수 있겠니?"

마리엔은 눈을 깜빡였다. 법률이나 사회현상과 관련되지 않은 대화주제일 때 그녀가 보이는 독특한 버릇이다.

"일기를 쓰고 싶단 말이야?"

"거울도 우리 자신을 충분히 설명하진 못해. 거기엔 내적 자아를 비추는 기능이 빠져 있단 말이지."

눈을 몇 차례 깜빡이더니 마리엔은 대뜸,

"거울을 보고 싶단 말이지?"

나는 시선을 이자벨에게로 옮겼다.

"이자벨, 온갖 불협화음과 부조리가 가득한 이 세상에서 운 좋게
도 보편타당한 어떤 가치를 발견하게 되면 인간은 어떤 행동을 하
게 될까요?"

"평생을 그 가치를 좇으며 살지 않을까요?"

"그래서 인간인 게요."

대화상대에서 밀려난 게 분했던지 마리엔이 투덜거렸다.

"인간적 가치를 추구하며 살겠다는데 지금 그걸 비꼬는 게야?"

"그런 기본적인 것도 하지 않으면 인간도 아니지."

마리엔의 눈을 응시하는 건 대체로 즐거운 일이다. 특히나 여름
날 반딧불처럼 깜빡이는 그녀의 눈빛은!

"신적 존재는 의미를 외부에서 찾지 않아. 굳이 그것을 밖에서 찾
을 필요가 없는 이유는……."

허공이다. 존재의 터전을 마련해줌과 동시에 그 주변을 맴돌며
끊임없이 존재 자체를 위협하는 것! 때마침, 사자가 부르는 소리가
들렸다. 그는 허공에서 오래도록 뱀의 형상을 하고 있었다.

"그가 부르고 있어."

"응하지 마세요. 이름 부르기까진 잠잠하라 명령하세요."

사자는 또 다른 유혹의 카드를 꺼내들었다.

"이리 오라. 그대의 질문에 답해주겠다."

"만나봐야겠어요. 그에게 묻고 싶은 게 한두 가지가 아니오."

이자벨의 근심스러운 눈빛을 외면하며 사자가 뻗은 손을 잡았다. 천지창조가 시작되려는 순간이 엄습하고 있었다.

루시퍼, 최후의 묵시록:
인간이라는 이름의 바이러스

허공이 아름다운 이유는 환상을 볼 수 있기 때문이다. 이곳엔 인간의 상상력이 미치지 못하는 시각적 환상과 관념적 유희가 숨어 있다. 지상의 모든 것들이 태어나고 사라지는 곳, 시간을 달리하여 차원의 벽을 허물기도 하며, 모든 존재하는 것들의 허상이면서도 실제!

만약 인간 지성이 허공을 발견할 수 있다면 누구라도 그것을 바라보며 멍 때리게 될 것이다. 지상이 숨겨온 온갖 쾌락과 유희, 우주가 감춰온 신비와 환상이 이곳에 존재하며, 직감과 영적 생명력이 넘쳐난다.

'아!'

나는 눈을 뗄 줄 몰랐다. 단순한 물리법칙조차 적용되지 않는 이곳은 기괴하다 못해 신비롭다.

"문을 열지도 않고 어찌 그 너머의 세계를 보길 원하는가!"

『파우스트』에 나오는 악명 높은 악마, 메피스토펠레스가 낼 만한 목소리로 사자가 물었다. 그는 처음 보았을 때처럼 두꺼운 사제복에 눈도 보이지 않을 만큼 망건을 뒤집어쓰고 있었는데 어쩐지 사제복 안으로 뱀의 형상을 숨기고 있을 것이란 생각이 들었다. (* 메피스토펠레스: 점성술사인 요한 파우스트는 악마 메피스토펠레스를 불러내는 데 성공한다. 파우스트는 그에게 영혼을 파는 조건으로 욕망을 충족하는 계약을 맺는다.)

"나의 이름부터 말하라."

"루시퍼!"

그는 두꺼운 사제복을 벗어던지고 모습을 드러냈다. 예상을 깨고 지구상의 어느 잘생긴 영화배우도 흉내 내지 못할 만큼 근사하고 멋진 인상으로 그가 말했다.

"불러주어 고맙군."

"루시퍼, 당신은 풀려난 건가?"

얼떨결에 그의 이름을 불렀는가 싶어 떨렸다.

"이곳에서의 일은 훨씬 복잡하다. 제한적이지만 이곳에서 나의 역할을 다하고 있냐고 묻는 거라면 그렇다고 할 수 있다. 다만 인간 세상엔 내려갈 수 없다. 그대가 나의 이름을 부르기 전까진……."

딱히 무어라 정의할 수 있는 것은 아니지만 그의 날개와 발목에는 쇠사슬 같은 것이 물려 있다.

"이곳은 어디이며 무엇인가?"

그는 답했다.

"세상이 시작된 곳이며 어디에나 존재하는 공간이다. 차원조차 초월한 곳이며 이곳에 거주하는 이들은 모두 스스로 있는 자들이다."

그의 말이 애매하거나 모호하진 않다. 그곳의 언어로는 명확하게 이해가 되는 개념들이지만, 인간 세상의 언어로는 풀이해낼 수 없는 곤혹스러움이 있다. 내내 궁금하던 것을 물었다.

"루시퍼, 당신은 왜 타락했나?"

"하하하!"

그는 웃음을 터트렸다.

"하하, 미안하다. 지상의 주인에게 무례를 범했다."

그의 웃음소리가 비웃음처럼 여겨졌지만 질문을 철회할 생각은 없다.

"당신이 지상에서 다른 어떤 이름으로 불렸는지 말 안 해도 잘 알 것이다. 인간에게 공포의 대상이 된 이유가 무엇인가?"

그제야 그는 진지한 낯빛으로,

"과거에 나는 대천사장이었다. 모든 천사들의 우두머리가 된 이유가 무어라 생각하는가?"

선뜻 답할 수 없었지만 공세를 늦추고 싶진 않다.

"당신이 대천사장이 된 이야기는 한가한 어느 시점에 듣기로 하겠다. 지금은 질문에 답하라."

그는 고개를 천천히 가로저으며 답했다.

"여기엔 운명이라는 것이 없다. 스스로 존재하기에 당연하다고 생각한다면 오산이다. 이곳에선 시간이라는 개념조차 초월하기에 그렇다. 태초에 나는 말씀이었다. 그가 계획하면 내가 창조하였다."

그곳의 언어로 알아들어도 이해가 되지 않았다. 허둥대는 눈빛을 읽었는지 루시퍼가 부연했다.

"그가 디자인하면 내가 만들었다."

그제야 그의 말이 실질적으로 와닿는다. 루시퍼가 지칭하는 '그'가 누구인지도 여실히 알겠다.

"지상의 모든 것들, 특히나 물리적 차원에서 존재하는 것들 중에 나의 손을 거치지 않은 것이 없다."

"인간을 둘러싼 우주와 그 모든 세계까지도 만들었다는 뜻인가?"

"맞다. 인간은 계단식 사고에 갇혀 있다. 세상은 점이나 선, 단순한 생명체에서 비롯된 것이 아니다. 나무의 이파리가 무엇에서부터 나고 자라는가? 줄기인가 뿌리인가?"

질문 공세를 펴야 한다! 애초에 그것을 목적으로 이곳에 올라오지 않았던가.

"한심하지 않은가? 인간은 잎새의 근원을 땅도 아닌 하늘에서부터 찾으려 한다."

"당신이 창조한 세계를 왜 파괴하려는 것인가?"

"태초에 잘못이 있었다. 세상을 창조한 것까진 좋았다. 나 역시도 그것을 만들고 흡족했으니까. 이에 만족하지 않고 그는 인간을 창조할 것을 제안했다. 그가 디자인한 인간은 몹시도 거리끼는 것이었다."

"거리낀 이유가 무엇인가?"

그는 한동안 머뭇대다 입을 떼었다.

"인간은 우리들을 본떴다. 그보다 더한 파멸은 없을 것이다."

그가 말한 '파멸'이라는 단어에 솔깃하다.

"나의 비판은 타당했으며 지금도 옳다. 내 의견을 따르는 천사들도 많았다. 아마 그들 전부가 속으로는 내 생각을 따랐을 것이다. 그렇지만 그는 고집불통 몽상가였다. 인간에게 신의 숨을 불어넣길 원했다."

"신의 숨? 무슨 의미인가?"

"인간에게 자유의지를 준 것이다."

루시퍼는 신음소리 같은 음성으로 덧붙였다.

"창조물 하나 가지고 일대 파란이 일었다."

그가 말한 파란이 어떤 의미인지 헤아릴 수 있었다. 그건 마치 어느 화가가 그린 그림으로 인해 세계대전을 뛰어넘어 우주전쟁을 치러내야 하는 것과 같다.

"이제 와 돌아보면 나쁠 것도 없다. 나는 많은 경험을 쌓았고 그만큼 성장했다. 그런 면에서 나의 몽상가 친구에게 갈채를 보낸다."

그가 말한 '몽상가 친구'가 누군지 여실했지만, 그럼에도 그의 말이 신성모독으로 여겨지지 않았다.

"당신이 내게 온 건 무슨 이유인가?"

"그건 나도 모른다. 사자를 통제하는 힘은 그에게 있다."

"당신을 세상에 내보낸 그분의 뜻은 무엇인가?"

그는 배시시 웃었다.

"모른다. 다만 물질계엔 작용과 반작용의 법칙이 있다는 건 알고 있다."

작용과 반작용의 법칙은 스프링이 튀는 원리, 혹은 로켓이 발사되는 원리다. 땅을 박차야 하늘로 튀어 오를 수 있다. 걷거나 뛰는 것도 마찬가지다. 따지고 보면 정 방향으로 나아가는 세상의 모든 것들은 먼저 역방향으로 움직이는 것이다.

"당신의 파괴본능이 세상을 구원할 거라 생각하는가?"

"파괴본능이라? 하하하!"

그는 너털웃음을 터트리며 답하길,

"인간은 거짓이다. 세포로 따지면 방향을 상실한 암세포와 같다. 요컨대 인간은 바이러스다."

"인간적 가치를 위해 헌신하는 사람들이 있다."

그는 조소하며 대꾸하길,

"인간이 내세우는 가치는 오직 하나! 살기 위해 남을 죽여야 한다면, 기꺼이 그리 행하는 것이 인간이다."

"어찌할 수 없는 딜레마이지 않겠는가?"

"딜레마란 최선을 다했음에도 공교롭게도 양극단의 선택 상황에 놓이게 된 것을 뜻한다. 인간은 처음부터 비극의 길에 들어서길 기꺼워한다."

그의 눈빛에서 살기가 느껴졌다. 언뜻 바이러스를 멸종시키기 위해 혈안이 되어 있는 백신 같다.

"당신이 정녕 세상을 창조했다면, 창조주로서의 연민도 없는가?"

"만약 그대가 10명의 자녀를 둔 아버지이고, 그중 한 자식이 9명의 자녀들을 살해할 운명을 가지고 태어났다면 어떻게 하겠는가?"

"일어나지도 않은 죄를 벌할 순 없다."

말은 그렇게 했지만 목젖이 심하게 떨리는 것이 느껴졌다.

"조만간 인간은 차원의 벽을 허무는 기술을 개발해 낼 것이다. 인류가 신대륙을 발견했을 때, 혹은 제국주의 야심이 있던 국가들이 이웃 국가에 어떤 일을 꾸몄는가?"

내 안의 목소리가 속삭였다. '야만과 폭력의 역사가 반복되리란 것은 불 보듯 뻔한 일이야!' 감정이 급격하게 곤두박질치며 그가 말한 것에 점점 설득당하고 있는 나 자신이 느껴졌다.

"언어의 소용돌이는 무엇인가?"

"인류의 기억이다. 그대 존재의 의미는 과거에 있는가, 미래에 있는가?"

그의 질문에 딱히 답할 맘도 없지만 답할 말도 없다.

"마지막으로 묻겠다. 왜 하필 단추인가?"

이제는 익숙해져 버린 데자뷔가 찾아왔다. 추락하는 비행기의 조종사가 된 느낌!

"역사는 결코 죽지 않는다. 끊임없이 생성되어 현재에 영향력을 미치며 미래를 결정짓는다. 살인을 일삼는 자의 미래는 어떨 거라 생각하는가? 그대 존재의 가치는 과거에 있는 것이다."

의지와는 상관없이 몸이 급격하게 지상으로 내려앉으며 이곳에 두 번 다시 발을 들이기는 힘들 것이란 생각이 들었다.

써니

장막이 서서히 걷히듯 영안의 세계가 잦아들었다. 마리엔의 눈이 등대불빛처럼 깜빡였다.

"그곳은 참으로 신기하더군."

눈을 뜨니 현실, 물리 차원의 세계! 이곳도 신비롭긴 마찬가지다. 물컹거리는 음식만 먹다가 바삭한 크래커를 먹을 때의 이채로운 느낌, 이자벨이 묻는다.

"무슨 말을 하던가요?"

"창조의 비밀에 대해 말하더군요. 그는 인간을 바이러스에 비유했소."

이자벨은 대꾸 없이 코를 찡그렸다. 부연할 필요성이 느껴졌다.

"인간은 곧 차원의 벽을 허무는 기술을 개발해 낼 거라 했소. 그렇게 되면 무슨 일이 일어날지 짐작도 할 수 없어."

이자벨의 고운 아미가 송충이처럼 꿈틀거렸다. 그것에 음향효과를 넣을 것처럼 휴대전화가 울렸다. 통화버튼을 누르니 수화기 너머 김 이사가 대뜸 말하길,

"건국의 아버지는 메논이고, 건국의 어머니는 모윤숙이다."

"무슨 소리야, 갑자기?"

"낡은 쪽지에 이런 말이 있었어."

"유품은 없어?"

"모윤숙의 딸이 머문 곳은 호화별장이었는데, 그게 말도 많고 탈도 많았나 봐."

단순한 말로 진실을 전할 수 없다면 치명적인 비밀이 숨겨져 있거나, 거짓이란 반증이다.

"말 많은 이유가 뭐야?"

"모윤숙은 친일파 문인이야."

"친일파라고?"

미처 확인하지 못한 부분이다.

"쪽지는 있는데 유품은 왜 없어?"

"문화재청에 압류된 물건이 있어."

"그게 왜 문화재청으로 들어가?"

"뭔가 역사적인 물건이었나 보지."

엉킨 실타래를 바로 펴고 싶다면 실에는 양 끝이 존재한다는 단순한 사실을 인지할 필요가 있다. 양쪽 다 찾을 필요는 없다. 둘 중 하나만이라도 찾아내어 차근차근 풀어나가면 된다. 김 이사와 통

화를 마치자마자 예기치 못한 전화가 걸려왔다.

"누구시죠?"

그는 자신을 출판사 대표라 설명했다.

"무슨 일입니까?"

"인세를 부쳐드렸습니다. 확인해보시라 전화 드렸어요."

그의 목소리엔 못내 서운한 기색이 역력했다. 인세가 궁금하기도 해서 우리는 은행에 들렀다. 은행 잔고를 확인한 순간 깜짝 놀랐다. 인세라는 명목으로 차곡차곡 들어와 있는 금액이 천문학적인 액수다.

잔고를 확인한 이자벨이 감탄했다.

"정말 유명작가 맞나 봐요."

"이 돈, 몽땅 뽑아 쓰는 거야!"

마리엔의 도발에 당장에 입이 쓰다. 그녀가 부연했다.

"역사를 원래대로 돌려놓으면 넌 지금과 같은 유명작가가 아닐 거야. 당연히 이런 어마어마한 보수도 받지 못하겠지. 말하자면 이건 없는 돈과 마찬가지지."

씁쓸한 일이지만 마리엔의 말에 일리가 있다. 은행에서 마련해준 가죽 가방에 돈을 가득 넣고도 모자라 이자벨의 숄더백과 마리엔의 핸드백에도 돈을 빵빵하게 채워 넣었다.

"혹시 너희들 이걸 노린 전문 사기단은 아니지?"

우리는 쇼핑가에 들러 평소 흠모하였지만 엄두도 내지 못한 물건들을 샀다. 그리고 고급 레스토랑에서 가장 맛있는 음식을 먹었다. 한국으로 건너갈 퍼스트클래스 비행기 좌석을 예약할 땐 전율이 느껴졌다. 미인대회 우승자일 거라는 확신이 들 정도로 어여쁜 여승무원들이 상냥한 미소를 건넨다.

"우린 잠 한숨 자지 못했어."

마리엔과 이자벨은 곧바로 숙면을 취했다. 잠자리 눈알 같은 커다란 안대를 쓴 그녀들의 모습을 보고 있자니, 꿈과 현실의 경계를 가늠하는 것이 무척이나 힘든 일처럼 여겨졌다.

"와인 한 잔 드릴까요?"

"가장 좋은 걸로 여러 잔 주시오."

필시 보정 속옷을 입었을 아스라한 골반자태를 드러낸 여승무원들은 꿀벌처럼 움직였다.

"무절제의 사나이여. 이름을 불러주련?"

내 안의 사탄이 속삭였다.

"더한 욕망과 행복을 약속하겠다."

덧없는 유혹이라는 것이 훤히 드러나 보였지만, 그럼에도 어떤 기대감이 잔물결처럼 일렁인다.

"상상도 못할 욕망과 만족을 주겠다. 하나나 열이 아닌 천과 만의 욕망이 충족되어 영원토록 지속되는 세상에 데려다 주겠다."

'그런 세상이 있기나 한 것이오?' 되묻고 싶은 맘이 굴뚝처럼 솟아나려는 순간, 곤히 자고 있던 이자벨이 소스라치게 놀라며 잠자리 눈알 안대를 걷어냈다.

"그가 왔지요?"

뒤이어 토끼눈을 한 채로 마리엔이,

"이름 불러 달라 요구하지?"

"웅, 거부할 수 없을 달콤한 유혹과 함께……."

"명심해. 네가 무장하기 전에 그를 불러냈다간 우리 모두가 끝장이야."

잔소리 따위는 듣고 싶지 않다. 여승무원의 살뜰한 뒷모습이 보이며 그녀를 지배하는 언어는 과연 무얼까! 마리엔이 눈을 치켜뜨며 힐난한다.

"지금 대머리 되는 상상을 하고 있지?"

대머리 되는 상상이란 대체 무어냐! 이자벨이 중재하며 나섰다.

"시험이 가장 심할 때예요."

"무슨 말이오?"

"사자는 제어당하는 걸 원치 않아요. 당신이 훈련되기 전에 가장 치명적인 덫을 놓을 거예요."

이자벨은 비행기 타는 내내 나의 시선을 잡아끌었던 여승무원을 물끄러미 바라보았다.

"내가 사자라면 가장 손쉬운 방법을 쓸 거예요. 탐욕에 눈멀어 자멸하도록 내버려두면 좋을 것 같은데 당신 생각은 어때요?"

그녀는 우아하게 뻗은 손으로 턱을 괴었다. 그토록 만족스럽던 좀 전까지의 순간이 보잘것없는 것처럼 느껴진다. 미인대회 예선 탈락자일 것 같은 여승무원이 빈 잔을 거두며 물었다.

"한 잔 더 드릴까요?"

"괜찮습니다. 더 마시면 취할 것 같아요."

나는 침착함을 되찾고 물었다.

"이 여정이 의미 없다고 말하지 않았소?"

"당신의 직감을 따르기로 했어요. 차원의 벽이 허물어지면 무슨 일이 일어날지 짐작할 수 없다고 했죠?"

"당신은 짐작할 수 있소?"

"……!"

이자벨은 묻기만 할 뿐, 잠자코 말이 없다.

밀약

글 작업을 할 때, 어려운 단어로 이루어진 문장은 금물이다. 현학적으로 보이지만 알맹이가 없다. 현학적으로 보이는 미사여구도 따지고 보면 무지를 감추기 위한 포장에 불과하다. 진실한 글은 쉽고 단순하다.

"나 한국 왔어."

수화기 너머 놀란 김 이사의 얼굴표정이 눈에 선하다.

"갑자기 왜?"

어떤 진실은 너무나 쉽고 단순하기에 통하지 않는다. 상대가 믿지 않을 것이란 섣부른 예단으로 말할 기회를 살리지 않는다면 영영 소통할 기회마저 얻지 못할 것이다.

"세상을 구하러 왔다면 믿겠어?"

"그래, 잘해봐. 오늘 나도 하나 구하러 가는 중이야."

우리 둘은 누가 먼저랄 것도 없이 웃음 터트렸다. 일상의 소소한 일이라도 저마다 주어진 의미를 되살리려 노력한다면 누구나 세상의 구원자가 될 수 있다.

그렇다고 김 이사가 구원할 세상이 무언지 궁금한 건 아니다!

"그거 꽤나 흥미로운데?"

"난 아주 진지하단 말이지."

나는 정말로 세상을 구하기 위해, 윤숙의 딸이 머물던 호화별장에 대해 물었다. 김 이사의 목소리엔 다소의 어눌함이 섞여 있었다.

"별장에 들기 힘들 거야. 국가에 환수되었거든……."

김 이사는 별장의 원래 주인이 우남이라고 밝혔다. 쫓겨나듯 하와이로 망명한 이승만의 사유재산은 국가에 환수되었지만 실질적인 사용자는 따로 있었다.

"어떤 것이었습니까?"

호텔에 짐을 풀자마자 문화재청을 방문해 우남의 유품에 대해 물었다. 돌아온 답은 담당자가 바뀌어 확인할 수 없다가 고작이다. 어쩌면 커트 코베인이 더한 죄악이 없다고 하는 '허세'라는 것이 한국에선 필수불가결한 생존수단일지도 모르겠다.

"저는 프랑스의 유명작가입니다."

이자벨이 능숙한 한국말 실력을 발휘하며 힘을 보탠다.

"프랑스 대사관에서 연락받지 못했나요?"

곧이어 마리엔이 파리에서 쓰던 대법정 출입증을 꺼내들었다. 문화재청 사람들은 당황한 기색이 역력하다. 십 분 남짓 기다리니 전임 담당자가 뛰어왔다.

"기다리게 해서 죄송합니다."

그는 우리가 찾고 싶어 하는 것이 무엇인지 정확하게 콕 집어 말했다.

"잡동사니였어요."

"애초에 왜 여기에서 받아주었습니까?"

"1983년까지만 해도 이승만 박사의 박물관을 짓자는 의견이 있었습니다."

문화재청 관리자는 옛 자료를 뒤적이며 당황한 듯 머리를 긁적였다.

"박사의 유품 목록입니다."

그는 어렵사리 찾은 자료를 보여주었다. 목록엔 별다른 것이 없다. 유품 중엔 우남이 썼었을 만년필, 당시 문건, 각종 연설문, 그리고 윤숙의 것으로 보이는 오래된 백석의 작품집, 수첩과 편지 몇 통, 등이 있었다.

"출처가 확인된 곳을 방문할 수 있게 해주시겠습니까?"

문화재청 관리자는 지자체에 연락해 승인해주겠다 약속했다.

"이럴 필요까지 있어?" 마리엔이 깐질긴 목소리로 뭐라 하기에 딱 잘라 말했다.

"현장 방문은 필수야."

어렵게 찾은 별장은 50년대 프랑스에서 유행하던 건물양식으로 지어져 있었다. 둥근 아치형의 현관지붕과 부드럽게 돌출한 창이 아비뇽의 건축양식과 흡사하다. 조경이 잘된 정원부터가 맘에 들어 관리인에게 물었다.

"관리가 잘 되어 있는 것 같은데, 지금은 어느 용도로 쓰고 있습니까?"

관리인은 답하지 않았다. 묵비권을 행사하는 듯한 그의 태도에 마리엔이 빈정거린다.

"고위급 정치인들이 별장으로 쓰기에 더할 나위 없이 좋은 장소네!"

별장 내부는 화려하면서도 우아하다. 테라스 밖으로 보이는 아담한 수영장이 어서 내 품으로 뛰어들라며 유혹했다.

"창고 좀 볼 수 있을까요?"

"그런 건 듣지 못했소."

관리인은 완고한 얼굴로 고개를 가로저었다. 이자벨이 속삭인다.

"Offrir un pot-de-vin! (뇌물을 먹여요.)"

나는 미리 환전해 두었던 고운 다홍빛깔 한국 돈을 그에게 은밀하게 건넸다. 일상적인 가구나 부피가 큰 물건들은 남겨지기 마련이다. 드골의 박물관에 들기 전, 생가를 방문하였을 때 보았던 책상, 의자, 타자기처럼 그곳에도 비슷한 물건들이 자리하고 있었다.

"책상 서랍을 열어봐도 괜찮겠습니까?"

관리인은 마지못해 고개를 끄덕였다. 책상 서랍에는 아무것도 없었다. 그러다 책상 뒤에 오래된 여행 가방이 눈길을 끈다. 대번에 메논의 여행 가방이라는 것을 알 수 있었다. 그가 유엔위원회 의장으로 뉴욕에 다녀온 후, 윤숙과 함께 차에 남겨둔 그 여행가방!

여행가방의 모서리에는 초등학생이 공책에 자기 이름을 써넣는 것처럼 'Sunny'라는 이름이 새겨져 있다. 활주로 사열대에서 윤숙 앞에 서 있던 여자아이, 고무줄놀이라도 하는 듯 발을 앙증맞게 동 동 굴렀던…….

"열어봐도 되겠지요?"

뇌물 먹은 관리인은 쉽사리 입 열지 못했다. 녹이 슨 자물쇠 고리 는 쉽게 떨어져 나간다. 가방 안에는 검은색 저고리치마와 함께 조 그만 상자가 있다. 윤숙이 소지하고 있다가 곧잘 꺼내 글을 쓰던 지 필묵 상자라는 걸 알 수 있다. 지필묵 상자 속에 무언가 있는 것이 느껴졌다. 뚜껑을 열어 손바닥에 조심스럽게 기울여 보니 신비의 물건이 나왔다.

'이거다!'

나는 그것이 소용돌이를 찾을 열쇠임을 직감했다. 보이는 건 없 고, 말소리뿐이던 그날 밤, 금곡릉 달빛 산책을 가자던 윤숙의 제안 에 따라나선 메논, 돈암장에서 우남이 귀에 찼던 보청기!

두근거리는 가슴을 들키지 않으려고 마리엔에게 말을 붙였다. 농담이었던 것으로 기억하는데 마리엔이 웃지 않기에 나 또한 기 억하지 못한다. 심상찮은 낌새를 눈치챘는지 관리인이 실눈 뜨며 묻는다.

"아-씨, 지금 뭐 하시는 겁니까?"

아가씨를 찾는 그 정도 한국말은 알아들을 수 있다. 한국인 중 누 군가가 '아씨!'를 찾는다면 그와 대면하는 시간을 최소로 해야 한 다. 자물쇠 고리가 훼손된 것을 알아차린 관리인이 연신 불만스러 운 목소리를 냈다.

"아-씨! 당신 뭐요?"

"죄 …… 죄송합니다."

마리엔의 옷깃을 잡아끌며 얼른 나왔다. 들어갈 때는 몰랐는데 나올 때는 별장 주변으로 꽤나 삼엄한 경비가 유지되어 있었다. 경비견을 끌고 가는 건장한 청년을 발견했을 때는 가슴이 뜨끔하다.

"찾았어?"

비로소 별장에서 멀어져 괜찮다 싶을 때쯤에야 마리엔이 물었다. 나는 손에 넣은 보청기를 꺼내들었다. 그것은 빛바랜 조약돌 같다. 내친 김에 보청기를 귀에 꽂아 넣었다. 호텔에 들어 안정된 여건 속에서 그리하자는 이자벨의 말소리가 귓가에 닿았지만 이내 묻혔다.

'쏴아악-'

어디선가 바람소리가 들렸다. 현실이 안개 속에 갇힌 것처럼, 혹은 안개 속에 갇혀 있던 현실이 비로소 제 모습을 드러낸 것처럼 눈앞이 뿌옇게 흐려진다. 어느덧 나의 의식은 자색으로 물든 언어의 소용돌이에 다다른다.

'이리로 오세요!'

자색 소용돌이와 쌍을 이룬 흑색 소용돌이에서 속삭임이 새나왔다. 내내 마음에 걸리던 그 목소리를 따라 들어갔다.

'이쪽이에요.'

상아를 깎아 반듯하게 펴놓은 것 같은 앙상한 외길 끝에서 여인이 보였다. 마치 홀로그램을 입혀놓은 것처럼 그녀의 몸이 어른거린다.

"드디어 오셨군요."

그녀의 환영(幻影)이 낮게 웃으며 말했다. 그녀와 마주하며 앓던 이가 빠진 느낌이다.

"당신이었군요. 모든 일을 꾸민 이가……."

유령임에도 감정이 있는 듯 그녀는 쓰게 웃었다. 거뭇한 거울에 반사된 빛처럼 불투명한 여광이 그녀의 몸에서 새나오고 있었다. 빛이 썩으면 저런 느낌일까! 얼굴에 이상한 광채를 머금으며 그녀가 입을 열었다.

"이제부터는 당신과 계약을 꾸미려 해요."

"계약이라니요?"

"과거로 돌아가 드골의 암살을 막고 싶은 거죠?"

반가움도 잠시, 그녀의 말에 냉정한 이성이 고개를 든다.

"계약 조건부터 들어보죠."

그녀는 약점을 간파한 듯 단작스럽게 물었다.

"단추를 잃어버렸지요?"

"당신은 드골의 시대에 들어갈 수 있습니까?"

"그럴 수 없다면 당신을 초대하지도 않았겠지요."

"좋아요. 해주길 바라는 일이 무엇입니까?"

그녀는 답은 않고 한동안 빈 공간을 응시했다. 짐짓 금곡릉 산책 길이 떠오른다. 윤숙이 메논의 외투 호주머니에 가만히 찔러 넣었던 두루마리, 그 시간을 되돌리기 위해 그녀의 환영이 저기 서 있는 것이리라…….

"저는 지박령이에요."

순간, 귀를 의심했다.

"지박령이요?" [* 지박령(poltergeist): 땅에 묶여 지상에도 천상에도 가지 못하는 영혼]

"감히 속량할 수 없는 실책의 눈물이 너무 커요."

잔인한 질문일 수 있겠지만 묻지 않을 수 없었다.

"친일파 행적 때문입니까?"

음울했던 미소마저 걷히니 그녀의 민낯이 더욱 슬퍼 보였다.

"희망을 품는 것이 더 괴로울 때가 있어요. 프랑스는 3년 동안 나치 밑에 있었지만 우리는 35년입니다. 일제는 날로 부강해지는데 우리는 점점 더 약해졌지요. 하늘과 땅만큼 격차가 벌어졌어요. 모두가 독립을 포기하고 있었어요."

"끝끝내 투쟁한 사람들이 있습니다."

그녀는 머리를 가로저었다.

"이렇듯 사슬에 묶여 번민하지만 그 시대로 다시 돌아간다면 장담할 수 없어요."

"왜죠?"

"떨렸어요. 전 그것이 단순한 협박이 아니라는 것을 알 수 있었죠. 옷을 찢어 욕을 보일 거라는……."

그녀는 말을 잇지 못했다. 상대를 곤혹스럽게 하는 대화주제라면 더 이상 캐묻지 않는 것이 차선이다.

"두루마리가 문제지요? 메논에게 건넨……."

흐느끼는 듯 그녀의 어깨가 떨렸다. 프랑스에도 포기한 이들이 더러 있었다. 비시 지방의 사람들은 독일이 전쟁에 승리해 유럽을 차지할 거라 판단하고 나치에 협력하였다. 그들이 세운 비시 정권은 오히려 나치군보다 공략하기 어려운 적이었다.

마침내 입을 뗀 그녀의 대답은 의외다.

"아니요. 명성황후의 시대로 들어가 주세요."

나는 듣는 귀를 의심하며 되물었다.

"민비요?"

"네, 맞아요."

너무도 단순명료한 대답에 되레 미심쩍다.

"너무 앞서가는 것 아닙니까? 당신의 실책을 되돌리는 것으로 정리하죠."

"모든 비극의 시작은 거기에서 비롯되어요. 일제 밑에서 우리민족은 너무나 참혹한 일을 겪어요."

현재라는 단추로 과거라는 옷깃과 미래라는 가능성을 이을 수 있다면! 늘였다 줄였다 할 수 있는 고무줄도 아니고, 역사란 도대체 무엇인가…….

그녀는 곧바로 해명하듯,

"민비의 외교술은 결코 좋은 게 못 되었어요. 오늘은 일본, 내일은 러시아, 다음은 청나라, 강한 자에게 붙어 번번이 갈등을 야기했죠."

"외교가 적절했다면 아시아 전쟁은 일어나지 않았을 거라는 얘깁니까?"

"한반도는 열강 모두에 중요한 곳이었어요. 삼각의 묘를 살린다면 누구든 감히 침범할 수 없지요." (* 삼각의 묘: 삼각형 가장 긴 밑변이라도 짧은 두 개의 밑변을 합친 것보다 더 길 수는 없다.)

의문 부호가 연속해서 따라붙는다. 조선이 삼각의 묘를 절묘하게 살린 외교책을 펼쳤다면 괜찮았을까? 제국주의 야심에 불타는 이웃나라들을 잠잠하게 만들 수 있었을까!

생각을 깰 것처럼 윤숙의 환영이 말 건다.

"당신들은 고상한 왕비를, 그녀가 하지도 않은 말을 퍼트리며 처형했지요?"

"부끄러운 짓은 아니었습니다. 앙투아네트의 낭비벽은 참기 힘들 지경이었으니까."

"그 시대를 살지도 않았으면서 어찌 확신하죠? 마리 앙투아네트의 사치는 어느 왕족이나 해왔던 정도 아닌가요?"

복화술을 쓰는 것 같은 말솜씨로 윤숙이 말을 잇는다.

"민비의 폭정은 견디기 힘든 것이었어요. 그녀의 손에 일천 만 조선인의 원혼이 서려 있어요."

"원하는 게 무엇입니까?"

"그 시대로 들어가 한마디 말만 외쳐주세요."

"무슨 말을?"

"가마에 민비가 타고 있다."

여러 차례 듣는 귀를 의심하게 되느니…….

"정말 그 한마디 말이면 됩니까?"

"네, 한번 되뇌어보세요."

'가마에 민비가 타고 있다.'

"한국말로 또렷하게!"

"가마에 민비가 타고 있다."

그제야 냉랭한 분위기를 누그러뜨리며 윤숙이 말했다.

"밀약을 찾으세요. 민비의 시대로 들어갈 수 있을 것입니다."

"밀약이라뇨?"

애초에 그녀가 "꾸미려 한다."고 했던 의미를 깨달았다. 나는 이미 계약을 맺기 위한 동등한 위치를 상실한 채, 떼를 쓰는 아이처럼 매달리고 있었다.

"민중들이 들고일어나 민비는 죽을 뻔합니다. 대원군의 임기응변으로 목숨을 부지하지만, 수렴하지 않고 민비는 청나라와 거래를 합니다."

"청과의 거래가 동등하지는 않았겠네요."

"네, 자신을 복권시켜 주는 조건으로 막대한 비용과 희생을 치르겠다는 밀약을 성립시킵니다."

민비가 청과 맺은 밀약의 구체적 내용이 궁금했지만 그녀는 되물을 여유를 주지 않았다.

"찾아내세요."

"밀약은 어디에 있습니까?"

"당신의 능력을 의심하지 마세요."

줄곧 저자세로 매달리고 있는 나 자신을 의식했지만 어쩔 수가 없다.

"무슨 수로요?"

"의심하지 말라 했어요."

말을 마친 윤숙은 돌아서려 한다. 해갈하지 못한 궁금증이 번뜩였다.

"잠깐, 총성이 있던 그날 일은 어찌 되었죠?"

"우남에 대한 암살 시도가 있었어요. 불에 기름 부은 격이죠."

"무슨 뜻이죠?"

"단 한 번의 암살시도로 우남은 공포정치에 눈을 뜹니다. 정적은 암살하고 자신과 다른 생각을 지닌 자들은 무참히 살해하죠."

그녀는 금방이라도 울 것 같은 얼굴로 말 잇는다.

"지금의 우리 민족은 얼이 빠져 있어요. 첫 단추를 잘못 끼워도 우스꽝스러운 법인데, 색색의 단추가 각기 다른 구멍에 맞추어져 있어요."

"역사가 단추입니까, 끼워 맞춘다고 제대로 되는 역사라면 무슨 얼토당토않은 조작인가요?"

"때로 단순한 게 진리일 때가 있어요. 단순한 무언가가 진리가 아니라, 단순 그 자체로 말이에요."

이것까지 말하려 하지 않았는데 같은 문학인으로서 꼬집지 않을 수 없다.

"첫 단추가 문제인 것 같진 않아요. 당신의 자작시로 알려진 '낙엽'(『렌의 애가』)은 레미 드 구르몽의 시를 모작한 거 맞지요?"

그녀는 대답하기 곤란한 듯 몸을 해파리처럼 흐느적거렸다.

"민비의 시대로 들어가세요."

그러고는 메아리처럼 사그라지는 목소리로 덧붙이길,

"당신의 프랑스는 온전할 것입니다."

"잠 ······ 잠깐만!"

어디선가 불어온 바람이 황급하게 움직였다. 윤숙의 환영은 이내 사라지고, 절벽으로 떨어질 때의 느낌처럼 급박하게 가라앉는다.

멘탈 멘스(Mentale menstrues)

　가족이나 친구가 불의의 사고로 목숨을 잃었을 때, 시간여행을 할 수 있다면 나는 과거로 되돌아갈까?

　윤숙의 제안은 개인적 차원의 일을 뛰어넘는 것이다. 나의 조국이 온전하길 바라는 것처럼 대한민국도 그리되길 소원한다. 그렇지만 개척해야 할 운명이 있듯 받아들여야 할 숙명 또한 존재한다. 나는 친구의 죽음에 시간여행으로 답하지는 않을 것이다. 안타깝긴 하지만 그의 죽음을 받아들일 수밖에 없다.

　그런데 만약 친구가 의문사했다면? 혹은 납치되어 잔인한 방법으로 고문당하다가 살해당했다면? 개인마다 견해차이가 있겠지만, 나라면 친구를 위해 한 치의 망설임 없이 시간여행에 뛰어들 것이다.

"거래를 했어."

나는 윤숙과 있었던 비밀거래를 마리엔에게 털어놓았다.

"미쳤어? 그 시대로 들어가서 어쩔 건데?"

"한마디만 외쳐 달래. '가마에 민비가 타고 있다.'"

"어떻게 외칠 건데?"

"그야……."

말문이 막힌다면 조언을 구하는 수밖에!

"그 시대로 들어가 목소리를 내려면 어떻게 해야 하지?"

"빙의해야지."

"빙의?"

마리엔은 두 눈 똑바로 뜨며 말하길,

"잘 들어. 누군가에게 빙의하려면 그 사람을 지배하는 언어를 읽어야 해. 그리고 너는 '당신의 바람을 들어주겠다.' 맹세하는 거야."

"바라는 바가 없는 사람은?"

"소원하지 않는 이에겐 빙의해 들어갈 수 없어. 명심해, 빙의를 목적으로 거짓 맹세했다가는 그 육신에 붙들려 영영 헤어나지 못하는 수가 있어."

"알 …… 알았어."

속으론 뜨끔했지만 내색하진 않았다.

"밀약은 찾아냈어?"

"아직."

민비가 청나라와 꾸몄다는 밀약은 묘연하기만 하다. 중국주재 프랑스 대사관이나 학술원도 알려온 바가 없다. 한국인 대부분의 역사학자들은 밀약의 실체에 대해 강력 부인했다.

"그런 게 있을 수가 없습니다."

"아무런 대가 없이 청나라가 원정군을 보냈으리라 믿는 것입니까?"

정녕 곤궁에 빠진 민비를 의리만으로 도왔을까, 계산에 능한 왕서방이? 다만 밀약 비슷한 것을 찾을 수 있었다. 무슨 일이 있을 때마다 청에 보고하고 지시를 받아야 한다는 영약삼단(另約三端)이라는 비밀조약이 실제 존재했다.

'민비, 실체를 드러내시오!'

비밀이니 감추어졌을 게 당연하기도 하겠지만, 민비가 청나라와 꾸몄다는 밀약에 대한 내용은 눈을 씻고 찾아봐도 없다. 다만 새로운 이야기가 시선을 끈다.

임오군란 때 간신히 죽을 고비를 넘긴 민비는 지방의 어느 마을에 몸을 숨겼다. 보슬비가 내리고 땅은 질퍽하게 젖어 앞으로 나아가는 것이 힘들다. 가마꾼들은 뿔뿔이 흩어지고 설상가상으로 신을 진흙탕에 빠트렸다. 어쩔 수 없이 민비는 치마를 걷어 버선발로 걸었다. 한양에서부터 피난 온 민비 일행이 안쓰러웠나 보다. 이를 본 어느 시골아낙이 말했다.

"민비라는 개간년 때문에 새색시가 고생이 많아. 배고프지? 이거라도 드시구려."

아낙이 건네준 것은 육포였다. 민비는 그것을 진흙탕에 집어던졌다. 후에 청나라 군대를 빌려 동란을 평정한 후, 그때의 일이 떠올랐다.

"그년을 찾아내어 죽여라!"

시골아낙은 찾을 수 없었다. 수소문해 찾았지만 마을 사람 전체가 모른다고 잡아뗐다. 이에 민비는 마을 사람 모두를 도륙했다.

'차라리 상을 준다고 꾸미지, 마을 사람들은 무슨 변고야?'

간단한 검색만으로 민비의 잔인무도한 행동들이 속속들이 드러났다. 그럼에도 한국인은 역사상 가장 존경하는 인물로 세종대왕, 이순신 장군, 정조, 다음인 4번째 인물로 명성황후를 꼽는다.

"국가가 선비를 기른 지 오백 년인데 나라가 망하는 날 몸을 바친
자가 한 명도 없다면 어찌 통석할 일이 아닌가!"

『매천야록』의 황현이 자결하기 전 남긴 절명시가 가슴속을 파고든다.

"나는 위로 하늘의 병이(秉彝: 타고난 천성을 그대로 지킴)의 아름다
움과 아래로 평소 읽은 책의 의미를 저버릴 수 없다. 등불 아래 책
을 덮고 지난 역사 헤아리니 세상에 글 아는 사람 되기 어렵다."

양심적인 지식인이 제아무리 많아도 이 세계가 혼탁한 건, 권력은 탐욕스러운 자들이 꿰차기 때문이다. 그들은 권력을 자기욕망을 실현하는 수단으로 써먹는 데 주저함이 없다. 의인이 권력을 쥔 경우는 거의 없다. 의인은 권력을 달가워하지 않기 때문이다.

'영웅이여, 세상을 구하고 싶다면 권력을 차지하세요. 다만 권력

을 얻은 후에는 더 이상 의인이길 바라지 마세요.'

세상의 종말을 막아야 한다며 꿀벌처럼 붕붕거렸던 마리엔과 이자벨은 TV드라마가 끝나고 나서야 얼굴을 내비쳤다.

"배고프지 않아? 저녁 먹으러 나가자. 서울의 야경도 구경할 겸……."

마리엔은 서울 야경에 도취되었다. 예전의 나처럼 안전한 거리에 감탄했고, 어디에나 있는 깨끗한 공중화장실에 반했다.

"먹어보면 안 돼?"

다양한 길거리 음식이 넘쳐났다. 달갑지 않은 손님, 떡뽀끼가 언제든 마리엔의 시선을 잡아끌었다.

"C'est très bon! (세 트레 봉: 최고야!)"

전통 한식 음식점에 들었다. 채식주의자를 향한 취향 저격의 음식에 마리엔은 감탄사를 연발했다.

"이건 한국말로 뭐라 그래?"

한국어에 지대한 관심이 있다는 듯 마리엔은 말끝마다 이자벨에게 물었다. 마리엔은 어려운 한국말 발음을 거침없이 해냈다. 식사가 끝나고 식혜와 수정과를 두 잔이나 마신 마리엔은 풍선처럼 부푼 배를 감추며 말했다.

"한국, 참 좋다."

여행 첫날인데도 마리엔은 활기찼다. 24시간 내내 불이 켜져 있는 서울의 모습과 비슷하다. 일전에 알려준 말도 잊지 않았다.

"한국, 살아 있네!"

비교적 선명한 마리엔의 발음에 매천이 떠올랐다. 낯선 외국인의 입에서 그런 말이 나오는 것을 그가 듣는다면 어떤 마음일까! 돈 많은 외국인들에겐 천국과도 같은 이곳이 돈 없는 자국의 젊은이들에겐 지옥과도 같은 곳이라는 것을 알게 된 건 지난여름 날의 일이었다.

'헬 조선!'

직장은커녕, 마땅히 꿔야 할 꿈도 얻지 못하는 젊은이들의 눈동자를 마주하며 작가로서 해줄 말이 없었다. 고심 끝에 생각해낸 '꿈의 기반은 현실이 아니다.'란 말로 그들을 위로해주고 싶지만 나부터가 그 의미를 알지 못하겠다.

'꿈의 기반이 현실이 아니면 무어냐?' 실체 없는 그림자와 같은 말, 그럴듯해 보이지만 실은 알맹이 없는 언어유희, 유감스럽게도 대중소설을 쓰는 작가에게는 꼭 필요한 기술이다.

마침, 김 이사에게서 문자가 도착했다.

"축하! 『죽음 뒤에 삶』이 베스트셀러가 되었어."
"죽은 후에 삶이 있다면 죽어서 체험해도 늦지 않다고 독자들에게
전해줘."

바로 답신이 날아온다.

"왜 그래? 삼 년 전에 낸 『섹스보다 사랑』도 순위권에 진입했어."
"자본주의 사회에서 섹스는 이미 오래전, 사랑마저도 돈 있는 자들
의 전유물이 되었다고 전해줘."

독자들을 현혹하는 데 급급했다. 나의 작품은 진정성 없는 그럴 듯한 말로 재미와 흥미만을 추구했다. 굼떠 도착한 김 이사의 짧은 답문에 쓴웃음이 느껴진다.

"왜 그래? 영혼이 민감한 사람들이 한 달에 한 번 겪는다는 **Mentale menstrues?**" (멘탈 멘스: 정신적 월경)

현대인은 한 달에 한 번이 아닌 매일, 멘탈 멘스에 걸린다. 영혼이 민감해서가 아니라 세상이 빨라서이다. 바쁘고 부산한 거리, 골목길을 무지막지한 속도로 내달리는 차, 현대식 콘크리트 건물들의 향연, 어디든 바닥에 시커멓게 깔려 있는 아스팔트, 하늘을 옭아매려는 듯 줄지은 전깃줄…….

전체적으로 일관성이라고는 찾아볼 수 없는 무분별한 도시계획, 언뜻 편리한 것 같지만 속을 들여다보면 얽히고설킨 실타래처럼 정신없는 게 서울의 모습이다. 커플티를 입은 젊은 남녀가 우리 옆을 스쳤다.

그들은 내일 어떤 이유로 헤어질까!

속보

마리엔과 이자벨의 한류사랑은 화장품과 화장술로까지 확대되었다. 도심이 한눈에 내다보이는 메이크업 카페, 이자벨은 볼터치에 세심한 주의를 기울였다. 신기하게도 눈만 예뻤던 마리엔은 모든 게 예뻐졌다.

"난 한국이 전쟁 중이거나 적어도 전쟁에 직면할 나라인 줄로만 알았어."

나 또한 마찬가지다. 이곳에서 책을 내지 않았다면 남한의 실정에 어두웠을 것이다. 외신들은 위태로운 남북한 국가안보에 대해 떠들지만, 실제로 경험하는 한국은 세계 어떤 나라보다 안전한 나라라고 해도 무방할 성싶다.

"속보입니다. 프랑스의 과학자가 21차원을 발견했습니다."

　어느 사옥건물의 대형 전광판에 속보가 떴다. 과학자의 인터뷰가 이어졌다. 나는 그를 보며 깜짝 놀랐다.
"우주는 적어도 100차원 이상으로 이루어져 있습니다."
　닥터 D가 아니다. 처음 보는 물리학자는 자신의 업적을 자랑스럽게 밝혔다. 그는 21차원은 가려졌던 고등 차원의 문을 여는 중요한 단서가 될 거라는 말과 함께 우주에는 우리가 상상할 수도 없는 차원의 문이 존재한다고 밝혔다.
"권력자들은 순수한 과학적 발견을 군사적으로 이용하려 들 거예요."
　이자벨이 곱게 그린 눈썹을 찡그리며 말했다.
"인간이 차원의 벽을 허물 거라는 사자의 예언이 실현되려 하고 있소. 도대체 차원의 벽이 허물어지면 어떤 일이 벌어지는 것이오?"
"차원의 문을 잘못 열었다간 시공간이 뒤죽박죽되어 버려요."
"뒤죽박죽된다니?"
"저기 달리는 자동차."
　이자벨은 도로 위, 중앙선을 경계로 차선으로 구분되어 좌우로 달리는 자동차들을 가리켰다.
"자동차도로의 차선이 순간 겹치거나 포개진다고 상상해 봐요."
　차선이 겹치거나 포개진다면 자동차가 경험하는 것은 단순한 접촉사고는 아닐 것이다. 그 순간, 보고도 믿을 수 없는 일이 벌어졌다. 고가도로 위로 갑자기 거뭇거뭇한 기운이 몰려들더니 터널에서 자동차 하나가 빠져나와 반대차선으로 역주행한다. 대번에 대형사고로 이어지며 교통이 마비되고, 저쪽 도로에는 갑자기 빌딩 한 채가 불쑥 솟아올라 건물에 차들이 부딪치며 일대 혼란이 찾아왔다. 완벽한 카오스(Chaos)!

나는 커피로 목을 축이며 일어섰다.

"사자를 불러내야겠어."

나름 폭탄선언이라고 생각했는데, 이자벨의 태도가 차분하다.

"나의 사자는 미카엘이에요. 오랫동안 그는 이름을 밝히지 않았어요. 어젯밤 아프리카의 비극을 막을 방법을 알려주었죠."

마리엔이 뜬금없이…….

"나 어때? (Moi comment?)"

너무도 태연자약한 그녀들의 태도에 다른 세상에 와 있다는 생각이 들었다. 어찌 되었든 한류의 화장술 덕분인지 마리엔이 무척이나 아름답다고 느껴진다. 그녀는 아름답지만 무책임해 보이는 표정으로 말했다.

"사자를 어떻게 부르는지 알지? 무엇보다 중요한 건 그와 친구가 되어야 한다는 사실을 잊지 마!"

사자의 수수께끼

　공식적인 만남은 이제 겨우 두 번째, 보살핌이 필요하다며 마리엔이 유모처럼 굴면 좋겠지만……, 어쩐 일인지 그녀들은 내게 무관심하다. 그녀들에게 새로 주어진 사명이 무언지는 모르겠지만 어쩐지 홀대받은 느낌에 사뭇 뒤를 돌아보게 된다.

　'사자를 어떻게 불러냈더라?'

　기억을 더듬어 활활 타는 불기둥을 연상해낸다. 이름을 부르지도 않았는데 사자가 모습을 드러냈다. 육안으로 보는 것 같진 않다. 근육이 적당하게 붙어 있는 매끈한 그의 몸이 유화 물감에 그려진 듯 회화적이다.

　'그대가 이름 불러주기 전까지 나는 아무것도 할 수 없다.'

　걸핏하면 영혹하려 위협했던 건 뭐고? 나는 친구가 되어야 한다는 마리엔의 말을 상기해내며 가벼운 미소를 띠었다.

"사탄아, 나타나라!"

불기둥의 열기가 사자의 눈에 스며들었는지 그는 뜨거운 눈빛부터 보냈다.

"영계에서 그대가 한 행동은 비난받아 마땅하다."

난데없이 무슨 소리? 생각은 그리했지만 책잡힐까 흠칫했다.

"지박령과 만나는 것은 금기다."

그와 쓸데없는 힘겨루기하고 싶진 않다.

"주인이 한 행동에 변명하고 싶지 않다."

"지박령과 만나는 것이 얼마나 큰 잘못인지를 안다면, 경솔한 자신의 행동을 사과하고 싶어서라도 주인임을 주장할 수 없을 것이다."

애써 미소 지으며 답했다.

"그대와 친구가 되고 싶을 뿐이다."

사자의 의식을 치르기 전, 마리엔의 충고가 없었다면 사자와 나는 분명 험악한 관계에 빠졌을 것이다. 돌이켜 보면 마리엔이 그 말을 한 것을 인류 전체가 고마워해야 할 것이다.

"윤숙과 만난 것에 악한 의도는 없었다. 그녀는 죽어서도 자기나라를 걱정했고, 나 또한 한국인들이 사는 곳이 지옥이 아니길 바랄 뿐이다."

"그대는 부당한 경로로 정보를 캐냈다. 말하자면 물건을 훔친 것이다. 훔친 물건을 거래하는 것은 장물아비나 하는 짓이다. 무지야말로 가장 큰 죄악이다. 나를 보아라."

그는 어떤 결계 같은 걸로 보이는 망토를 걷어내고 자신의 가슴을 내보였다. 태곳적부터 쌓인 사자의 경험과 지식, 그리고 지혜는 감히 눈높이를 맞출 수 있는 수준이 아니었다. 그는 모든 지식을 꿰차고 있었고, 세상의 모든 일을 조망하며, 시간을 초월하여 과거와 현재, 그리고 미래까지 설계해 놓고 있었다.

실체를 파악하니, 그는 까마득하게 높은 계단 위에서 나를 내려다보고 있었다.

"지면 위로 떠오르지 않았다고 해서 태양이 없다고 할 수는 없다."

충직한 하인이라면 주인이 잘못된 행동을 할 때 방임해선 안 된다. 주인이 모르고 행하는 잘못이라면 최소한 일깨워주기라도 해야 한다. 카리스마는 내가 점한 위치에서 나온다.

"주인이 묻는 말에 답하라. 민비가 청과 맺었다는 밀약은 어디 있는가?"

"없다."

그 짧은 말에 순간 숨이 멎을 것 같다.

"애초에 밀약은 존재하지 않았다는 말인가?"

눈빛에 망설임이 섞여 있었지만 그는 천천히 고개를 저으며 입을 뗐다.

"밀약은 성립되지 않았다. 조선이 망하는 바람에 청과 약속한 것을 구체화할 수 없었다. 밀약의 실체를 알아내어 주문처럼 외워라. 주문은 열쇠가 될 것이다."

"밀약의 내용은 어떻게 확인할 수 있는가?"

"민비의 원혼이 깃든 유물을 찾아라. 옥이 구슬처럼 반짝이는 긴 촛대가 있을 것이다."

히젠도

'주문도 어려운데, 옥구슬 촛대란 과연 무엇이란 말이냐!'

새벽이 동터오는 서울의 아침을 맞을 때까지 좋은 생각이 나지 않았다. 불현듯 남산에 솟은 타워가 뾰족한 송곳으로 보인다. 민비를 기다리고 있는 비극, 을미사변을 떠올렸다.

"일본 포로가 될지언정 조선 백성에게 죽을 수 없다."

민비가 말한 "나는 조선의 국모다."라고 했던 기록은 찾아볼 수 없다. 다만 차라리 일본 포로가 되겠다고 했던 말이 전한다. 민비는 더 더럽혀질 수 없을 정도로 명예와 위신이 땅에 떨어졌다. 동학군은 물론 조선백성, 심지어 세상물정 모르는 어린아이들까지도 민비를 가리켜 '개간년'으로 불렀다.

그녀가 죽어야 한다면 일본의 낭인(狼人)에게가 아닌 자기 백성에 의해 죽어야 한다. 신분제와 구태 봉건이념이 지배하던 근대를 청산하고 자유로운 현대 사회의 진정한 시민계급의 탄생을 위해 밀알이 되어야 한다.

나는 자객의 칼에 주목했다.

'히젠도'

일본 후쿠오카, 쿠시다 신사에 보관돼 있는 민비 시해의 칼, 히젠도의 섬뜩한 칼날이 불빛에 반짝이며, 칼집엔 선명하게 새겨진 일곱 글자가 눈길을 사로잡았다.

"일순전광자노호. (단칼에 늙은 여우를 베다.)"

일국의 왕비를 살인한 흉기를 버젓이 공개하는 것은 어처구니없는 짓이다. 피해국가에는 물론이고 가해국가에도 수치스러운 물건이다. 피해국가에는 약소국의 설움을 되새기게 하는 것이고, 가해국에는 야만적인 살인행위를 만천하에 공개하는 것이다. 그건 마치 '나는 살인도 저지른 깡패였소.'라고 떠벌리는 꼴이다.

조선은 왕비를 잃고도 파렴치한 범죄자들한테 아무런 조치도 취하지 못했다. 치외법권을 인정한 강화도 조약에 의거하여 왕비 살인에 공모했던 범죄자들 모두 본국으로 송환했다. 그런데 문제가된 조약의 내용을 자세히 살피면 이야기가 달라질 수도 있다.

"개항장에서 일어난 양국 사이의 범죄사건은 속인주의에 입각하여 자국의 법에 의하여 처리한다." (강화도 조약 10조)

치외법권 해석엔 '개항장'이라는 조건이 따라붙는다. 일본은 조선으로의 접근이 오로지 바다를 통해서 이루어진다는 점에 착안해 개항장을 둘러싸고 여러 이권문제가 결부될 것을 예상했었다.

항구가 아닌 내륙, 그것도 조선의 왕실에서 그러한 사달이 벌어질지는 그들도 예상하지 못했던 것이다. 제아무리 불평등 조약이라 해도 조선의 법조인들은 개항장이 아닌 곳에서 벌어진 일임을 들어 반박할 수 있었다.

"국제 조약이란 무엇이며, 왜 하는 것이오?"

강화도 조약을 맺기 위해 나온 조선대표단은 국제조약에 대해 무지했다. 500년간 풍월을 읽던 학자의 나라, 조선은 조약의 내용 하나 분간하지 못했다.

'강화도 조약 제1관: 위기가 기회란 것은 진리다.'

당시에 조선과 일본이 국제 조약을 맺어야 한다면 현실적으로 동등한 위치가 아니었다. 자멸 수준에 가까운 조선의 국력으로는 대외적으로 어떤 목소리도 낼 수 없었다. 그런 면에서 강화도 조약 제1관은 놀라운 것이다.

"조선국은 자주의 나라이며, 일본과 평등한 권리를 가진다."

조선에 대한 청의 종주권을 부정하기 위한 일본의 저의가 엿보인다 하더라도 조선은 이 기회를 살릴 수 있었다. '자주(自主)'라는 말도 사용할 수 없을 정도로 병들고 허약한 나라에게 일본은 자주권을 행사할 수 있는 기회를 준 것이다.

유능한 외교관이 조선에 있었다면 일본에게 침략하지 않겠다는 약조를 받아낼 수 있었다. 심지어 우방 국가로서의 의무를 다할 것을 약조받을 수도 있었다.

'한반도는 아시아의 중심이다!'

세계열강의 생각은 한결같았다. 조선의 지정학적 가치는 지중해 한가운데 있는 로마와 견줄 만하다. 열강의 욕망은 한반도에 집결되어 있었다. 청나라, 러시아, 일본뿐만 아니라 미국과 유럽도 아시아의 중심에 위치한 한반도를 탐내었다. 열강 간의 눈치 보기와 견제도 심했다.

강화도 조약이 체결되기에 앞서 청나라는 조선에 경고문을 띄웠다.

> "일본이 대만정벌을 한 뒤 조선을 정벌하려 한다. 조선이 서둘러 프랑스·미국 등과 통상관계를 체결한다면 일본은 고립되어 감히 동병(動兵)하지 못할 것이고, 따라서 한반도의 안보가 보장된다."

외교에 둔감했던 조선은 청의 권고를 살뜰히 묵살했다. 청이 조언한 대로 미국이나 프랑스와 국제관계를 미리 텄다면, 강화도 조약을 맺을 필요도 없이 일본과는 평화 조약을 체결하는 것으로 수순을 정리할 수도 있었다.

대외적으로 무지했던 조선은 내부적으로도 심각하게 병들어 있었다.

"오늘은 자네 아이 잡아먹을 차례여!"

언제든 심한 보릿고개에 시달렸다. 기르던 개는 물론이고, 이웃집 아이를 잡아먹는 일이 전국에 암암리로 벌어졌다. 심한 기근에 시달리면서도 조선은 어찌된 일인지 농사를 짓지 않았다.

백성들은 농사를 짓고 싶어도 짓지 못했다. 양반들의 땅에 대한 독점과 투기, 그리고 괴이하기 짝이 없게 부과되는 세금 때문에 휴유지(* 놀리는 땅)가 넘쳐났다. 무당(진령군)에게 사로잡힌 민비는 나라살림을 거덜 내고 경제체제를 붕괴시켰다. 돈으로 관직을 산 벼슬아치들은 나랏돈을 빼돌리고 농민을 수탈했다.

"1895년 암호명 '여우 사냥'으로 불린 거사에 가담한 검객, 도오가쓰아키가 1908년 신사에 기증하였습니다. 봉납 기록에는 '조선 왕비를 이 칼로 베었다'라고 되어 있습니다."

히젠도에 대한 외국어 안내 음성이 들려왔다. 일본정부는 한국과의 관계를 위해 비공개 전시를 기본방침으로 하였지만 순번만 기다리면 언제든 히젠도를 볼 수 있다. 더군다나 친절한 외국어 안내까지……

나는 지나치게 친절한 일본인들의 면면을 파악했다. 그들을 지배하는 언어가 보인다.

"이랏샤이마세! (いらっしゃいませ: 어서 와요.)"

이상하다. 어디서든 환영 인사가 들렸다. 당신을 환영하지 않고는 못 배긴다는 듯 그들은 언제고 웃는 낯으로 인사했다.

"오겡끼데스까? (お元ですか: 건강하시죠?)"

제국주의 망령에 사로잡혀 서북아시아는 물론이고 동남아시아, 중앙아시아, 아시아란 아시아 모두를 페스트와 같은 독병에 시달리게 했던 그들의 반응치고는 의외였다. 나는 과거에 기대어 지금의 그들을 평가하는 것도 일종의 편견임을 깨달았다. 부모가 살인자라 해서 그 자식마저 살인자라고 할 수는 없다.

더불어 프랑스의 권리선언에는 무죄추정의 원칙이 있다.

"유죄판결이 확정될 때까지 피고인은 무죄로 추정한다."

220여 년 전, 프랑스 대혁명 때 마련된 이 법안은 현대의 모든 민·형법이 기본 원칙으로 삼고 있다. 그럼에도 불구하고 무뢰배의 소행은 참기 힘들다.

'한땐 나도 잘나가는 살인자였소!'

히젠도는 계속해서 그 말을 씨불였다. 또다시 추락하는 비행기에 탄 조종사의 절박한 심정이 느껴진다. 꾀꾀로 삶의 중요한 단서를 암시하듯 주어졌던 데자뷔, 마침내 착륙할 곳을 찾은 조종사는 거친 숨을 쉬는 대신 안정된 심호흡을 가져가고 있다.

'후……'

나는 비로소 데자뷔를 완성해야 할 시점이라는 것을 깨달았다. 일생일대의 불시착을 위하여 유리창을 살폈다. 결코 안전한 활주로로 보이진 않는다. 유리창은 철판보다 단단해 보였다.

'역사여, 내게 정의를 실현할 기회를 주소서!'

주먹을 불끈 쥐고 힘껏 후려쳤다.

'퍽!'

두껍던 강화안전 유리창이 거짓말처럼 내려앉는다.

'와장창'

관람객들의 비명소리가 팝콘처럼 튀겨 오르고, 나는 단상으로 뛰어올라 칼을 움켜쥐었다.

"꺄악!"

칼을 든 내 모습에 반했는지, 어느 동양인 여자가 경기를 일으키며 쓰러졌다. 이 모습은 어쩌면 전 세계의 TV에 화제 영상으로 나갈지도 모른다.

"프랑스의 소설작가가 일본의 신사에 뛰어들어 칼을 뽑았습니다."

세계인들은 칼의 정체에 대해 알게 될 것이다.

"무슨 놀라운 일을 한 것이지?"

김 이사는 얼마나 좋아할까! 노이즈 마케팅을 그다지 사랑하지 않는 그는 아마도 동네잔치를 벌일 것이다.

"난다? (なんだ: 뭐야?)"

몇몇 일본인들 입에서 탄성이 새나왔다. 칼집에서 녹조 같은 옥빛이 떠오르며 검은 소용돌이가 맴돌았다. 나는 그것이 민비 시대의 소용돌이임을 직감했다.

주문

'안 된다! 여기서 이러면……'

숨이 멎을 듯 긴박하게 드리워지는 그 시대의 소용돌이를 게워내며 기념비적인 유물을 바지춤에 끼워 넣고 달렸다. 신사 전체가 발칵 뒤집혔다. 몇몇 일본인 남성들이 뒤쫓아 왔다. 그들 중엔 승려 복장을 한 이도 있었다. 절로 입에서 일본어가 나갔다.

"좃또! (ちょっと: 잠깐!)"

손을 뻗어 정지신호를 보이자 추격자들도 순진하게 멈추어 선다. 칼을 손에 들자 또다시 그 시대, 언어의 소용돌이가 몰려오려 한다.

'지금은 안 된다고!'

가까스로 손에서 칼을 떼어 바지춤에 찼다. 보다 호젓한 공간이 필요하다.

"토루! (とる!: 잡아라!)"

추격전이 시작되었다. 바지 사이로 튀어나온 유물이 볼썽사납게
흔들렸다.

'헉헉……'

때마침, 거리엔 한창 마츠리(祭り: 축제)가 벌어지고 있었다.

"야마카미 야마카사."

수백 명의 일본인 남성들이 훈도시를 입고 커다란 가마를 운반하
고 있었다. 나는 운집한 군중들을 헤치며 가마행렬에 뛰어들었다.
미치도록 아름다운 엔도르핀이 샘솟는다.

문득, 내일이 세상의 종말이라 이렇듯 거침없이 사는 것도 멋진
일이란 생각이 든다. 가마행렬에 섞여 뜻도 모를 구호를 외쳤다.

"야마카미 야마카사."

산 같은 가마를 이고 달린다는 '오이야마' 축제, 셀 수 없이 많은
이들이 거리에 나와 축제를 즐기고 있었다. 바지춤에 찬 칼이 기특
했는지, 혹은 헉헉대며 뛰는 모습이 안타까웠는지, 누군가 손을 내
밀어 가마에 태워 주었다. 신사에서부터 뒤쫓던 이들은 구경꾼들
에 가로막혀 발을 동동 굴렀다.

"야바이! (やばい: 위험해!)"

그때, 수많은 인파 때문인지 앞의 축대가 무너지며 사람들이 우
수수 쏟아졌다. 앞서가는 가마와 충돌이 불가피한 상황, 이어서 아
찔한 상황이 펼쳐졌다. 한 아이가 가마 밑에 깔리려 한다. 나는 망
설임 없이 손가락을 까딱여 사람 없는 곳으로 가마를 날렸다. 다행

히 아이는 무사했지만 가마에 탔던 어른들이 팝콘처럼 튀어나와 길거리에 엉덩방아를 찧고 만다.

가마를 태워준 이가 눈치를 챘는지 엄지손가락을 척하니 꼽아 든다.

"스고이! (すごい: 굉장하다.)"

거리 한복판 바닥에 맨홀이 눈에 들어왔다. 추격자들의 눈을 피해 가마 밑으로 들어가니, 딱 맞춘 것처럼 맨홀뚜껑이 나타났다. 그걸 열어젖히며 마치 007 첩보영화의 주인공처럼 긴박하게 들어가니 약속이나 한 것처럼 가마의 뒤꽁무니가 막 지나간다.

맨홀 뚜껑을 덮자 세상과 단절된 것처럼 깊은 정적이 찾아왔다.

'휴!'

음산한 습기가 피부를 감쌌지만 이곳이라면 어느 누구의 방해도 받지 않을 것 같다. 비로소 칼을 빼어드니, 어둠 속에서 일곱 글자 '一瞬電光刺老狐(일순전광자노호)'가 옥빛을 띠며 발광했다. 현실인지 환상인지 경계가 모호한 안개가 휘감으며 뚜렷한 소용돌이를 형성했다.

소용돌이에 점점 빨려 들어가며 누군가 외치는 소리가 들려왔다.

"저들을 죽이리라!"

카랑카랑한 목소리에 귀 기울이니 차분한 3D영상처럼 사람의 형상이 보이기 시작한다. 나는 민비를 보았다. 그녀는 정갈한 한옥 방에 들어앉아 악에 받쳐 저주를 퍼붓고 있었다.

"죽이리라. 도성을 빠져나올 때 당한 치욕을 생각하면 사지를 찢어 죽여도 시원치 않으리라."

민비의 여주 피난을 도운 조카 민영위가 입을 열었다.

"마마, 고정하시옵소서."

"이렇듯 통분할 수가 없구나! 미천한 것들이 감히 나를 능멸하려 들어?"

민비는 애먼 목침을 쥐어뜯었다.

"내 몇 번이고 가마에서 뛰어나가 놈들의 숨통을 틀어쥐고 싶은 것을 참았느니라."

"마마, 고정하소서."

민영위는 사령이 달여 온 명심탕과 수정과를 들였다.

'꿀꺽꿀꺽'

민비가 들이켜는 수정과에서 진한 계피향이 풍겼다. 하물며 그녀가 내쉬는 숨소리에서도 계피향이 묻어난다. 민비의 안색을 살피던 민영위가 입을 떼었다.

"마마, 청의 요구대로 하실 생각입니까?"

"일본 포로가 될지언정 조선 백성에게 죽을 수는 없다."

민비의 인상에 주목했다. 뾰족한 턱에 날카로운 눈매가 서늘하다. 기밀문서 다루듯 민영위가 두루마리를 펴들었다. 나는 직감적으로 그것이 신비 주문, 민비의 밀약임을 깨달았다. 이것만 확인하면 되느니!

눈을 반짝이며 집중한 순간, 난 그것이 불가능한 미션임을 깨달았다.

'대체? 어떻게 읽는 것이냐!'

그것은 한자로 써져 있었다. 민영위는 두루마리를 살피며 눈썹을 꿈틀거렸다.

"꼭 이렇게까지 해야 합니까?"

"방법이 없지 않느냐?"

"아무리 생각해도 이건 너무 심한 처사이옵니다."

제발, 밀약의 내용을 알려주시오! 공기를 긁어내는 듯한 민비의 목소리가 정수리에 찬물을 붓는 것 같이 카랑카랑 울렸다.

"무슨 소릴 하는 게야? 나는 물론이고 우리 가문이 끊기는 걸 보고 싶은 게야?"

"나라까지 팔아먹었다는 오명을 남길 수는 없습니다."

"천둥벌거숭이 같은 놈들에게 죽을 순 없다."

"정녕 조선을 청에 내어줄 것입니까?"

아~씨, 저 고약한 놈의 한자 좀 읽어주라. 제발 좀!

"어찌하겠느냐? 우리에겐 여지가 없느니라."

민영위는 두루마리를 들어 큰 목소리로 읽어나갔다. 천금 같던 궁금증이 해소되는 순간이렷다!

"附庸之國(부용지국), 조선은 청에 딸린 예속국임을 인정하고 그 예와 의무를 다할 것을 맹세하라." [* 예속국: 속국(屬國), 딸린 국가]

체념한 목소리로 민비가 말했다.

"나는 약조할 수밖에 없느니!"

"마마, 아니 됩니다."

"내가 살아야 우리 가문도 본체하느니라."

"마마, 가문도 나라가 있어야 합니다."

"시끄럽다. 너는 다만 청에 나의 뜻을 전하라."

고개를 조아리며 민영위가 아뢴다.

"마마, 남경만은 지켜야 합니다. 개경을 기점으로 이북 땅만 청에 내어주십시오."

"물건을 반으로 잘라주면 누가 받아들이겠느냐?"

"청은 대대로 운산의 금광을 탐하였으니 평북을 내어주면 이에 합할 것입니다. 다만 구두로만 약조하시고 정국이 안정된 후에 차차 이행할 거라 언질 주십시오."

"알았다. 너는 내 편에 있으라!"

밀약의 내용을 알았다. 민비는 일말의 자비도 베풀 수 없는 인물임이 확실하다. 그녀는 자기 한 몸의 안위를 위하여 나라를 팔아먹고, (적을 물리쳐달라는 지원군이 아닌, 자국민을 죽여 달라는) 군대를 빌리는 조건으로 세계 3대 금광 중에 하나인 평북 운산의 금광 채굴권을 넘겼다.

"여우의 동태가 심상치 않습니다."

눈치 빠른 조선 주재 일본총독부가 모를 리 없다. 그들은 민비와 청의 모종 관계를 꿰뚫어 보고 있었다.

"난다? 빠가니 나루까! (なんだ? ばかに なるか!: 뭐냐? 바보가 될까 보냐.)"

일본은 민비에게 심히 노하였다. 조선이 청의 속국이 되면 일본이 고립되는 것은 불을 보듯 뻔한 일! 급기야 암살 명령을 내리니, 코드명은 이름하여 '여우 사냥'.

"얏츠게로, 데와 와레라가 이끼루! (やっつけろ, では われらが いき

る!: 죽여라. 그래야 우리가 산다.)"

'가마에 민비가 타고 있다.'

나는 그 말을 속으로 되뇌며 곧바로 주문을 외웠다.

'부용지국, 조선은 청에 딸린 예속국임을 인정하고 예와 의무를 다할 것을 맹세하라.'

마치 영사기의 영화필름 돌아가는 소리처럼 무언가 걸리적거리는 소리가 요란하다. 짙은 암흑의 소용돌이가 눈앞에 나타나며, 음울한 기운이 몸을 감쌌다. 꺼림칙하지만 그 소용돌이에 발을 들이지 않을 수 없다.

"우린 도적이 아니다. 이것을 취한다면 도적 패거리와 다를 바 없다. 모두 태워 버린다."

핫바지를 입은 시민군들이 곳간에서 물건들을 내오고 있었다. 온갖 패물과 재물이 넘쳐나 드넓은 마당에 발 디딜 틈도 없다. 우두머리의 지시에 따라 시민군들은 곳간에서 내온 물건들에 불을 붙이기 시작했다. 그것들을 마당에 쌓아놓고 불을 지르자 신기하게도 불꽃에서 오색이 나타났다. 비단, 주옥, 패물들이 불타며 마치 자수한 것처럼 불꽃이 아름답다.

"저 아까운 것을 왜 태우노?"

지켜 선 아낙들이 수군거렸다. 인삼, 녹용, 사향이 타면서 나오는 향기는 수십 리 밖에까지 진동했다. 아낙들의 수군거림이 아우성으로 바뀌었다.

"먹을 것은 주이소!"

"우리 아는 사흘을 굶었소."

시민군들은 태우려던 쌀과 보리, 잡곡은 민중들에게 나누어주었다. 불에 뛰어들어 쌀가마니를 짊어지고 가는 이도 많았다. 그들은 민겸호의 집, 처마기둥에 불을 붙이며 외쳤다.

"민겸호를 죽여라!"

나만 그럴까? 아름드리 한옥 집이 불타는 것이 안타까울 따름, 마침내 민겸호를 잡아 처단한 시민군들은 궁을 습격했다. 이번엔 일반 시민들도 함께였다. 동란에 벌벌 떨던 아낙이나 아이들도 시민군에 합세해 궁을 에워쌌다.

"개간년을 잡아라."

어수선한 가운데 윤숙이 알려준 말이 떠올랐다.

'가마에 민비가……, 대체?'

육신이 없는데 어떻게 소리를 내지! 허를 찔린 느낌에 모골이 송연하다. 그 와중에 궁내에서 누군가 가마를 타고 뒷문으로 빠져나가려는 것이 눈에 들어왔다.

'아, 어떻게 해야 하지?'

마음의 평정을 찾으니 마리엔이 알려준 빙의하는 방법이 떠올랐다. 나는 조선인들의 마음을 들여다보았다. 조선 백성들의 저마다 원하는 언어는 비슷했다.

'내 아이 배불리 먹여봤으면…….'

나는 어느 처자를 보았다. 그녀의 소원하는 목소리는 남다르다.

'말하고 싶다!'

그래요, 내가 말하게 해주리다. 나는 이름 모를 그녀에게 빙의했다. 드골의 말을 가로막았던 것처럼 처자의 목청을 사로잡았다.

실험방송을 해보자, 일단 '아' 소리부터……

"아."

처자는 나의 의지에 곧잘 따랐다. 언뜻 가마가 나오려는 것이 보인다. 몇몇 시민군들이 지켜보는 가운데 윤숙이 일러준 말을 되뇌었다.

"가마에……."

목소리가 너무 작다. 처자 자신도 어리벙벙한지 말문을 닫은 상태, 이상하게도 목소리가 잘 나지 않는다. 가마는 뒷문을 빠져나와 점점 멀어져가고, 일생일대의 기회가 눈앞에 있건만 처자의 성대는 좀처럼 말을 듣지 않는다. 초조함에 괄약근마저 움찔움찔 떨리는데, 그때 누군가 소리쳤다.

"가마에 민비가 타고 있다."

어느 소년이 뛰어오며 또랑또랑한 목소리로 외쳤다. 엥? 굳이 내가 나설 필요가 없잖아! 금세 소란이 일었다.

"뭣이여?"

성곽을 지키던 시민군들도 뒷문으로 몰려들었다. 가마를 에워싸고 몸싸움이 벌어졌다. 개중엔 험한 욕설도 튀어나왔다.

"썩을 년이 가마에 타고 있는 겨?"

"어디 얼굴 좀 내밀어 봐. 그 음탕한 낯짝 좀 보게!"

그때, 예기치 못한 목소리가 들렸다.

"이 여인은 나의 누이요."

무예별감 홍재희가 나서며 말했다. 시민군들은 순전한 표정으로,

"참말이오?"

"그렇소. 왕실 가마는 이미 동문으로 빠져나갔소."

"이런, 벌써 동문으로 나갔다는데……."

시민군의 기세가 한층 꺾여버렸다. 이런 어리숙한 사람들, 곧이 곧대로 믿다니, 그 말을 믿는다 해도 가마 안이나 한번 떠들어보던 가! 그들은 갈피 잡지 못하는 양떼처럼 우왕좌왕했다. 그들이 헤맬 수록 가마는 멀어져 갔다. 기필코 가마를 세워야 한다! 크게는 조선과 아시아, 작게는 육포아낙과 그 마을사람들을 위하여…….

처자여! 목소리를 내어라.

"까……가마에 민비 맞다."

턱없이 작은 목소리, 그나마 웅성거리는 소리에 묻혀버렸다. 하물며 누군가 우렁찬 목소리로 외쳤다.

"동문으로 가자."

시민군들은 동문으로 향했다. 처자여, 다시 한 번 목소리를 내어라. 외쳐라. 큰 목소리로!

"악."

처자는 비명부터 질렀다. 처자의 반응에 나도, 시민군들도 얼떨떨했지만 어쨌든 시선을 끌어모으는 데는 성공했다. 나는 빙의한 처자의 성대를 장악하고 음량을 최고조로 올렸다.

"조선의……."

가마를 가리키며,

"나는 조선의 국모다!"

정지화면처럼 모두가 멈췄다. 처자 옆에 죽창을 들고 있던 이가 있었는데 팔의 힘이 풀린 탓에 죽창이 떨어져 땅바닥을 구르며 희한한 소리를 냈다.

'둥구당당 두르릉!'

마치 가야금이 땅에 엎어지며 낼 것 같은 소리가 귓가에 스치며, 사람들의 시선은 떨어진 죽창에서 처자로, 또 가마로 옮겨갔다. 그때 믿기 힘든 일이 일어났다. 가마가 슬그머니 땅에 내려앉는가 싶더니, 한 여인이 나타났다. 그녀는 얼굴을 가리고 있던 장옷을 허공에 흩뿌렸다. 그녀는 불타는 눈빛으로 처자를 쏘아보았다.

민비의 최후

　거짓을 꾸민 무예별감 홍재희는 포박된 채, 심하게 쥐어터진 듯 주둥이가 퉁퉁 부어 있었다. 민비를 잡았다는 소식에 사람들이 개미떼처럼 몰려왔다. 시민군의 사기는 하늘을 찌를 기세다.

　"기적을 보았습니다."

　처자의 아비가 들뜬 목소리로 외쳤다. 가만 보니 죽창을 손에서 놓쳤던 그 사내다.

　"제 딸자식은 벙어리였습니다. 평생을 침묵 속에 살다가 오늘에야 입이 터졌습니다."

　아, 그래서 처자의 소원이 남달랐구나!

　"와, 하하하!"

　사람들은 민비를 잡은 것보다 벙어리처자 말문 터진 게 더 좋다는 듯 웃었다. 이윽고 시민군의 우두머리가 근엄한 목소리로 외쳤다.

"민비를 대령하라."

민비가 끌려나왔다. 그녀는 누군가의 발을 밟았지만 되레 발 밟힌 이를 꾸짖는다.

"네 이놈! 무엄하도다."

민비는 유유히 걸어 나와 시민군들 앞에 섰다. 어깨에 걸친 장옷을 적삼처럼 휘날리며 그녀는 소리쳤다.

"나를 죽여라!"

어찌된 일인지 그 한마디에 숙면과도 같은 침묵이 찾아왔다. 시간이 정지한 것처럼 그 많은 시민군들에게서 작은 숨소리 하나 들리지 않는다.

"으아앙~"

침묵을 깨고 어느 젖먹이가 울음을 터트렸다. 군집한 사람들의 시선은 민비에게서 젖먹이 아기에게로, 또다시 민비에게로 향했다.

"나는 한 번도 네놈들을 내 백성이라 생각해본 적 없다."

칼춤을 추듯 민비의 목소리가 공중에서 카랑카랑 울렸다.

"나를 죽이는 게 좋을 것이다. 오늘의 수치를 되갚아 주기 위해서라도 반드시 네놈들을 찢어 죽이리라!"

나는 드디어 민비가 미쳤다고 생각했다. 그리고 민비보다 정신나간 사람들을 보았다. 조선의 백성들은 손에서 무기를 내려놓았다. 칼과 창, 조악한 몽둥이와 곡괭이가 연약한 민초들의 손을 떠나 땅바닥에 내려앉으며 풀썩거리는 소리를 냈다.

'조선인들이여, 뭐 하는 짓인가!'

조선의 민초들은 하나둘 궁을 빠져나가기 시작했다. 나는 빙의한 처자의 눈으로 지켜볼 수밖에 없었다.

'저대로 내버려 둘 것인가?'

시민군들은 마치 소문난 잔치에 떡 하나 얻어먹지 못한 사람들처럼 빠져나갔다. 정녕, 이게 끝은 아닐 것이다. 하다못해 영웅심에 불타는 어느 청년이 불식간에 뛰어들어 민비에게 정의의 단칼을 선사하길, 그래서 애국뿐만 아니라 동아시아의 평화적 대업을 달성하기를 진심으로 바라고 괴로워했다.

'조선인들이여, 무기를 들어라. 시민들이여. 너희의 군대를 만들어라. 나아가자. 더러운 피를 물처럼 흐르게 하자.'

나는 조선을 위하여 〈마르세예즈〉를 불렀다. 그럼에도 조선 백성들은 가만히 궁을 빠져나간다.

'가만히 있을 거야? 저렇듯 악에 바쳐 공약하잖아!'

나는 조선의 민초들 얼굴 하나하나 들여다보며 속삭였다. 치열하게 속삭였지만 그들은 어깨를 들썩거리지도 않는다. 이 순간, 그들을 지배하는 언어는 무엇인가! 속삭임은 유혹으로 바뀌어 간절했지만 내 목소리를 귀담아 듣는 이는 없다. 정녕, 나의 프랑스는 괜찮을까?

터널

'어찌하여······!'

정신을 차리니 눈에 눈물이 고여 있었다. 머리 위를 쳐다보니, 맨홀 뚜껑이 닫혀 있는 역사만큼이나 둔중하다. 시민군에 의해 처형된 민겸호는 민씨 일파인 김보현과 함께 궁궐 개천에 수일 동안 버려졌다. 매천 황현은 민겸호의 사체를 보며 이렇게 묘사했다.

> "살이 물에 불어서 하얗고 흐느적거렸으며 고기를 썰어놓은 것 같
> 기도 하고 씻어놓은 것 같기도 하였다."

부귀영화야 한순간인 걸! 오욕을 일삼다 오명에 가면 인간에겐 무엇이 남는가? 현실에 찌들어 구정물이 그득한 육신, 물에 분 것

같은 고깃덩이 하나 덩그러니 남길 뿐인데……. 착잡한 마음에 맨홀 뚜껑을 들어 올렸다. 워낙 급작스러워 입도 벙긋하지 못했다.

'붕'

자동차가 머리 위로 전광석화처럼 지나갔다. 바닥에 낙마하듯 떨어지며 거친 숨이 폐를 파고든다. 한동안 웅크리고 앉아 조선을 기렸다.

'가마에 민비가 타고 있다.' 어찌 되었든 윤숙과의 약속은 지킨 것이야!

이마에서 미열이 느껴졌다. 흐느끼고 싶은 것을 떨쳐내며 발걸음을 재촉하려는데, 한 걸음 뗄 때마다 조선의 백성들이 눈에 밟힌다. 순박하기 이를 데 없는 사람들, 초라한 행색에 피죽도 얻어먹지 못한 것 같은 퀭한 얼굴로 끝끝내 손에 피를 묻히기 싫어했던 그 바보 같은 순수함, 그리고 지순한 멍청함, 벙어리처자는 어찌 되었을꼬!

'아이코.'

남 걱정할 때가 아니었다. 터널 천장의 돌출한 무언가가 머리를 때렸다. 시야는 어둡고 터널 천장에 윗머리가 닿을 듯 말 듯하다. 어쩐지 죽음으로 통하는 터널이라 해도 무방할 성싶다. 무심코 걸었다. 질척거리듯 흘러가는 물소리가 한적하다. 더럽고 습한 터널 안이라 생각했는데 시간이 흐르니 무척이나 아늑하게 느껴진다.

'나를 열고 자유를 얻어!'

드문드문 머리 위로 나타난 맨홀 뚜껑이 터널에서의 해방을 선언했지만 이 또한 무심코 지나쳤다. 적응하는 게 무섭다. 터널 속에 갇힌 마음이 도시에 닫힌 마음보다 편안하다. 마침내 저 앞으로 빛이 보이기 시작했다.

'헛?'

하마터면 입 밖으로 비명을 지를 뻔했다. 거적떼기를 뒤집어쓴 사람이 누워 있다. 살아 있는 사람이라도 무섭고 죽은 사람이라도 무섭다. 그의 옆을 지나칠 땐 소름이 돋았다. 불현듯 그가 거적을 벗고 덮칠까 봐 심히 떨렸다.

다행히 터널 끝에 미치기까지 아무런 일도 일어나지 않았다. 다만 터널의 끝이라 생각했는데 철창이 쳐져 있었다. 철창은 꿈쩍도 하지 않았다. 다시금 시체 같은 거적을 거쳐 마지막으로 보았던 맨홀 뚜껑에까지 가려니 닭살이 돋는다.

'구멍이다!'

문득, 수풀에 가려져 있던 개구멍이 눈에 들어왔다. 거적을 뒤집어쓴 아저씨는 이곳을 통해 들어왔던 게야! 개구멍을 통해 나가려는데 '아뿔싸!' 히젠도가 없다. 뚜껑 열고 나가려다 자동차에 놀라 떨어졌을 때 잃어버렸을까, 시체처럼 누워 있는 거적 아저씨가 훔쳤을까? 곰곰이 생각해보니 눈을 뜬 직후에도 히젠도가 손에 들려 있던 것 같진 않다.

'무슨 상관인가, 칼은 더 이상 필요가 없는데…….'

마침내 터널을 벗어난 물은 키 작은 폭포를 형성하며 떨어지고 있었다. 민비의 요청으로 원정 온 청나라 군대는 조선의 백성들만 죽인 게 아니다. 장안에 어른들이 죽자 걸식하는 어린이들이 거리에 넘쳐났다.

청나라 군대는 그 아이들을 붙잡아 본국에 팔아넘겼는데, 그 수가 1년에 수천, 수만이나 되었다. 그리고 십여 년 후 본격적인 민란, 제2차 동학이 일어났을 땐 곱절의 부모가 죽고 곱절의 아이들이 팔려나갔다. 원정군이 발동할 때마다 겁탈당해야 했던 조선의 여인들에 대한 것까진 말하지 않으련다. 다만⋯⋯,

'이런 어리숙한 사람들!'

결국 민비에게 칼 들이대지 못한 조선인들을 수련하며 터널을 벗어났다.

단추의 비밀

　호텔방 침대에 쓰러지며 모든 게 끝났다는 생각이 들었다. 신음과 함께 마약 같은 잠이 찾아왔다. 잠결에 좀비가 된 조선인들이 보였다. 끝이 없는 터널과도 같은 곳에서 뼈가 스러지고 살점이 뜯겨나간 조선인들이 술에 취한 듯 휘청거리며 돌아다녔다. 어느 조선인 좀비가 나를 발견하고는 다가왔다. 움직일수록 따라붙는 좀비들이 늘어난다. 그들을 피해 도망가려는데 막다른 벽이다.

　돌아서려는데 갑자기 불쑥, 벙어리처자 좀비가 들려들어 썩은 치아를 드러내는데……

　'악!'

　잠이 깼을 땐, 온몸이 식은땀에 젖어 있었다. 베란다 창을 여니 미세먼지가 코끝을 간지럽힌다. 고도의 경제성장과 전 세계에 한

류열풍을 일으키며 문화적 열강으로서의 자부심을 누리고 있지만 한국은 속으로 페스트를 앓고 있다.

젊은이들은 꿈을 상실했고, 새 생명은 태어나지 않는다. 한국은 낮은 저출산보다 높은 자살률, 그리고 암발생률을 염려해야 한다. 12년 연속 매년 세계 최고치를 갱신해나가는 한국의 자살률과 암발생은 놀랍다 못해 경이로울 지경이다.

"전화 안 받아?"

휴대전화엔 마리엔으로부터 온 전화가 수두룩하다. 그녀를 대할 낯이 없다.

"어떻게 한 거야?"

"내가 한 짓이 그렇지 뭐!"

"넌 대단해. 아시아에 평화가 깃들기를……."

마리엔은 프랑스가 예전 모습을 되찾았다 부연했다.

"정말이야?"

"프랑스는 나의 조국이 되었어."

전화를 끊고 뭔가 이상타! 샤워를 하며 지난밤 배수 터널에서 밴 곰팡내를 씻어냈다.

'어찌 되었든 윤숙과의 약속은 지켰으니…….'

날이 밝는 대로 비행기에 몸을 실었다. 12시간 남짓한 비행시간이 몹시도 지루하게 느껴진다. 실현되면 일대 혁신을 불러올 상상력이 있다. 더 이상 비행기가 필요 없다. 대신 하늘에 지구 자전을 이용한 정거장을 설치하면 된다. 비좁은 비행기 좌석에서 인내하며 기다리는 대신 하늘 정거장에 머물며 영화도 보고 쇼핑도 하고, 여가를 즐기다가 지구가 자전한 시간에 맞춰 내려오면 내가 원하는 여행지다.

구상한 것을 어떻게 하면 다음 작품에서 잘 묘사할 수 있을지 메모연습을 하는 동안, 어느덧 비행기는 공항에 착륙했다. 예전엔 무덤덤하게 지나쳤지만 공항 이름을 확인하며 가슴이 두근거린다.

"드골 공항"

내친 김에 드골 광장으로 내달렸다. 페탱은 사라지고 장대한 드골의 동상이 분수대 앞에 자리하고 있었다. 나는 하마터면 동상 위로 뛰어올라 청동 몸의 드골 장군을 껴안고 춤출 뻔했다.

'저것은 무엇이냐?'

어찌 된 영문인지 뉴욕의 타임스퀘어를 본뜬 삼각형 모양의 건물은 여전했다. 그리고 내 얼굴이 커다란 광고판에 그대로 떠 있다. 전광 화면의 나는 입을 벙긋거리며 자막을 통해 이런 말을 하고 있었다.

"프랑스 현대문학은 이것입니다. 바로 인문학을 추구하는 소설이죠."

뭔가 이상타. 드골이 생존해 있는 제대로 된 프랑스인 듯한데, 여전히 나는 유명작가네? 나는 마리엔과 함께 했던 카페테라스에 엉덩이를 붙였다.

'푸드덕'

비둘기 한 마리가 분수대에 뛰어들어 몸을 씻는다. 한 마리가 뛰어드니 무리 전체가 물에 뛰어들어 몸을 씻었다. 간만에 맛보는 크로크무슈는 고소한 베사멜 향부터 풍겼다.

"여기 있을 줄 알았어."

눈을 들어보니 마리엔과 이자벨이 보였다. 신선한 설렘이 심장을 마사지하는 게 느껴진다. 나는 태연을 가장하며 물었다.

"아프리카로 간 줄 알았는데?"

"해결되었어!"

"어떻게?"

"시간이 지나면 절로 알게 될 거야."

"넌 어땠어?"

이상하게도 감정이 고양되는 게 내 감정을 나도 모르겠다.

"죽을 고비를 넘기진 않았는데, 수차례 죽었다 살아난 것 같아."

마리엔은 무신경한 눈빛으로 말했다.

'결국 죽었단 얘기야, 살았단 얘기야?'

나는 마리엔을 사랑하고 있다는 것을 알았다. 어느새 그녀가 체득한 한류 화장술 때문만은 아니다.

"박물관에 가볼까요?"

이자벨이 겸연쩍은 미소를 흘리며 일어섰다. 광장을 가로질러 걸으며 마리엔의 손을 잡았다. 그녀는 배시시 웃었다. 이제야 모든 것이 제대로 된 것 같다. 따사로운 가을햇살이 드골 박물관의 전관을 비추었다.

'단추여, 안녕했는가?'

나는 이 모든 여정의 시초, 단추를 찾았다. 장군의 외투가 두 팔 벌려 우리를 환영했다.

"없어!"

마리엔의 눈빛이 불투명하다. 예전에 파리 시내를 걷다가 코앞에서 소매치기당한 기분이 다시금 떠오른다.

"정말이네, 어디 갔지?"

외투의 맨 윗단추가 없다. 우리는 공통의 상실감에 젖어 창에 매달렸다.

"이것을 찾는가?"

뒤돌아보니 반백의 신사가 손을 뻗는다. 그의 손엔 단추가 들려 있었다.

"그것을 어떻게?"

반백의 신사는 미소를 거두며 정체를 밝혔다.

"나는 여기 박물관 소장이네."

소장이면 유물을 훼손해도 된단 말인가요?

"오해는 말게, 이건 개인적인 유품이라네."

그는 단추에 대한 사연을 이야기했다.

"전쟁터에 나가는 아들을 위해 어머니는 단추 뒷면을 쇠붙이로 덧입혔다네. 전투에서 총알이 날아들었고 공교롭게도 단추에 맞았지."

박물관 소장은 부드러운 손길로 동전 크기의 단추를 어루만졌다.

"이야기는 퍼져나가 사기를 드높였지. 그가 속한 부대는 승승장구하며 많은 전공을 쌓았다네. 전쟁이 끝나고 병사는 자신의 목숨을 지켜준 단추를 장군에게 선물했다네."

마리엔의 눈빛을 보니 '결국 아들은 살았나요, 죽었나요?' 묻고 있다. 박물관 소장은 외투의 윗자락을 가리켰다.

"이것이 장군을 지켜 줄 거라며! 드골 장군은 내 아버지를 운전사로 고용했지."

"그럼 당신 아버지가……?"

반백의 신사, 박물관 소장은 고개를 끄덕였다.

"나의 이름은 가브리엘, 아버지 이름을 그대로 땄다네."

참으로 동화 같은 사연에 우리들은 눈을 휘둥그레 떴다.

"총성이 있던 그날 밤, 드골 장군은 부상당한 우리 아버지를 찾아왔네. 그러고는 찾아낸 단추를 건넸지."

이자벨의 눈가가 촉촉이 젖어 있었다. 소장은 손에 들고 있던 단추를 내게 건넸다.

"이걸 자네에게 주겠네."

나는 아직도 단추를 만지작거리던 집게손가락의 집요한 버릇을 기억하고 있다.

"이걸 왜 제게……?"

"자네가 한 일을 알고 있네. 인류를 대표하여 수여하는 훈장으로 여겨주게."

두 번의 총탄을 막아낸 단추는 확연히 금이 가 있었지만 단단하고 묵직했다.

"아, 그리고 나의 사자가 친구를 돌려주어 고맙다고 전해달라 더군!"

박물관 소장은 머리를 쓸며 지나갔다. 그의 우아한 머릿결이 부러워 머리를 만지는 순간, 민둥산에 풀 몇 포기처럼 간신히 세 가닥의 머리털이 잡힐 뿐이다.

'아, 사자의 능력이 빠져나갔구나!'

상을 줄 거면 제대로 된 것을 줄 일이지. 나는 머리를 감싸 쥐며 아쉬워했다.

이자벨

한국의 비극을 막지 못했다. 윤숙과의 약속을 이행했다고 자신
할 수 없다.

'가마에 민비가 타고 있다.' 미처 그 말을 외치기 전에 누군가 말
했고, 적의에 가득 찬 민비는 여전히 과거의 시간대에 살아 있다.
화려한 샹들리에가 천장 가득 자리한 고급 레스토랑, 마리엔은 신
나서 떠들었다.

"청일전쟁은 물론이고 러일전쟁도 없어졌어. 대한민국은 평화
와 번영의 상징이 되었지."

'그게 말이 안 되는 게……' 반박하고 싶지만 모든 공로를 내가
떠안고 있는 상황에서 뒤집는 발언을 한다는 게 쉽지 않단 말이지!
향기로운 음식, 트뤼프(* 송로버섯)가 입안에 씹혔지만 맛이 느껴지

지 않았다.

"친구, 무얼 그리 고민하는가?"

옆의 빈 의자에 누군가 걸터앉으며 속삭였다. 나는 그의 정체를 확인하고는 깜짝 놀라 주변부터 살폈다.

"루시퍼, 어떻게?"

눈을 들어 샹들리에를 쳐다본다. 어쩌면 수정 속에 빛나는 저 빛처럼 현실은 기묘한 환상으로 가득할지도 모른다. 눈앞에 펼쳐진 광경을 믿을 수가 없다. 시간이 정지한 채 모든 게 멈춰져 있었다. 수다 떨기 바쁘던 마리엔은 입을 벌린 채 가만히 있고, 이자벨은 조신한 태도로 석고상처럼 굳어 있었다.

"무슨 짓을 한 것이오? 사탄!"

명예롭지 않은 그의 이름을 부른 것에 발끈할 만도 한데, 루시퍼는 가만히 포크를 들어 내 접시에서 트뤼프 하나를 찍어 입에 넣었다.

"음, 기막히군!"

그는 자근자근 씹어 삼킨 후 말문을 열었다.

"결계가 풀렸네. 굳이 자네가 불러주지 않아도 이 세계에 드나들 수가 있지."

주변을 살펴보니 다른 곳도 상황은 마찬가지다. 맞은편 테이블에 물을 쏟기 일보 직전인 웨이트리스의 당혹스런 표정이 눈길을 끈다. 공중으로 떠오른 물은 고드름처럼 굳어 있었다. 사악한 짓을 꾸미고 있다는 경계심은 사그라지며 어릴 적, 꿈꿔오던 환상에 감탄사가 절로 새나왔다.

"오, 당신의 능력이 내게도 임하소서."

루시퍼는 껄껄 웃음을 터트렸다.

"진실로 이르는데, 내가 가진 능력이 부럽지 않을 때가 올 것이네."

"그게 정말입니까?"

"땅에 맹세하지!"

"하늘도 아니고, 굳이 그곳에는 왜……?"

땅을 주재하는 그는 친절하게도 설명했다.

"하늘에 바라는 소원은 주소창 없는 메일과 같다네. 자네가 먹는 음식 모두 땅에서 나오지 않는가? 모든 물질은 땅에서 나오며, 난 그곳을 다스리지. 소원을 빌고 싶으면 하늘천사가 아닌 내게 빌게나!"

또 한 번, 접시에서 트뤼프를 집어가려는 그의 포크질을 가로막으며 물었다.

"결계는 어찌 풀렸고, 아시아는 어찌 된 것이오?"

"마치 내가 큰 잘못이라도 저지른 것처럼 말하는군!"

루시퍼는 들고 있던 작은 삼지창(* 포크)을 내려놓으며 입을 열었다.

"자네가 나의 세계로 왔을 때 나누었던 말 기억하는가? 인간이 내세우는 유일한 가치……."

"나 살기 위한다면 남을 해하는 것에 망설임이 없다는?"

"그래, 인간의 역사는 자네가 말한 가치에 헌신하며 흘러왔네. 단 한 번도 그것을 거스른 적이 없지."

루시퍼는 자리에서 일어나 웨이트리스가 놓친 컵을 들어 공중에 떠 있는 물을 쓸어 담았다. 시간을 원래대로 흘러가게 내버려둔다면 그 물은 어느 손님의 바지 자락을 적셨을 것이다.

"이 여인 말이야!"

루시퍼는 웨이트리스의 얼굴을 보며 공중에서 모은 물을 홀짝였다.

"장차 어떤 인물이 될 것 같은가?"

지극히 평범한 웨이트리스의 생김새에 별다른 호기심을 느끼진 못하겠다.

"무엇을 하게 되는데요?"

루시퍼는 심술궂게 웃었다.

"허허, 말해줄 수 없네. 말했다간 자네는 이 여인을 지배하려 들겠지."

'웨이트리스의 정체가 뭐기에?' 나는 루시퍼가 행한 친절에 더하여 쓰러지려는 그녀를 바로잡아 주었다. 그리고 그녀와 부딪쳐 놓고는 되레 불쾌한 표정을 짓는 남성의 뺨을 한 대 후려갈겼다.

"하하하!"

루시퍼는 내 행동이 재미있는지 연신 웃음을 터트렸다.

"자네는 여인의 인물 됨에는 관심 없어. '무엇이 되냐?'는 자네 질문처럼 오직 나에게 이익을 끼칠까, 아닐까를 판단하지."

물컵에 옆구리를 찔린 느낌이 들었지만 태연한 척 물었다.

"물맛은 어때요?"

"허허, 물이 물맛이지."

루시퍼는 장난기 거둔 낯빛으로 말했다.

"인간을 사랑하게. 그가 미래에 무엇이 될까!, 가 아닌 어떤 삶을 거친 누구였나!, 에 관심을 가지게 될 거야."

"당신이 사랑에 관심이 있는 줄은 몰랐는데요?"

"인간을 창조한 이가 누구인지 벌써 잊었는가?"

"그걸 믿으라고요? 적어도 인간을 파괴하려 한 이가 누구인지는 알고 있죠."

뭔가 할 말이 있어 보였지만 루시퍼는 쓰게 웃었다.

"조선은 어찌 된 겁니까?"

"자네의 행동이 인간의 가치를 재평가하게 만들었지."

"무슨 의미죠?"

"자네야말로 결계를 풀었네. 아니 정확히는 조선의 백성들이 풀었다고 해야겠군. 인간은 자연의 일부로 방치되었지만, 이제는 적극적으로 사자의 보살핌을 받는 존재가 되었다네. 덕분에 우리들이 바빠졌지."

"노동의 가치를 발견하세요. 일이 없을 때에 더욱 힘든 법이죠."

그는 청명한 웃음소릴 터트렸다. 그러곤 시선을 돌려 웨이트리스를 가리켰다.

"이 여인, 테러의 위협으로부터 프랑스를 지켜낸다면 어떤가?"

"정말입니까?"

지극히 평범해 보였던 웨이트리스가 전혀 다른 대상으로 보인다. 그녀는 심지어 전설적인 여배우 이자벨 아자니의 모습을 연상케 했다.

"프랑스가 테러집단의 표적이 된 건 식민지 시대의 유산이야. 침략과 지배는 멋대로, 정작 식민지에서 발 뺄 때는 무책임하게 행동하지 않았던가! 이민자들에 대한 뿌리 깊은 차별은 또 어떻고, 그대들은 역사를 공유한 알제리 사람들에게도 냉소로 일관하지 않는가! 어찌 되었든 프랑스뿐만 아니라 유럽 전체가 이 여인이 미래에 한 일에 대해 감사하게 될 거네. 우린 적극적으로 이 여인을 도울 것이야."

"잠재력 있는 인물을 발굴해 적재적소에 배치하는 일을 하는 겁니까?"

"이해가 빠르군. 팔이나 다리에 위치해야 할 세포가 뇌에 자리한다면 그 몸은 어떻게 되겠는가?"

그의 칭찬과 별개로, 뭐 하나 제대로 이해한 것이 없는 것 같다.

"모르겠는데요. 그게 조선의 평화와 무슨 연관이 있는지?"

"자네가 빙의한 조선인 처자 말이야. 이 웨이트리스가 일궈낼 업적과 버금가는 일을 행했다네."

나는 벙어리처자를 생각해냈다. 말하고 싶다던 그녀의 소박한 꿈이 아시아 전체의 평화를 위한 원대한 소망으로 이루어진 것을 보며 전율이 돋았다.

"난 이만 가보겠네. 오랜 친구와 저녁 약속이 있어서 말이지."

"잠깐! 당신이 내게 들어온 것도 일종의 빙의 맞죠?"

"그렇다고 볼 수 있지."

"소원하는 자에게만 빙의할 수 있다고 하던데요."

"그거라면 이루어지지 않았나! 시대가 바뀌어도 자네는 여전히 유명하잖은가?"

아, 그래서 삼각 건물의 대형 광고판에 내 얼굴이 여전히 남아 있던 거구나!

"그것도 그거지만……."

나는 눈썹을 꿈틀거리며 윗머리에 세 가닥 머리칼을 가리켰다.

"이걸 해결해주지 않으면 평생 당신이 묶여 있으라고 시시때때로 저주하겠소."

루시퍼는 너털웃음을 터트렸다.

"마냥 좋지만은 않을 거야. 얻는 게 있으면 잃을 게 생기기 마련이지."

"대머리로 지내며 잃은 게 훨씬 많았던 것 같은데요?"

"원한다면 좋아! 덤으로 멈춰 있는 지금 시간을 선물을 주고 가지. 내킨다면 손뼉을 두 번 치게. 모든 게 정상으로 흘러갈 거야. 하긴 나로선 지금이 더없이 정상적인 모습으로 보이긴 하지만 말이야."

그와 비쥬를 나누며 작별인사를 나누고 싶었지만 혹시라도 내 육신에 들어올까 덜컥 겁이 났다. 속마음을 눈치챘는지 사자는 근사한 미소로 작별인사를 대신했다.

"아 참, 내가 창조한 것 중에 가장 맛있는 것이 물이라고 하면 믿겠는가?"

루시퍼는 그 말과 함께 사라졌다. 연기처럼 사라진 그의 빈자리 너머, 섬광과 같은 영감이 스친다. 나는 떠오른 생각을 붙잡으려 급히 펜을 들었다. 메모지가 없기에 냅킨에 갈겨썼다.

"예술에 과학적인 정확도를 따지는 것은 구시대의 유물이다. 인문학적 의미가 빠진 문학이란 공허한 울림에 불과하다."

이리 적고 생각해보니, 광고판의 내가 자막을 통해 했던 말과 비슷하다. 프랑스 현대문학은 인문학을 추구한다는……, 어쩐지 과거의 나에게 밀려 퇴보당한 느낌이다.

'시간의 흐름에 맡기는 게 자유일까!'

화사한 샹들리에 조명 아래, 사람들 모두 멈추어 있다. 문득 뒤편에 있는 풍만한 몸매의 웨이트리스의 블라우스 속이 궁금하다. 손뼉을 치면 사람들 북적이는 소리로 얼마나 시끄러워질까? 어쩐지 시간이 멈추어져 있는 지금이 훨씬 아름답고 진귀하다.

바로 옆 테이블에 스테이크 먹으려는 신사의 눈이 반짝였다. 그는 앞자리에 사랑스러운 여인보다 고기 조각에 흥미가 많아 보였다. 특별히 스테이크가 탐난 건 아니지만, 그의 것을 내 접시에 담았다. 나만이 누릴 수 있는 환상적인 이 기회를 어떻게 하면 잘 살릴 수 있을까!

'오직 이 기회!'

"L'enfer, c'est les autres."

타인이 지옥일 수밖에 없는 건, 인간은 무방비 상태의 상대를 만나면 그의 것을 빼앗는 데에 양심의 가책이 없다. 오히려 어떤 특권을 얻은 것처럼 당연하다고 생각한다. 누구라도 나와 같은 상황에 빠진다면 십중팔구는 탈취하고 겁간할 것이다.

'정신 차려, 벨!'

막상 행동에 옮기려니, 바람에 나부끼는 갈대머리처럼 마음이 요동한다. 모든 게 순리대로 돌아가고 내가 한 행동으로 인해 타인이 느낄 만한 불쾌감과 상실감은 안중에도 없다. 양심은 언제든 간단하고도 단순한 자기 합리화로 벗어날 수 있다.

'세상이 몰라준 영웅, 그 공헌을 여기에서 조금이라도 누리자.'

탐욕이 나를 기쁘게 한다. 일단 계산대에서 돈을 빼내자. 그리고 레스토랑을 벗어나 도심 속으로 뛰어드는 거야! 아 참, 바로 옆 건물에 쇼메(Chaumet)가 있었지. 처녀림 같은 그곳은 얼마나 환상적인 체험을 가능하게 해줄까? 방금 전, 그 누구도 아닌 나 자신이 냅킨에 갈겨쓴 메모가 보였다. [* 쇼메(Chaumet): 프랑스 왕실전용 보석상으로 지정된 보석 브랜드, 쫓기던 나폴레옹을 숨겨준 일화로도 유명함]

"예술이 어떻고……."

쓴웃음이 느껴졌다. 고매한 예술의 속성을 발견해냈지만 원초적인 욕망 앞에 마냥 스러지고 만다. 외적충동과 내적양심이 격렬하게 부딪치며 머리가 아프고 목이 말랐다.

"창조한 것 중에 가장 맛있는 것이 물이라고 하면 믿겠는가?" 루시퍼의 말이 비로소 가슴에 와닿는다. 씹고 뽑아먹는 것으로 나의 영혼을 해칠 바에야 물처럼 흐르게 하리라!

나는 깊은숨을 내쉬며 자리에 앉았다.

'짝……'

첫 번째 손뼉은 쉬웠다. 두 번째 손뼉을 치려는데, 환상적인 리조트에서 마지막 휴가를 보내고 호텔방을 나오며 뭘 빠트리고 나오진 않았나!, 하는 심정이 스민다.

'짝!'

거짓말처럼 여기저기서 사람 북적이는 소리가 들려오고, 내 표정을 읽었는지 마리엔이 힐난조로 묻는다.

"말 안 듣고 뭐 하고 있었어?"

"음⋯⋯, 딴생각 좀 했어."

너희들은 내가 얼마만 한 번뇌와 유혹의 소용돌이를 헤쳐 나왔는지 알지 못하지!

"뭐야, 그 땀은?"

이마에 손을 대니 식은땀이 흥건하다. 마음에 토끼의 간이 있어 용궁을 몇 번씩 왔다 갔다 했건만, 마리엔의 추궁은 끊이질 않는다.

"그건 뭐야, 언제 시켰어?"

아뿔싸, 손뼉 치기에 앞서 옆 테이블의 남자에게 스테이크 돌려주는 걸 잊었다.

"헤헤, 좀 전에⋯⋯."

곁눈질로 보니 옆 테이블의 남자가 의외의 행동을 보이고 있다. 고기가 없어졌는데도 당황한 기색 없이 빈 접시를 옆으로 치우고는 여인에게 반지를 선물하고 있다. 나는 그를 보며 머리를 긁적였다.

'아직 대머리를 면한 건 아니네?'

훔친 스테이크는 입안에서 녹을 정도로 맛있었지만 왠지 음미하는 것이 아니라 혀가 기계적으로 반응하는 느낌이다. 루시퍼가 지목했던 웨이트리스가 잔에 물을 채우며 지나갔다. 나는 훔쳐보는 것을 그만두고 사랑하는 이의 얼굴을 바라보았다. 시간이 정지해 있을 때에 그녀의 입술에 키스하지 못한 것이 후회된다. 시선을 의식한 그녀가 물었다.

"어디 아프세요?"

"아무렇지 않아요. 좀 더워서……."

이자벨의 미소가 참으로 아름답다.

만능 백신

그녀에겐 미안하지만 이미 확보된 사랑, 마리엔은 언제든 손만 뻗으면 닿을 수 있다. 이자벨르, 갖고 싶다는 욕망이 더하여 꼭 차지하고 싶다! 그러다 내가 소설 작품 속에 썼던 어떤 구절이 마음속을 파고든다.

"번민과 편견에 물들어 순수할 틈이 없는 것이 마음이다."

사랑하는 마음이 죄는 아닐진대, 하늘을 쳐다보는 것이 힘들다. 긴 여정 끝에 마침내 나의 아파트 현관문 앞에 섰지만 낯선 공간에 갇힌 것만 같다. 장기간 집을 비운 터라 어쩌면 도둑이 들었을 수도 있겠다.

'또각!'

전등 스위치 소리가 기묘하게도 신경에 거슬렸다. 제 집에 발 들여놓는 순간이 낯설다. 온전한 가재도구들을 보며 되레 한숨이 나왔다. 마리엔을 배신하고 있다는 죄책감이 스친다. 짐은 아무렇게나 내팽개친 채, 침대에 몸을 파묻었다. 가브리엘에게서 받은 반지, 아니 단추를 꺼내 들었다.

'드골, 무사하신가!'

영수증을 확인하듯 단추를 살폈다. 단추 중앙에 삐뚤삐뚤한 실금이 말을 하려는 것처럼 움직인다. 나는 드골의 충직했던 그랑 다노아들을 연상하며 단추를 감싸 쥐었다. 언뜻 터틀넥 스웨터에 머리를 넣을 때의 빡빡한 느낌이 전해졌다. 이윽고 자그마한 소용돌이가 눈앞에서 가물거리기 시작한다. 눈을 감으니 아름다운 무지개가 소용돌이를 감쌌다.

"우리 몸의 문제가 뭔지 아는가?"

무지갯빛 소용돌이에서 속삭이는 소리가 들렸다. 귀를 기울이니 급격히 그에게로 빨려 들어간다.

"상상 이상으로 난폭한 구석이 많다는 거네."

벽난로가 훈훈한 열기를 더해주는 이층 거실, 여러 신사들이 원탁에 둘러앉아 담소를 나누고 있었다.

"그중에서도 가장 지각없고 난폭한 신체 부위는 바로 괄약근이란 말이지. 아무 데서나 이상한 소리나 뿜어대고…….."

드골 장군이 건넨 말에 원탁의 신사들은 너 나 할 것 없이 폭소를 터트렸다.

'뿍뿍!'

장군은 마주 잡은 손바닥에 바람을 불어넣으며 직접 소리를 만들어냈다.

"어느 연설 석상에선가 옆자리에 귀부인이 앉아 있었는데 그만 이게 터진 게 뭔가, 어쩌겠는가! '부인, 제 괄약근이 한 짓을 용서해 주십시오.'"

그가 입을 뗄 때마다 신사들의 웃음소리가 메아리처럼 따라붙는다.

"입에서 진동하는 입 냄새는 또 어떻고? 훈련병 시절의 화생방 훈련을 매일 아침마다 겪고 있다네!"

"하하하……."

자지러질 듯 웃는 이들 중엔 사르트르, 알베르 카뮈, 앙드레 지드, 프랑수아 모리아크가 있었다. 그리 보니 모두 아는 얼굴이다. 프랑스가 나치의 침략을 이겨낸 후, 분열된 국론을 모으는 데 결정적 역할을 했던 정신적인 버팀목들! 별로 중요한 얘기는 아니지만 이들은 차례대로 노벨 문학상을 나누어 가졌다. 아! 이들 중에 사르트르는 수상을 거부했지.

'똑똑.'

누군가 노크하며 들어왔다. 그는 수줍은 얼굴로 장군에게 인사했다.

"늦었습니다."

"아, 생존! 어서 오게."

별처럼 반짝이는 기운이 그에게서 느껴졌다. 귀공자를 연상시키는 곱상한 외모의 생존 페르스, 그는 외교관이자 시인이다. 주로 동양에서 외교활동을 했는데, 그 역시도 노벨 문학상을 수상했다. 드골 장군만 아니면 노벨 문학상 수상자들의 계모임이라 해도 무방할 성싶다.

"생존, 우리들은 너무도 인간적인 주제에 대해 이야기하고 있던 중이네."

"네, 계속하십시오."

드골은 카뮈를 지목하며 물었다.

"알베르, 일전에 그대가 부조리에 관한 작품을 쓴 계기에 대해 말한 적이 있었지요?"

"네⋯⋯."

알베르 카뮈는 조심스럽게 입을 떼었다.

"어릴 적 항문을 긁어대던 동무가 있었습니다. 빈민가 광부의 아들이었는데 하루는 못 견디겠는지 바지 안으로 손을 집어넣어 긁다가 뭔가를 꺼내 드는 것입니다."

"네에?"

"그가 꺼내 든 것은 기생충이었어요. 언뜻 갯지렁이 같기도 했습니다만⋯⋯."

역사적인 유명 인사들의 얼굴표정이 저마다 괴이하게 일그러져 있었다. 생존은 목을 축이려 뭔가를 마시려던 참인데 가엽게도 자신의 바지에 토해내고 만다.

'컥!'

앙드레 지드는 그가 줄곧 주장해온 건설적 비판이 되기 위한 관조적 사유, 즉 그 명상법에 위배되지 않고, 타인의 감정이나 인권을 해하려는 의도 없이, 은유적인 교시, 혹은 철학적 교훈을 줄 만한 완곡하고도 매끄러운 소회를 밝히기에 이른다.

"알베르, 듣지 않거나 모르는 것이 낫겠다 싶은 이야기를 잘도 하시는구려."

드골은 흐트러진 시선과 분위기를 끌어모으려 또다시 손바닥에 바람을 불어넣었다.

'뿍뿍!'

"어떤가, 때로 이런 것들은 너무 인간적이어서 과연 인간은 무엇인가!, 라는 철학적 명제를 던져주지 않는가?"

그 말은 어느 누구도 웃게 할 수 없었다. 드골은 모리아크에게 위급신호 보내듯 질문을 던졌다.

"프랑수아, 일전에 소설가와 정치가의 공통점은 거짓말이라 했지요? 그럼 차이점은 무엇이오?"

모리아크는 눈을 한 번 끔벅이더니 답한다.

"어느 한쪽은 행복을, 또 어느 한쪽은 페스트를 전염시킵니다."

"아, 그거였군!"

드골은 천연덕스럽게 고개를 끄덕이며 말했다.

"난 그대들이 세상에 퍼트린 각종 페스트를 치료하려고 만능 백신을 준비했다오."

드골은 파트리크에서 신호를 보냈다. 아까부터 비밀스러운 커튼 앞에 대기해 있던 파트리크는 커튼을 젖혔다. 조명이 들어오고 실내악단이 바이올린과 플루트를 켜며 연주를 시작한다. 풍성한 음악이 창밖에까지 퍼지며 대기해 있던 요리사들이 음식과 와인을 들여왔다.

잔을 하나씩 나눠 갖은 원탁의 신사들은 잔을 부딪쳤다.

"나의 조국 프랑스를 위하여, 건배!"

때를 같이하여 선홍빛 드레스를 입은 여가수가 실내악단 앞에 서서 고혹적인 아리아를 부르기 시작한다. 한층 분위기가 무르익을 즈음, 친애하는 파트리크가 다가와 드골에게 속삭였다.

"사모님의 우울증이 깊어지신 것 같습니다."

드골은 미소를 잃지 않았지만 이마 한가운데 주름살이 무겁게 내려앉는 것을 숨길 순 없었다.

"잠시 자리를 비우겠네."

드골은 나무계단 삐꺽거리는 소리를 내며 아래층으로 향했다. 침울한 기운이 느껴지는 어두운 방, 이본느는 창가에 우두커니 서서 하염없이 밖을 바라보고 있다.

"이본느, 위층에는 흥미로운 일이 많이 일어나고 있다오."

이본느는 아무 소리도 듣지 못한 척, 숨소리조차 내지 않는다. 드골은 아내를 살며시 감싸 안았다.

"나의 가여운 종달새, 당신이 어쩌다가 노래하는 법을 잊어버렸는지……."

"앙드레, 당신은 끊임없이 살해의 위협을 당하면서도 어쩜 그리 유쾌할 수 있어요?"

"그날 이후로 그런가, 혼자 당할 때는 괜찮았는데, 당신과 함께 있을 때 그 일을 겪으니 제대로 분노하게 되었다오."

"자신을 희화하지 마세요. 보이는 것을 감출 수는 없어요."

"희화하는 게 아니오. 나는 프랑스를 보며 한시라도 안느를 떠올리지 않은 적이 없소."

"앙드레, 나의 가여운 장군이여!"

아내는 젖은 눈시울을 감추며 남편 품에 안겼다. 슬픈 감정을 떨쳐내듯 이본느가 물었다.

"세네카가 뭐라고 그랬어요?"

"세네카라니?"

"소크라테스만큼 훌륭한 철학자가 있다고 하지 않았어요?"

"아, 그치가 뭐라 했건 신경 쓰지 말아요. 번드르르한 말로 이루어지는 역사라면 흥미 없소. 나 같은 사람도 필요가 없겠지. 나는 사람들에게 행복을 줄 수는 없겠지만, 그들의 행복을 침해하고 방해하는 것들을 처단할 것이오."

"앙드레, 그런 과격한 말보다 단지 사람들의 행복을 지켜주고 싶다고 말하면 안 될까요?"

"알았소. 미안하오."

드골은 이본느에게 키스했다. 위층에선 카논의 선율이 흐르며 창밖의 온달이 이들 부부를 곁눈질로 훔쳐보고 있다. 나는 드골 시대의 소용돌이와 작별하며 달의 시선으로 이들을 내려다보았다. 중년 부부의 낭만적인 모습 위로 벽난로의 불길이 따스한 이층 거실, 원탁의 신사들이 모여 앉아 음악과 음식을 나누며 프랑스의 미래에 대해 담론을 나누고 있었다.

Adieu! Séoul(안녕! 서울)

잠을 깨어보니 품 안에 단추가 없는 것이 느껴졌다. 부재중 전화를 확인하니 마리엔이 전화통화를 희망하며 몇 번이고 기다리고 있다.

"무슨 일이야?"

"잠자다 변사체로 발견되는 건 아니겠지? 네가 집에 들어간 지 삼 일이 넘었어."

마리엔의 과격한 농담 따위는 이제 무신경하게 되었다.

"벌써 그렇게 되었나?"

거울을 보는 순간, 하마터면 비명을 지를 뻔했다. 머리가 수북이 자라난 더벅머리 총각이 거울 속에 보인다. 수화기 너머 마리엔이 물었다.

"무슨 일 있어, 왜 그래?"

나는 기쁨에 겨워 소리쳤다.

"미용실에 들러야겠어."

"소원이 이루어진 거야?"

"그거라면 벌써 이루어졌지. 프랑스는 온전하고 아시아는 영원하라."

"그래, 너라면 그런 말할 자격 있지. 이자벨은 떠났어. 혹시 연락받은 거 있어?"

"아니, 없는데……."

말도 없이 이자벨이 떠났다는 소식에 순간 허무함이 몰려왔다. 그래, 산토끼는 산으로 떠나기 마련이지. 아직까진 괜찮아! 집토끼가 있으니. 마리엔은 갑자기 고해성사하는 목소리 톤으로 말했다.

"아무래도 너와는 로맨틱한 관계가 형성되기 힘들 것 같아."

"무슨 소리야?"

"생각해봐, 너랑 나랑 말랑말랑한 관계가 가능할 것 같아?"

"갑자기 왜들 이래? 나 머리 많다고!"

전화기 너머 쓴웃음 소리가 들렸다.

"그래, 어느덧 내 친구는 현대 프랑스문학을 대표하는 유명인사가 되었지."

"뭐가 문제야?"

"누가 널 잔인하게 대한 적 있어? 난 적극적으로 널 칭찬하고 있는 중이야."

"마리엔느, 난 네가 필요해."

"나도 네가 필요해. 친구로서……."

그래, 맞아! 마리엔에게는 법률적인 언어가 필요해.

"암묵적으로 동의했잖아? 우리의 연인 됨에 대해서……."

"고백한 적은 없잖아?"

"지금이라도 할까 싶은데, 괜찮겠어?"

순간, 이자벨을 향했던 마음이 걸림돌이 되어 우리 사이를 파고들었다. 마리엔이 틈을 기다리지 않고,

"세네카라는 철학자가 뭐라 말했는지 알아?"

"갑자기 그 인물은 왜?"

"궁금하다면 전화를 끊어."

"전화는 왜 끊어? 세네카가 그렇게 말했어?"

"검색해보려면 그편이 낫지 않아?"

나는 조급한 엄지로 휴대전화 인터넷 검색창에 '세네카'를 타이핑했다.

"나는 잘못한 것이 없다."

무슨 소린가? 맥락을 살펴보니 자신의 실수는 염두에 두지 않고 오직 남의 탓만 하는 자들의 공통적인 심리, 곧 분노하는 이들의 공통적인 잘못이란다.

한마디 말로 역사가 바뀌기도 하지만 사소한 눈길 하나로도 역사가 바뀔 수 있다. 곧이어 당도한 마리엔의 문자가 그것을 증명해냈다.

"고기 한 점 입에 넣으며 이자벨을 바라보던 너의 그윽한 눈빛, 참
근사하더라."

비로소 루시퍼의 저주가 떠올랐다.

"얻는 게 있으면 잃을 게 생기기 마련이지." 나는 걷잡을 수 없이
끓어오르는 분노와 상실감을 주체하지 못하여 창밖으로 고개를 내
밀며 소리쳤다.

"루시퍼, 이럴 순 없어."

머리를 얻고 사랑을 잃었다. 나쁘지 않은 거래지만 내 마음은 절
규에 물든다.

"돌려놔, 루시퍼!"

누구나 좌절에 절망한다. 그리고 분노한다. 어리석은 자는 이를
갈며 심히 분노하지만, 어진 이는 분노에 머무르지 않는다. 난 잘못
한 게 없다! 고 잡아뗄 게 아니라 나의 실책과 잘못을 곰곰이 따져
인정할 건 인정해야 한다.

'그래, 두 마음을 품긴 했지!'

지난날의 과오에 대해 마리엔에게 진심 어린 사과의 편지를 썼
다. 편지를 쓰고 나서 마음을 다잡으려 여행 가방을 정리하려는데
조약돌이 굴러 나왔다. 가만히 보니 보청기다.

우남의 보청기로 그녀를 만났지. '윤숙, 이제는 평안하신가!'

그리 보니 지금의 코레아가 무척이나 궁금하다. 그곳에 시그널
을 던졌다. 익숙한 목소리가 귀에 들어온다.

"여보세요? 김 이사입니다. (ici c'est Kim)"

점잖은 그의 목소리가 낯설게 느껴진다. 나는 그 이유를 금세 알 수 있었다.

"나도 거기 있었어."

"무슨 말이야?"

"네가 말하기 전에 외치던 소년 있었지?"

"소년이라니?"

"민비가 가마에 있다."

귀가 번쩍이는 말에 눈꺼풀이 떨렸다.

"너 …… 너도 거기 있었어?"

"응, 소년의 바람을 들어주지 못해 하마터면 갇힐 뻔했지."

"소년의 꿈이 뭐였는데?"

"지금의 대한민국을 보여주는 거!"

넌덕스런 김 이사의 태도는 여전했지만 어쩐지 신사의 기품이 느껴졌다. 나는 전화를 끊기 전, 어떤 그리움이 찾아오는 걸 느꼈다.

"서울은 어때?"

"아름답지! 여전히…….."

김 이사의 목소리엔 자상함이 배어 있었다.

"안녕, 그랑 코레아!"

전화를 끊고 갑자기 떡뽀끼가 떠오른다. 페스트를 맛보면 그런 맛일까? 열병처럼 알싸했던 한국에서의 추억, 조선에 대한 연민, 그리고 다시 찾은 나의 조국 프랑스.

향수일까, 중독일까! 그때는 허투루 지나쳤지만 이제는 놀랍도록 아름다운 그리움이 되는 건…….

- 끝 -

출전, 인용 및 참고 자료

*1. 베르나르 베르베르의 인터뷰(2016년 5월) 내용 중

*2. 『독일인의 사랑』, F. M. 뮐러

*3. 파울로 코엘료, 『순례자』 96~101P(전문인용), 2006. 문학동네

『폭풍 속에 피는 꽃 -나의 회상에서』 모윤숙 저, 1987. 중앙출판공사

『이승만과 메논 그리고 모윤숙』 최종고 저, 2012. 기파랑

『프랑스 대혁명』 막스 갈로 저, 박상준 역, 2013. 민음사

『프랑스 대혁명』 알베르 소블 저, 양영란 옮김, 2016. 두레

『프랑스의 대숙청』 주섭일 저, 1999. 중심

『생명이란 무엇인가』 에르빈 슈뢰딩거, 전대호 역, 2007. 궁리

『고전소설 속 역사여행』 「채봉감별곡」 노대환, 2005. 돌베개

『젊은 베르테르의 기쁨』 알랭드 보통, 2005. 생각의 나무

『안과 겉』 Albert Camus, 김화영 옮김, 2000. 책세상

『이방인』 알베르 카뮈 저, 김화영 역, 2011. 민음사

『대한민국사』 한홍구, 2009. 한겨레 출판

『매천야록』 황현 지음, 허경진 옮김, 2006. 서해문집

『역주 매천야록』 황현 지음, 임형택 외 옮김, 2005. 문학과 지성사

『파우스트』 괴테

『백인의 눈으로 아프리카를 말하지 말라』 김명주 저. 2012. 미래소유한사람들

『강화도(병자수호)조약』 한국 해양사, 2014. 학연문화사

『김구 청문회 1,2』 김상구 저, 2014. 매직하우스

『진령군』 배상열 저, 2017. 청림

시사상식사전, pmg 지식엔진연구소, 박문각

이승만 113만 양민학살 기록 -사인邪國 (작성자: 엄택곡부)

프랑스의 미리 유죄를 인정한 경우의 재판절차 및 활용방안, 2010. 박성민 저

한국전쟁전후 민간인학살 진상규명을 위한 총서 -인간과 사회문명

blog 친일파청산&프랑스 나치 부역자 처벌 -타키타니

blog 한국 현대사 정리 -만쭈리

blog 근, 현대사 바로 알기 -몽실이

blog 보도연맹 학살사건 -유다

blog 세상바라보기 -폴래폴래

blog 명성황후 뒤로 숨은 민비

〈이기환 기자의 흔적의 역사〉 이기환, 2018. 경향신문

〈대한민국 악인열전〉 임종금, 2016. 피플파워

34명의 프랑스인들이 고문을 당하고 뱅센에서 살해당했는데, 이 것들은 상상력이 도움이 되지 않으면 아무런 의미가 없다. 그리고 상상력이 보는 것은 무엇인가? 마주 보는 두 사람, 한 사람은 그를 바라보는 다른 사람의 손톱을 찢으려 한다.

이런 견딜 수 없는 이미지들이 우리에게 제공되는 것은 이번이 처음이 아니다. 1933년, 우리 중 가장 위대한 사람 중 한 명이 경멸 의 시대라고 정당하게 부르는 시대가 시작되었다. 그리고 10년 동 안 벌거벗고 무장하지 않은 존재들이 우리와 같은 얼굴을 가진 사 람들에 의해 아무 말도 못하고 불구가 되었다는 소식을 들었을 때 우리의 머리는 어지러웠고 우리는 그것이 어떻게 가능했는지 궁금 했다. 그러나 그것은 10년 동안이나 가능했다. 오늘 우리에게 군 대의 승리가 모든 것을 이기는 것이 아니라는 것을 경고하는 것처 럼, 여기에 아직도 배가 갈라지고 사지가 짓이겨진, 발뒤꿈치로 눈 이 찌그러진 전우들이 있다. 그리고 그것을 한 사람들은 고문을 일 삼던 힘러(Himmler)가 가장 좋아하는 카나리아를 깨우지 않으려고 밤에 뒷문으로 집으로 조심해서 들어가는 것처럼 지하철에서 자리 를 양보하는 법을 알고 있었다.

그래, 그건 가능했다, 우리는 그걸 너무 잘 알고 있다. 하지만 다 른 많은 것들이 있는데 왜 하필이면 다른 것보다 이것을 선택했는 가? 정신과 겸허한 영혼을 죽이기 위해서였다. 무력을 믿으면 적을 잘 안다. 사람을 겨냥하는 천 개의 총은 그 사람이 대의의 정의를 위해 자신을 믿는 것을 막지 못할 것이다. 그리고 그가 죽더라도, 다른 사람들이 힘이 빠질 때까지 "아니요"라고 말한다. 그러므로 의인을 죽이는 것으로는 충분하지 못하므로 한 명의 의인이 사람의 존엄을 포기하는 본보기가 모든 의인을 함께 좌절시키려면 정의 그 자체를 낙담하게 해야 한다.

10년 동안 사람들은 이 영혼의 파괴에 자신을 몰입해왔다. 그들은 자기의 힘을 충분히 확신했기에 이제 영혼만이 유일한 장애물이고 그 영혼을 관리해야 한다고 믿었다. 그래서 그들은 영혼에 개입했고, 불행스럽게도 때때로 성공하기도 했다. 그들은 가장 용감한 사람들도 어떤 경우에는 비겁해질 수 있다는 것을 알고 있었다.

그들은 항상 이 시간을 기다리는 방법을 알고 있었다. 그리고 그때에 그들은 육체의 상처를 통해 영혼을 찾아냈고, 그 영혼을 초췌하고 화나게 했으며, 때로는 배반하게 하고 거짓말을 하게 했다.

누가 감히 여기서 용서를 구하겠는가? 영혼과 정신은 비로소 검으로 정복할 수 있다는 것을 이해했으므로, 무기를 들고 승리를 거두었으니 누가 그에게 잊으라고 하겠는가? 내일 말할 것은 증오가 아니라 기억력에 근거한 정의 그 자체다.

그리고 그것은 아마도 한 번도 배신하지 않은 마음의 우월한 평화를 가지고 아무 말없이 죽은 우리 모두를 용서하는 것, 그러나 우리 중 가장 용감한 사람들 가운데 다른 사람들에게 영혼을 더럽혀져 비겁자가 된 사람들, 그들의 마음속에 타인에 대한 증오와 자신에 대한 경멸을 영원히 간직하고 절망 속에 죽어간 사람들을 위해 혹독하게 처벌하는 것이 가장 영원하고 가장 신성한 정의다.

그랑 코레아

초판 1쇄 발행 2019년 8월 15일

지은이 김세잔
발행처 예미
발행인 박진희

편집 이정환
디자인 김민정

출판등록 2018년 5월 10일(제2018-000084호)

주소 경기도 고양시 일산서구 중앙로 1568 하성프라자 601호
전화 031)917-7279   팩스 031)918-3088
전자우편 yemmibooks@naver.com

ISBN 979-11-89877-06-4 (03810)

이 도서는 한국출판문화산업진흥원 '2019년 우수출판콘텐츠 제작 지원' 사업 선정작입니다.

이 도서의 국립중앙도서관 출판예정도서목록(CIP)은 서지정보유통지원시스템 홈페이지
(http://seoji.nl.go.kr)와 국가자료공동목록시스템(http://www.nl.go.kr/kolisnet)에서
이용하실 수 있습니다. (CIP제어번호 : CIP2019029792)